# 逝者请闭眼

郑晗 著

SHIZHE QINGBIYAN

上海社会科学院出版社
SHANGHAI ACADEMY OF SOCIAL SCIENCES PRESS

# 目　录

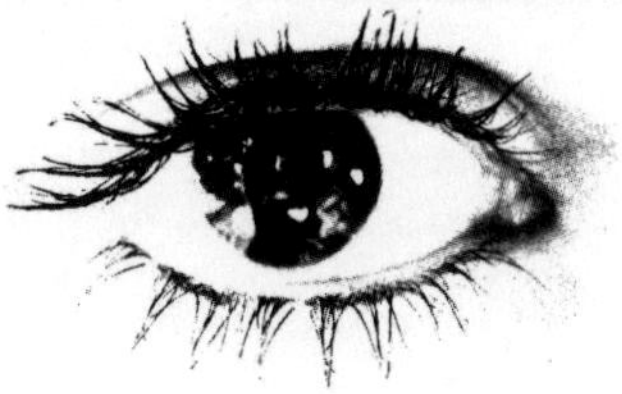

# 引 子

那一晚，月光并不似今晚这般清雅。

在微黑的天空中，一团一团的夜雾如海浪般呼啸着涌来，相互撞击着，翻滚着，奔涌着，竟凭空形成一片悬于芸芸众生头顶的怒海，而月光，则如一艘陷于惊涛骇浪中的白色游轮，只在云海微微平静时，才露出一点淡白的影。

三九天，冷风砭骨，站在浦东正大广场门前如沙丁鱼般密集的游客中间，甘婧一手抓着卡片相机寻找着就近拍摄金茂大厦的角度，一手护在身前，以防不时涌来的人潮将自己推倒。

直到在人流与车流的裹挟中挨挨挤挤走到东方明珠下，她才寻找到一个比较宽松的立足之地。

立足后的甘婧先将松脱的围巾围好，再仰头望向前方的天空。在极近的距离内，宛若西安大雁塔还魂的上海金茂大厦如一柄周身流转着虹霓的八角利器，以泰山压顶之势向众人头上急升而去，大厦顶端的几柱青白寒光时而交叉，时而平行，最后，约好般直直刺向云海。

云海掀起的波涛在大厦的尖顶附近翻滚盘旋，竟然形成一个深且黑的漩涡，若隐若现的漩涡中心不时有精光闪烁，仿佛那里藏匿着一只巨大的海眼，通向了人类目力所不及的苍穹。

这一刻的天空，极似她此刻的心情。

甘婧惊呆了。半晌，才将几乎要冻僵的右手放在嘴边呵了呵热气，将相机再次举过头顶，在几乎弱不可闻的快门声音中，她记下了那一晚的云海和几近惨淡的月光。

那是她第二次踏上这片叫浦东的土地。

一年半后。

一个月光清雅的夜晚，在浦东金桥软件园红枫路口的夜半涂鸦咖啡馆，留着齐耳短发的甘婧独自对着电脑发呆。

晚饭后才来夜半涂鸦喝咖啡的男男女女大多为了会友。既然他们可以冒着夜晚失眠的危险喝咖啡，当然会对自己的外表进行礼貌性的修饰。

在这群光鲜靓丽的人众中，衣着随便、神情茫然的甘婧显得有些灰头土脸。

甘婧直直地看着电脑屏幕上一张女孩子的照片，目光有些呆滞。

照片中，那女孩子站在一丛怒放的桃花前，没心没肺地大笑着，眼睛几乎眯成了一条细线，一口雪白牙齿被阳光照耀得格外亮眼。

那种无拘无束、天真烂漫的笑容，在海外长大的华人孩子脸上非常普遍，在唐红果儿的脸上也经常看到，可在甘婧的脸上，自小便没有过。

甘婧最后一次见到唐红果儿，是在浦东殡仪馆的停尸间。因为法医尚未对尸体进行尸检，化妆师还不能对唐红果儿的遗容进行修整。

停尸床上，唐红果儿仍然保持着坠亡时的姿态。她原本修长的手脚以一种僵硬的姿势"挂"在躯体旁，后背微微向上拱起，头部向左略侧。

已经离开人间将近二十个小时的唐红果儿，双眼仍然惊恐地大睁着，表情十分恐怖。

甘婧将唐红果儿的死状描述给自己认识的刑侦支队一位老领导。他分析，唐红果儿应该是在意识清醒的状态下活活地看着自己扑向大地，接受来自死神的致命撞击。

在唐红果儿家中，警方找到一页唐红果儿的手书，上面用英文密密麻麻地写满了"Sorry"。

两个月后，警方对唐红果儿的死亡给出了最后结论：高空坠亡，系自杀。动机不明。

甘婧伸出手，轻轻触摸了一下那女孩的脸颊，半晌，才冲那张照片梦游般呼唤了两声：

“果儿。果儿。”

# 第一章

一年半前。

冬夜。

浦东陆家嘴。

拍完头顶颇显诡异的天空，甘婧绕着东方明珠走了一圈，又沿着世纪大道一直走到经常出现在上海形象片中的巨大日晷下，才原路折返而回。

那时，上海中心仍包裹在厚实的建筑拦网中，令人无法窥视其真实样貌。据新闻说，再过两年，它将以最挺拔的姿态，立于这片位于开发最前沿的土地上，让环球金融中心这一“中国第一高度”彻底成为历史。

看看时间已经过了晚上九点，甘婧随着人流从正大广场的西北侧门出去，到陆家嘴公交车站搭公交车回家。

陆家嘴，是甘婧来到上海前对浦东仅仅知晓的两处地标之一。

在唐红果儿对甘婧的描述中，陆家嘴有着东半球最为绚烂的夜色、亚洲第二高楼和国内最为豪华的金融楼群。另一处，是那条叫做世纪大道的大马路。这条大马路宛如一条晶莹的彩带，将陆家嘴和浦东世纪广场紧紧连接在一起。

到了夜晚，陆家嘴亮起璀璨的景观灯火，世纪广场那只巨大的日晷也悠悠然然焕发光彩，世纪大道两旁的景观园林便会次弟亮起一丛丛晶蓝翠绿的灯光，搭配上两旁那些晶莹剔透的楼宇灯光，让穿行其中的人有漫步琉璃幻境之感。

陆家嘴和世纪大道，是唐红果儿经常描述给她的美好回忆。

可是，当真的身处宛若白昼的陆家嘴夜色中，漫步在流光溢彩的世纪大道，让手指轻轻划过唐红果儿口中那一丛丛闪烁着富贵气息的景观树丛，甘婧发现，在唐红果儿回忆中堪称美轮美奂的景致，在她的眼中，却并没有想象中那样好。

反而，在喧嚣中透着些许压迫感。

“上海就是有钱。连公交车都是名车，沃尔沃。”等车时，一个操着东北口音的男人在甘婧背后大声说，“得好几百万元吧？”

“那当然。沃尔沃安全嘛，阿拉上海人乘坐的公交车最要紧的就是安全。”一个绝没有一点点自谦之意的上海男人大声接道。

甘婧盯着公交车尾部的标识认真看了看，没看出什么端倪，只觉得这叫“申沃”的公交车比她此前在武汉常乘坐的公交车要高大、明亮稍许。

上海，实在太亮了。连公交车都比他乡要亮。

想到刚刚离开不到二十四小时的武汉，甘婧的心猛地抽搐了一下。她希望，在上海的行程能够早些结束，早日回家。

公交车离开灯火辉煌的陆家嘴，转入略显幽静的花木地区，再驶向甘婧的住处，金桥碧云国际社区。

随着车辆的前行，甘婧眼前的马路逐渐宽阔，树木也逐渐繁茂，进入碧云社区后，交通灯也由圆形悄悄替换成国内十分少见的竖长条形。

此时，甘婧还不知道这里便是上海赫赫有名的外籍人士聚集区，有着以欧美标准营造的绿地、教堂、国际学校和足球场。在距离她住所不到一公里的家乐福超市中，各国进口食品和国产食品的销售量平分秋色。

甘婧选择住在这里的唯一原因，是她寻找的那个人有可能就住在这里的某处公寓内，而唐红果儿，曾与这人交往了很长时间。

甘婧租住的是位于金桥红枫路的一处酒店式公寓。公寓有四层，房间为LOFT 结构，楼下是客厅、卫生间和简易厨房，楼上是卧室，据说室内结构布局由台湾某知名设计师精心打造。不过，因为公寓内没有燃气，加之水费和电费实行的都是商业标准，比普通民宅要贵许多，所以，许多业主购买这里的房子都是为了投资或者出租。

二十一世纪房产中介公司一个李姓房产经纪为甘婧寻找到的这处公寓也是一处出租屋。李经纪说，家住在浦西的房东为了方便，已经将房门钥匙直接放到了房产中介公司，可以随时随地看房。

李经纪打量了一下甘婧背上笨重的双肩包，热情地说："房屋里所有家具和电器一应俱全，如果你有意向，随时可以背包入住。"

甘婧此前并没有过任何租房居住的经验，不知如何回应，便索性沉默不语。

步入这间位于四楼的小公寓，李经纪一边带甘婧楼上楼下参观，一边絮絮叨叨地说："房东人蛮和气，就是有个特别的要求，禁止在房间里开 Party。禁止群居。禁止在房间里养一切宠物。小狗、小猫、小鸟、乌龟都不行。鱼倒是可以的，但能爬的鱼不行，比如鳄鱼什么的。青蛙、蛇、四脚蛇这些很多脚或者没有脚的动物也不行。"

"为什么？"甘婧有些好奇。

"房东担心小猫、小狗会抓坏家具，尤其是沙发。你不晓得，这间屋子的上个租客是个外国人，他回国前，将房子退回给我们。我带着房东去验收房子时，突然从卫生间的马桶后爬出一条一尺多长的四脚蛇来，金黄金黄的，嘴挺大，还有尾巴，吓得房东当时就发了心脏病。"

还未入住，便被房产经纪约法三章，甘婧略略有些不快地说："你放心，我初来乍到没朋友，不开 Party，也不会群居。更不会养小动物。我对动物毛发过敏，你请我养我都不养。还有，我比房东还怕两栖动物。要是再爬出条四脚蛇什么的，我一定找你索赔。"

"甘小姐，别不开心。我们上海人就是这样，习惯将什么话说都到前面，这样，大家合作起来才比较顺利。如果你在这里生活久了，就会知道。"李经纪笑。

甘婧不语。

“甘小姐是做哪一行的？”李经纪问。

“你看呢？”甘婧反问。

“嗯，很像是中学老师。不过也很像世界五百强公司里工作的白领，刚才你坐在我们房产公司填表时，坐姿蛮优雅。我以前交往过一个在五百强公司里工作的女孩，和你气质非常像。”

甘婧笑笑，依旧不应。

交好钱，拿了合同，李经纪又热心地帮甘婧打电话预约了物业公司过来更换门锁，这才离开。

甘婧关上房门，小心翼翼坐在房厅沙发的边缘，随手打开电视。她看看腕表，从进入中介公司到将自己安顿在这处看起来还不错的房间内，只用了两小时不到的时间。

有了房产经纪前面的话，心有余悸的甘婧只休息了片刻，便将房间大门打开，拿着扫帚，将房间的角角落落扫了又扫，确定没有什么活物隐藏后，这才拿着一张在机场买来的地图，带着相机，按图索骥来到陆家嘴。

再回到房间已经接近晚上十一点。

拉好窗帘，躺在陌生的床上，甘婧这才意识到，为了一个不能与他人言说的原因，自己，竟然，真的来到上海了。

每月四千元的房租对二十七岁的甘婧来说并非一个小数目。按照房东付三押一的要求交了钱后，甘婧身上所余钱款，已不足五万元。

甘婧给自己规定的期限是一年。

五万元钱，只够甘婧支付一年的房租。而付了房租后，吃喝就成了问题。

想到这里，甘婧睡不着了，她打开本子，将在这里生活所需的各类物品列了一张清单，然后打开笔记本电脑准备上网。

在点击宽带上网的那一刻，她突然回过神来，这不是她熟悉的家，这是别人的城市，别人的房间，想要上网，需要另外付钱。

甘婧拨通上海电信的二十四小时服务电话，接线员告诉她，她所居住的这户单元已开通座机电话和宽带上网功能，但要使用电信充值卡才能正常使用。

这是房东为了防止房客恶意拖欠电信费才开通的使用方式。

从现在开始，被人提防、被人审视，将成为生活的重要一部分。

甘婧暗叹了一口气，看看窗外依然黑漆漆的，复又躺下，双眼望着天突然花板发起呆来。

她上网，一是想看看那家叫做纳士动漫科技有限公司的招聘广告。二是想搜索一下她要找的那个人的相关信息。在这个举目无亲、连一个人都不认识的地方，想完成任务，最直接的方式，便是找一份工作，融入这座城市。

一整天的忙碌让甘婧的脑袋有些发热，她用了好大的力气，才将自己拖入梦乡。

凌晨五点，甘婧在惊恐和窒息中惊醒。

她极为缓慢地将目光投向床边的高脚凳。

刚刚，唐红果儿就站在那里，穿一件黑色袍子，长长的头发披散在胸前，双肩向下塌着，脸色苍白、神情茫然，无助而又无奈地望着她。

满头冷汗的甘婧再也不敢入睡，她从床上爬起来，打开电视机。

早晨六点三十分，这座东方大城的天空亮得依然不十分透彻。穿戴整齐的甘婧已经迫不及待地走出公寓房门。

外面的空气，出乎意料地寒冷。

也许是浦东离海更近些的原因，迎面吹来的晨风中仿佛都带着一丝咸腥，吹到脸上，竟是一阵阵割伤似的锐痛。

这里的风，比武汉要冷、要利、要刻骨铭心。

甘婧赶紧退回到公寓一楼大堂，像包粽子一般将自己的头脸包扎严实，才再次冲入晨风中。

出了小区，站在红枫路上，甘婧辨了辨方向，向右侧那条看起来宽阔整洁的大马路走去。

在大马路旁等红灯时，甘婧看了看路牌，杨高南路。她伸着脖子向路的两头张望。粉红色的晨光下，杨高南路如一张丰满的弓，满怀喜悦地向两头伸展而去，仿佛那两头的尽头，有着某种只有它才知晓的美丽。

绿灯翻起，甘婧踏上人行道，一路小跑向前。略走片刻，成片的居民区开始出现。

甘婧十分发现，杨高南路仿佛一道分水岭，她所住的那边，马路宽敞，行人稀少、大块大块的草坪上点缀着一栋栋极具国际风范的高楼或者别墅，就在她的公寓对面，还有一处深红色的尖顶教堂。

杨高南路这边，却是一处不折不扣的中国式民居聚集地。土黄色的楼群中穿行着早起买菜的中老年男女，临街处开着许多小店，有卖熟食的、卖服装的、卖日用品的，还有一处挂着邮政局的绿招牌。由于时间尚早，邮局还没营业，倒是门口有一个补鞋修伞的中年男人已经在寒风里开始了工作。

这里的勃勃生机与不事修饰，像极她的家乡。

甘婧有一肚皮兴奋，但无人可以分享，便索性在这条叫做枣庄路的马路上认真逛了又逛。

在平价超市内买了四只碗、四个盘子、一个电饭锅、一只小炒锅，又买了五斤白米、一瓶食用油、一斤熟食、两斤小青菜、一张中国移动的手机卡、几份当地报纸和一张二百元的电信充值卡，这才步履沉重地往公寓方向走。

来时怀着一颗好奇之心，所以路并不显得远，提着重物回去时，便显得格外漫长。想到自己可能要在这条他乡的陌生马路上穿行整整一年，甘婧的心情也沉重起来。

好不容易过了杨高南路，看到红枫路人行道旁草绿色的自行车专用道上几名外国人穿着专业自行车装猫腰向前飞驰，已经累得气喘吁吁的甘婧羡慕地想，如果有一辆自行车的话，那买东西就方便多了。转念又一想，自己骑车是为了载物，这里的人却已将其纳为健身工具之一了，感觉上似乎有些小心酸。

筋疲力尽回到住处，将碗盘洗好，白米入锅，熟食放入微波炉待热，甘婧拿起电话，用电信卡为网络充值。稍后，打开电脑连接上网。

输入“纳士动漫科技有限公司”，几秒钟后，一个设计颇为精致的网页跳出，与许多大型企业一样，在进入其网站前，是一段不太长的精美视频，视频配合文字如下：

纳士动漫科技有限公司，系由四名归国专业人士共同出资筹建而成的外资企业，公司注册地位于上海浦东新区张江文化创意产业基地，致力于服务国内外各影视公司、大型文化企业所需的3D动画、影视特效生产等开发和研究工作。公司创办四年来，已集聚多名国内外专业资深人士，所创作多部3D影视片在业界取得不俗反响。

纳士发展愿景：成为亚洲区动漫产业的领军者。

纳士期待：国内外有才华的年轻人士能够加入我们这个具有广阔前景的产业和专业化的团队！

观看完这段像打了鸡血般亢奋的视频后，甘婧点入其人才招募板块。按照要求，将自己的个人简历略加美化后填写进去。

纳士动漫设有技术研发中心、动漫制作中心、创意策划中心、市场营销部、财务部、行政部六个部门。甘婧应聘的是创意策划中心的创意文案职位。

此职位的岗位要求不高：热爱影视创作、有良好的文学功底和艺术修养，具有丰富的想象力和文学创作能力，对影视动画行业、文化产业有了解，汉语言文学等相关专业人员。

为了增加自己的竞争力，在英文程度上，甘婧填写了专业八级。

就算是作假，也要争取到一个面试的机会。

甘婧用力吸了一口气，又将一名同事发表过的几篇小散文用PS软件进行修改，更名换姓放到自己名下，这才按下提交键。

这一天，是纳士公司接收应聘人员简历的最后时限。

在网络上又游逛片刻，甘婧关掉电脑，拿起报纸，坐在简易餐桌前一份份翻看起来。

她着重看了看报纸上刊登的招聘信息。

甘婧在武汉市一处基层派出所工作了整整五年，算是有一定的工作经验，但文凭只是本科，专业还是颇为冷僻的治安学。甘婧对照着报纸上的招聘信息，一条条和自身条件做比较后，有些气馁地发现，这座城市大多数单位招聘人员的要求都是研究生学历以上，有海外工作经验的优先，许多单位还指定了只招聘男生。

这是个热烈欢迎人才光顾的城市，但也是个迫切需要大量文凭与证书才能证明自己的城市。甘婧心中暗想。

半年前。

为了给自己争取到一整年的可支配时间，甘婧先后向单位递过事假、病假甚至婚假的申请，但都没有得到批准。

半个月前。

纳士动漫科技招聘期限还剩下十天，急得嘴上发出一圈水泡的甘婧揣着一纸辞职信来到洪山区公安分局人事处要求辞职。

上海纳士动漫科技有限公司是唐红果儿死前工作的地方。想要找到唐红果儿死亡的真正原因，进入到她曾经工作、生活过的地方，是最好的办法。

而根据在网络上搜索的信息，甘婧发现，这家公司已有两年时间未向社会公开招聘员工，这次招聘可谓是天赐良机。

她绝不能错过。

刚刚递上辞职报告，派出所文所长就闻讯而来。与人事处的同事打过招呼后，将她带到小会议室反复劝导。

所长字斟句酌地说："如果舍弃了眼前这份稳定的工作，也就等于放弃了一个可以老有所依的未来，等你老了，在上海那里打工打不动了，钱也没赚到，日子就难过了。"

"怕什么，我可以去当打字员，我录入信息的速度在分局里还拿过奖。"甘婧笑着将话岔开。

文所长又反复劝说了半个多小时，见甘婧始终不肯松口，便长叹一口气说："要不这样，你今天先别交这个辞职信，再考虑一个晚上，如果仍然想走，明天再来。"

甘婧想了想，点头应允。

文所长缓了缓，又说，“如果那边过得不好，就再回来。要是我还没退休，就替你想想办法。”

甘婧感觉眼泪滚了下来。她擦了擦眼泪，哽咽着点头。

文所长再叹口气：“唉，现在的公务员都要‘逢进必考’了，你有时间也看看《申论》什么的，再跑跑步，到时候还要测试体能。出去容易，想要再进来，就难了。”

说完这句话，文所长拉开房门，慢慢离开。

目送文所长离开后，甘婧再次回到人事处，将自己手中已经捏得发热的辞职报告交了上去。

她心里百般歉疚，但却无法将自己执意辞职的真实原因告诉如父如兄的文所长。

自从唐红果儿死亡后，甘婧每天晚上，都能在自己的卧室床边看到她。唐红果儿总是穿着一件仿佛被露水打湿的黑色袍子，长长的头发披散在胸前，双肩向下塌着，脸色苍白、神情茫然地低头看着自己。

为了躲闪唐红果儿，甘婧曾经住过宾馆，回过黄石老家，留宿过朋友家。在这些地方，唐红果儿倒真的没有出现。但是，只要一回到自己的家，甘婧就会看到唐红果儿。

而唐红果儿的表情，一次比一次凄惨。

这个已经超出共产党员甘婧的认知，也超越了唯物主义世界观范畴的灵异事件，甘婧不敢对任何人说。也没办法说。

三天前。

派出所同事为甘婧举办告别宴，甘婧没有去。她躲在家里，拔掉座机线，又关掉了手机。她怕最后的温情会动摇她原本就不算坚定的信心。

武汉的住房是甘婧和母亲合资买下的，房间使用面积虽然只有六十二平方米，但房型合理，又位于武昌中南路，地段好，买后一直处于升值状态，所以，甘婧对自己的生活的这个小空间感觉非常满意。

一天前。

去往武昌傅家坡长途汽车站前，甘婧细心地将水、电、煤气的开关又检查了一遍，关好，却故意没有叠起被子，而是像往常一样平铺在床上，又在阳台上挂了两件平时常穿的衣裳，这才依依不舍地关门离开。

因为警察的收入不高，甘婧积蓄并不多，她没舍得买飞机票，而是选择了乘坐大巴卧铺车。

夜晚，躺在被套颜色可疑的窄条卧铺上，耳边传来的，竟然都是齐整的上海普通话。细听片刻，甘婧明白了这批乘客的大致身份。这是一批自愿戒毒人员，因为武汉的自愿禁毒所收费相对便宜，服务质量又高，所以他们结伴从上海来到武汉参加戒毒治疗。这批人应该是为期一周的药物戒毒结束了，结伴回上海。

这些被海洛因害苦的朋友乘坐需要安检的飞机比较麻烦，又与甘婧一样，都没太多闲钱，所以也选择了可以商谈价格的大巴回沪。

听明白了这些对话，甘婧的心情紧张起来，她用枕巾包住右手，小心翼翼地在床铺四周摸了一圈。果真，在靠近车壁的、极窄的空隙中，她摸出一支用过的注射器。

甘婧没吭声，将注射器针头拔下，用随身携带的餐巾纸包好，爬下床，连同针筒一起，丢到副驾驶员手中。

副驾驶员接过来看了一眼，面不改色地扯出一个垃圾袋，将注射器扎紧，拉开车窗丢了出去。整个动作熟练而又迅疾，明显久干此道。

甘婧窒了一下。她没再说话，低头爬回自己的床铺，合上双眼。

对于即将去往的那座城市，她的心中，又多了一份说不清道不明的恐惧感。甘婧告诉自己：别怕，好赖就只停留一年时间。

就像一名怀有特殊目的的过客，悄悄潜入，无声离开。

她感觉，应该很快就能回到自己熟悉的城市中去。

# 第二章

唐红果儿死后，甘婧找到了她留下的一个名字和一张留在手机中的自拍合影。甘婧将这张照片存入自己的手机，反复研看数日，将这个男人的相貌牢牢刻在心里，以便寻找。

这个和唐红果儿的眉眼略有些相似的男人叫魏祺。

在唐红果儿与她网上聊天时留下的只言片语中，甘婧得知，魏祺曾数次带唐红果儿到碧云社区的室内健身馆游泳健身，吃饭地点也常常选择在健身馆旁边的印度小厨。所以，她分析，这个魏祺极有可能就住在这里。

一个人要在某地生活，就免不了要买菜、散步、健身、购物。在手头上还没有其他线索的情况下，甘婧采用了一个最笨的方法：守株待兔。

在等待纳士动漫科技公司回音期间，甘婧做得最多的，便是在碧云社区的休闲中心闲逛。

甘婧行走路线基本是这样的：先在家乐福超市里转一圈，研究一下那些琳琅满目的进口商品，特别是进口葡萄酒的品牌和生产年份，然后在香气蒸腾的熟食区略作停留，再转向青菜区，买两盒因标识了“有机蔬菜”而价格堪比肉贵的鲜艳青菜。然后出来，左转，在休闲中心的景观水池驻足片刻。

景观水池里养了许多观赏鱼，常常会有一两对小情侣或者带孩子的母亲拿着刚刚买来的面包喂鱼。已经习惯了被投喂的鱼儿们对人影非常敏感，人刚在水边站稳，鱼们便摇头摆尾地向人聚集而来。待面包一投下去，鱼们的表现就更加欢蹦乱跳，有些身强力壮的甚至会跃起水面抢食。

冬天水质比较清澈，衬托得那些肥硕的鱼儿鲜红的愈发鲜红，金黄的愈发金黄，让人竟能生出一丝世事安稳、岁月静好的富足之感。

站在水池边，略向左侧看去，是一大排落地玻璃。

玻璃窗内，白炽灯将整个空间渲染得有如水晶宫般剔透，一长溜健身器材在剔透的灯光下气势磅礴地临窗排开。

每每看到那些在健身器材上挥洒汗水的短装男女，甘婧都有一种无法排遣的伤感。就在半年前，唐红果儿也曾站在她们中间，穿着背心短裤，颈上搭着毛巾，长发高高束起，在某一台跑步机上时而奔跑时而行走。

她那时的快乐，可能大部分都是由那个叫魏祺的男人带给她的。

她的死亡呢？是谁将她从快乐的巅峰直接抛入死亡的深渊？

她那页写满对不起的手书遗言，主语是谁？宾语又是谁？

在健身房的斜对面，是一大片堪称大手笔的宽阔草坪。甘婧到来的第六天正好是星期天。尽管天气依然寒冷，草坪上仍然聚集了不少身着橄榄球装的小男孩。她驻足看了看，那些小男孩清一色都是外国孩子，正在外籍老师的带领下进行一场对抗赛。

球场外的草坪上，一些更加年幼的外国孩子则在大人的陪伴下，趁阳光明媚，和自家的宠物狗游戏奔跑。

在这里，他们生活得像在自己家乡一般惬意，也许，比在自己家乡还要舒适自在？

这座城市展示给外国人和外地人的是同样的繁华和美丽，但外国人和外地人在这里拥有的，却是截然不同的生活品质。

这群人中并没有自己要找的面孔。甘婧收回目光，接着在同胞身上暗暗寻找。

碧云社区并不算大，一个月后，甘婧已经走遍了她能够进入的各个角落。让她感觉印象变差的，是在宝石公寓。那天中午，宝石公寓门口一名保安躬身将外国人请进去后，却从人群中拦住了她。

我准备在这个小区买房，来看看环境，甘婧十分镇定地说。

一名将裤子提到腰部以上的干瘦保安上上下下打量了她几遍，用含糊不清的沪语尖声说：“外地人——买不起看啥看。出去。这是涉外小区。出去！”

甘婧足足盯着他看了两分钟，才无声地转身。

到上海已经一个月时间，至今仍然没有收到纳士公司的面试通知，甘婧越来越焦躁。毕竟在公安一线工作过五年时间，甘婧身上，悍气多少也是有一些的。如果是在家乡碰到这种混蛋，她早已经瞪圆双眼大发脾气。

但这是上海，是别人的家乡。古语说，人离乡贱。放在古今都一样。

甘婧忍了又忍，才将一口恶气压到心底。

接到纳士动漫公司的面试通知时，她正紧握双拳，在迪卡侬体育用品商店的潜水用具专柜前生闷气。

在她旁边，两个身着羽绒棉服的清秀女孩一边好奇地研究着货架上那些用具的使用方法，一边小声对话。

“经常潜水的人，应该有私家游艇的吧？”

“应该有吧。浦东滨江大道那里好像就有一家游艇会，吃喝玩乐一条龙服务。那里有一道菜，我还蛮喜欢的。”

“我还没坐过私家游艇呢。唉，你看，我们刚刚学着打高尔夫练习场，人家都开始浮潜了。想嫁个有钱人，还真难。”

“不知道这里有没有出售驾驶私家飞机用的训练服，要有，我干脆先提前买了算了……”

就在两个女孩低低的笑声中，甘婧自从换了上海移动号码后就从未响过的手机突然响了起来。

纳士动漫科技有限公司人力资源部工作人员通知甘婧，下周一上午十时，带好自己的身份证、学历证、学位证和职业资格证书到公司十三楼小办公室参加面试。

等待了四十八天的消息，终于有了结果。

结束通话时，甘婧情绪明显好转。她大踏步离开迪卡侬，在云山路公交车站挤上一辆开往浦东八佰伴商场的公交车。

她想买一点彩妆，再买两件衣服。

三天后这场面试，她只能成功，不能失败。

三天后，对自己进行过精心修饰的甘婧站在纳士动漫科技有限公司大门外。

没来上海前甘婧就知道，上海知名大马路多以国内较有名的城市名来命名。到了浦东后，她发现，浦东的很多道路名虽也跟从浦西的规律，多以国内其他省市的城市名来命名，但是这些地名主要集中在山东省。相比之下，张江产业园区更国际化：园区内道路多以牛顿、蔡伦等中外知名科学家名字命名。

纳士动漫科技有限公司就位于张江产业园区祖冲之路东北段一处人流、车流都不算繁密之处的现代化办公楼内。

搭乘公交 609 路，再步行一段距离，就到了纳士公司所在的办公楼。

远远望去，最先映入眼帘的是纳士公司隔离墙边那排粗壮高大的香樟树。铂灰色的办公楼就掩映在墨绿色的树影中。

进入到楼内，甘婧发现这幢大楼的楼层高度要明显高于普通办公楼。特别是一楼大厅，目测高度足有六米。

此栋建筑的设计师理念很环保，为了便于采光，他用巨大的落地玻璃代替了大厅南北向的两面墙壁。在玻璃墙后的大厅，又摆放上碧绿的凤尾竹。尽管室外仍是暮冬，但凤尾竹轻轻摇动的羽状叶片却让室内之人有三月春风拂面之感。

这处办公楼毫无动漫公司应有的卡通之感，反倒透着一股高科技研究所的味道。

在前台登记后，甘婧在保安的指引下上了电梯，来到位于十三楼的纳士公司。小会议室内已经坐了二十余名前来面试的年轻人。

从人事专员手中拿到自己的考试号码，甘婧找到自己的座位，答写放在会议桌上的试卷。

一个小时后，甘婧交卷，被带到对面的总经理会议室。

在做了简单的自我介绍后，甘婧开始回答对面四名考官抛出的问题。

对动漫行业了解多少？

为何要辞去公务员工作？

对未来的工作有何构想？

对自己的星座有什么看法？

个人性格的优缺点是什么？

甘婧一一回答完毕，领了一张午餐券回到小会议室等候纳士应承的午餐。

下午三点，甘婧第二次走进总经理会议室。会议室内的面试席已经换了一批人。

一进门，人事专员就低声向她介绍，坐在正中间位置的，是公司总经理何其多。

甘婧表示听到，落座前，首先向何其多微笑问好。

何其多国字脸，大眼睛，浓眉毛，理着时下最为流行的圆寸发型，皮肤呈健康的阳光麦色，一笑，眼角几条细细皱纹，是个相貌英俊的中年男子。

何其多看着眉清目秀、肤白胜雪的甘婧，明显眼睛一亮。

甘婧捕捉到了这一点，何其多周围的人也敏感地捕捉到了这一点，并迅速给出反应。

何其多左手旁一名有些谢顶的男子看看甘婧的简历，笑着说道，“武汉的女孩子，皮肤就是好。不像我们本地女孩，脸上总是有那么一点点黄气。”

何其多右手旁那名脸部轮廓秀美、衣着鲜艳的中年妇人也笑着接道，“那当然，内地城市水土好嘛。我早就说过，公司想要发展，树立自己的形象是第一位的。公司形象靠什么树立？不就是靠员工的形象？员工的形象好了，公司的形象肯定就好。何总，我感觉这位小姐的形象就很适合本公司。”

“可惜何总已经有个秘书了，要不然，让这位小姐兼任何总的生活秘书吧？”坐在何其多旁的一名梳着爆炸式发型的中年妇人一本正经地说。

一屋子人都应声大笑。

已经当了五年桌子那头的人，习惯半垂眼帘、用机器般的声音问对方性别年龄家庭住址的甘婧，没想过自己期盼已久的应聘竟是这样的场景，脸色便有些不好看。

何其多觉察到甘婧压抑的怒色，清了清嗓子，将笑容隐去，问了甘婧一个出乎她意料的问题：“我一直认为，能将问题回答得完美并不能体现一个人的真正素质，能提出一个好问题，才说明一个人的能力和水平。甘小姐，你对本公司有什么想问的吗？”

甘婧合上手头的材料，沉吟了一下：“我想请教何总一个与工作并无太大关系的问题，您为何要将公司选在这个有这么多香樟树的地点？”

何其多明显愣了一下，一分钟后才微笑着问，“甘小姐，你是第一个不问工作待遇的应聘者。好。很好。那甘小姐知道樟树为何叫樟树吗？”

甘婧点点头，“我小姨是湖北仙桃人，她家就有一个樟树种植园。她说，因为老祖宗看到樟树身上有许多纹路，粗看就像是一篇篇文章，令人有一种胸怀大局的感觉，所以取名时干脆就在‘章’字旁加一个木字作为树名，称为‘樟树’。”

何其多笑，“这说法我还是第一次听说。不过公司当时决定进驻这家办公楼，的确是因为喜欢这一大片茂盛的香樟树。一是意趣好，二是它可以驱虫避邪。别看我是从美国读书回来的”，何其多身体前甘婧前倾，略略压低声音说：“我可是从小就对中国古文化很感兴趣哟，他们都知道，我在少林寺修习过正宗棍法，太极拳还拿过专业级证书。”

甘婧点点头：“我在大学里也学习一点擒拿，但成绩只是勉强及格。”

何其多眼睛笑成一条线：“这么秀气的女孩子还学过擒拿，好。好。真好。”

甘婧直视何其多，用尽量真诚的语气说：“武汉街头的大树，以法国梧桐居多。但在我以前工作单位的小院内，也种了几棵香樟，夏天午休时，我喜欢坐在树下看书。您的公司，让我有一种亲切感。我很希望能有这份荣幸，成为您公司的一员。”

听到甘婧的回答，一丝淡淡的微笑浮现在何其多脸上。他向甘婧点点头，将脸转向左侧，“桂总，你有什么要问的吗？”

被称为桂总的秃顶男笑着摇头。

“徐总？”何其多又转向右侧。

徐娘半老、一脸浓妆、衣着鲜艳的徐总也笑着摇头。

“房总，你呢？”何其多探出头去，向爆炸头女士问道。

留着小女孩式爆炸发型、敷着厚粉的房总面无表情地摇头。

人事专员示意甘婧面试结束。

甘婧有些不甘地看看何其多。为了应聘成功，这一个多月来，她对纳士公司有可能涉猎的问题都精心做了准备，可是，连一个都没有用上，面试就结束了。

何其多微笑着向她点头告别，她只好起身离开。

离开纳士公司前，甘婧凑到人事主管旁边，小声问她面试何时能有结果。

人事主管有些疲惫地说，明后天还有六十多人来面试，录取通知出来，大概要一个月。

这么久？甘婧还想要再问句自己的机会有多大，看到人事主管脸上连起码的礼貌笑容都淡去了，也只好停住不问。

回到家中，甘婧照例喝了一点粥，将碗洗好后，打开一楼客厅的电视，找到沪语节目《阿庆讲故事》，有一搭没一搭地看了起来。

从发现这个电视节目开始，甘婧便一直坚持有空就看，像学习外语一样，耳听发音，眼看字幕，心中默读。不过，从学习效果看，收效并不明显。

相比街边小型超市中那些本地中年女收银员如同机关枪般的语速和发音，阿庆的语速明显要慢，吐字也过于标准。一个半月后，收银员阿姨们的话，甘婧仍是一句也听不懂。只有在对方极不耐烦地用普通话重复一遍后，她才能从呆若木鸡到手忙脚乱给出反应。

但这并未妨碍甘婧收看节目的兴趣。听着如同外语般的沪语，甘婧竟然不知不觉在沙发上睡去。

夜半时，甘婧再次看到唐红果儿，她出现在二楼的卧室，仍然站在床边的高脚凳旁，头发披在脸颊边，双肩向下塌着，脸色惨白，茫然地从二楼卧室的栅栏旁冲着客厅方向俯视着自己。

“我不知道是谁对不起你，还是你对不起谁。既然你要我帮你，你也要帮我。”甘婧感觉自己喉咙处仿佛被一只大手死死卡住，她费了好大力气，才一个字一个字将这句话逼出喉咙。

在嘶哑的喊叫声中，甘婧竟然从本就不深的梦中醒了过来。

# 第三章

纳士动漫科技有限公司给了甘婧一份意外惊喜。

面试后一周，甘婧就接到纳士人力资源部人事主管艾米致电，通知她下周一到公司报到，并提醒她，在报到前先到附近的三甲医院做一下入职体检，体检费发票留好，报到时交由公司报销。

“您的意思，我被录用了吗？”甘婧的开心，压抑不住地从语气中泄出。

“理论上讲，是这样子的。不过还要有三个月的试用期。试用期过后，工资什么的会高一些。”对方在电话里回答完，又问道，“甘小姐手边有笔没？如果有，麻烦你把报到时需要带的证件记一下。”

甘婧此时正在明月路上散步，手头并无纸笔，但仍然连忙说好。

“身份证、学历证、学位证、户口本、体检报告；退工证明、前单位开具的工作经历证明，需要加盖前单位公章。如果您会驾驶的话，麻烦您还要提供驾驶证。”

一辆深蓝色别克商务车从甘婧眼前迅捷掠过，精准地停在离她不远的一间私人会所门前。一名司机模样的男子从驾驶室跳出来，按响会所的门铃。

片刻，一名身着黑色外套的男子从门内走出。司机为他拉开后侧车门。

就在他低头上车之际，正巧走到他身旁的甘婧看到了他的侧脸。

“魏祺！”甘婧忍不住低声惊呼。

“回去？什么回去？”耳边的电话里，纳士公司的人事专员有些惊讶地问。“甘小姐，您说什么？”

“没什么。谢谢您。回头再跟您联系。”甘婧不由分说挂断电话。

就在她分神挂断电话之际，那辆为了保持车厢内适宜温度而一直没有熄火的别克商务车已扬长而去。

甘婧徒劳向前快走几步，记下了那辆车的后几位车牌号码：9968。

眼睁睁看着那辆车消失在明月路尽头。甘婧回过头来，走到那个疑似魏祺的男人走出来的私人会所门口。

据她一个半月的观察，在明月路、蓝天路上，散布着不少与此类似的私人会所。除了门牌号外，并不悬挂会所名。它们基本都位于独栋别墅内，有自己的车库、花园和大大的露台，不管里面有人没人，最外面的防盗铁门总是紧紧关闭。

甘婧想了想，走过去，按响会所的门铃。

“请问有什么可以帮您？”一名身着红色保安服的年轻男子闪了出来。

“哦，我想问问，魏先生在吗？我是魏祺先生的秘书。有一份文件需要他签，刚刚他在电话里说，他在这里会客。”甘婧一脸微笑。

“魏先生？不认识。”保安摇头。

“他穿着黑色外套，头发这样梳着，脸型这样。”甘婧伸出手比划着。

红衣保安看到甘婧的动作十分好笑，便笑了出来，声音也友好不少。“今天这里被借出去了，一些我们也不认识的人要在这里开一整天的会议。没有熟客，所以，我也不知道有没有姓魏的先生。”

“要不您打一下他的电话？”红衣保安建议。

“好吧。”甘婧点头致谢，伸手摸出电话，做出查找电话号码的样子向前走去。看不到那个保安后，她才将手机收回口袋中。

从明月路走到白桦路，再走到黑松路，再原路返回，经过蓝桉路、黄杨路，回到红枫路。三个小时后，甘婧拖着有些发酸的腿坐在一条背风长椅上，拿出手机。

当翻出那张照片仔细观看时，甘婧发现了不同：她在路上看到的魏祺，比照片上的魏祺要成熟很多。

照片上的魏祺大概三十岁左右，路上看到的魏祺，应该在四十岁到五十岁之间。

是自己过分执著，以至于产生幻觉看走眼了？

三月的风尽管已不似深冬般刺骨，仍然很凉。前面走出来的一身细汗，被冷风一吹，甘婧感觉分外的冷，看看已近中午，索性起身回公寓做饭。

路过大堂值班台时，一名保安小声提醒她，这一期的电费与水费单都来了，在大堂旁边的信箱内。请她拿着去物业办公室交费。

“你们这里缴电费不是通过银行转账？”甘婧在武汉有一张专门用于缴费的存折，只要存折中的金额够，水电煤气费都会直接在存折上扣除。

“没有存折。这里是酒店式公寓，管理与一般物业不同。电费与水电费是由物业代收，也是方便业主和租客的一项服务。”

甘婧点点头表示知晓，从公寓信箱里取出水费和电费单据。仔细一看，吃了一惊。

电费单显示：本月电费为四百九十八元。

甘婧连忙回忆自己这一个月的用电情况。

由于处于失业状态，积蓄又不多，甘婧一开始就自觉减低了自己的用电标准，冰箱不用。空调只在临睡前开两个小时。热水器只在洗澡前半小时开启，平时断电。小电饭锅也只用于做饭，不煲汤。只有电视和电脑属于生活必需项目，要一直开着。

如果在武汉，这一点点用电量，最多三四十块钱的电费。这里却翻了不止十倍。

从未为钱操过心的甘婧竟然感到了一些要破产的不良感觉。

怎么这么贵呀。甘婧一边在心中反复研究着自己这一个月的用电量，一边心不甘情不愿地向小区的物业办公室走去。

因为酒店式公寓算是商业房产，使用的是商业用电标准。物业收费员见怪不怪地回答。

报上房间号，交了电费，想想电话费也快用完了，甘婧只好又拿出二百元钱，步行二十分钟到家乐福超市的电信专柜买了一张电话充值卡。

离开时，甘婧看了看人头涌动的“大食代”快餐，竟然对十八元一碗的大排面也产生了一些不良感觉。

武汉清晨的街头，一大碗热气腾腾、泛着芝麻酱、辣油和葱花儿香气的热干面，只要两块钱。在那里，吃面，是让你有力气去面对一天的生活，而不是去生存。

自己会不会在还没找到唐红果儿死亡真正原因之前，已经被高昂的生活成本压榨得只剩下吃口饭、睡个觉的力气？

这座城市，又有多少人的全部生活内容仅仅只剩下吃口饭、睡个觉这两个最最基本的生存需求呢？

甘婧看看左右，右侧一家美发沙龙的墙面镶着一面两人身高的大镜子。镜子里，密麻麻的人流似鬼影般川流不息。他们和唐红果儿一样，爱这个被张爱玲描摹得锈红碧绿灯光交织、小处世侩却大处豪气的城市。他们从四方八方向它飞奔而来，将自己的喜怒哀乐全部与它捆绑在一起。

可是浮华的灯光下，他们臃肿的身体上却支撑着一张张蜡黄的脸，那扑面而来的焦灼和不安，就流动在每一张脸上。

仔细看看，甘婧发现那种焦灼和不安在自己的脸上竟也清晰可见。

甘婧吓得了一跳，忙将目光收回，急步回家。

我只是名过客。我不要这种表情。我只想过每个月收入两千元钱，有房住、有饭吃，闲时看看小说，高兴时买买衣服，忙时不忘品品五峰毛尖的平淡日子。甘婧打开电视，让突然变坏的心情渐渐平复。

余下的几天，她没有再出门，只是窝在家里上网、看电视。由于长时间保持一个姿势在沙发上躺着，令她的颈椎僵硬无比，以致第一天上班的清早，她下楼梯时竟天旋地转差点跌倒。

晕晕乎乎出门、上公交、进纳士的小院，上电梯，又在人事主管艾米的办公室内足足等了一个小时，甘婧才被领到一个两平方米左右的格子间中。

稍后，一名负责行政的女孩走了过来，让甘婧填写了一张办公用品领用单，给她发放了笔记本电脑、员工手册、办公区门禁卡、水笔、办公簿、计算器、剪刀、回形针、文件夹、垃圾桶、纸巾等等。

“我叫甘婧，怎么称呼您呢？”甘婧望着眼前这个梳着梨花头的圆脸女孩，友好地问。

“哦，我叫 Apple。圆脸女孩笑着说，这里是外企，大家都习惯相互称呼英文名字。你的英文名字叫什么？”

甘婧摇摇头，“我没有英文名字，我的中文名字叫起来很简洁，也可以当英文名字来用。”

Apple 哦了一声，无所谓地耸耸肩转身离开，“随便你。”

看着 Apple 离开，甘婧在员工手册中找到了她的中文名字：胡粉花。

差别好大。甘婧在心里悄悄笑了一下。

尽管是第一天上班，甘婧并没有让自己闲着，她拿着员工手册，按部门一个一个默记新同事的名字。

想早日回到自己熟悉的环境，就必须要尽快融入这个陌生团队。

可是，不管甘婧将自己变得如何忙碌，时间相对论还是在她身上发挥了作用：在陌生空间内经历的时间要比在熟悉环境中感觉漫长。

坐在自己小小格子间中的甘婧在看了无数次手表后，才盼到指针指向下午五点半钟。

为了活动一下已经挺得发酸的脖颈，下班后，甘婧并没有直接回家，而是来到碧云社区的健身中心外。

驻足。看着落地玻璃窗中健身器械上那一长排面无表情、一脸油汗的男男女女，甘婧在心中默默说道：“唐红果儿，我已经住进了你生前最后居住的地方，进入了你生前工作的最后一家企业，可是，却仍然进入不了你的内心和事实真相。”

“你让我放弃一切来到这座城市，真的是为了帮你寻找你的死因吗？还是另有原因？”

一个月后。

纳士动漫科技公司。

总经理办公室内。

何其多坐在宽大的办公桌后，用略为沙哑的声音和甘婧寒暄几句，直接吩咐了一项任务，公司接到国内知名企业环宇投资公司发来的一个大单，为环宇投资建设的一个大型主题公园设计、制作一部时长二十五分钟的3D动画片。动画片中，要有两个让人过目不忘的卡通形象。

“他们主题公园的主题是什么?”甘婧问。

“是剑齿虎。”何其多递过来一份仅有两页纸的合同。

甘婧粗粗翻看了一下，创作时间为合同签订之日起后的八个月内，作品完成后由甲方验收认可后方算合格。在创作期间，甲方可以依照自己的想法要求乙方对动画片的情节、形象、特效、音乐等做出修改。

“他们想要两个什么卡通形象?”甘婧问。

何其多回答，“因为国内已经建设了多家恐龙主题公园，所以也想在主题公园这块蛋糕上分一块的环宇决定改弦易辙，另辟蹊径启用靠美国大片《冰河世纪》让多数国内人知晓的剑齿虎，与国内的众恐龙们在冰河时期这一平台上竞争。”

“哦，那他们是想要一只完全根据史料还原的剑齿虎，还是一只具有人类基因的卡通剑齿虎形象呢?”甘婧接着问。

何其多回答，“环宇的初衷，就是想让参观者们在进入剑齿虎主题公园后，能够和剑齿虎一起身处一样的环境，一起体验冰河时期的寒冷、荒芜和随时面临死亡威胁的恐惧。”

甘婧懂了，她点头，“我明白了，他们是想要一只基本根据史料还原的剑齿虎。”

何其多满意地笑了，“是，小甘，你很聪明。是这个意思。”

“这个，有点难度。我不是很熟悉冰河时期的史实，我先翻看一下资料吧。”甘婧有些为难地说。

“别为难，下午两点，我和你们剑齿虎主题公园项目组一起开个会。会上，我会帮你们解决一些实际困难。环宇那边，项目部成经理的第一笔启动资金已经打过来了。下一步，就靠你们了。”他起身走到甘婧身边，用力搂搂她的肩膀。

甘婧点点头，起身离开何其多的办公室。这次交流，甘婧发现何其多有一个很特别的能力，这人对于尚未发生的事情，可以描述得栩栩如生。换言之，何其多的语言能力相当不错，具有很强的煽动性。三言两语，便能令闻者热血沸腾，继而，跃跃欲试。

半个小时后，何其多的秘书屈志华来到甘婧身边，递给她一张领款单，“签个名字，到财务部去领款，这是何总从总经理基金中特批给你的项目经费。”

甘婧忙起身道谢。

屈志华又吩咐，“下午两点，何总和分管业务部门的徐总会召集你们几个开个会，别迟到。”

“都有谁参加？”甘婧问。

“你，动画设计的百合，建模的正夫，材质灯光的洪杰，后期合成制作的董元、眉眉、蓝祖平。还有，公司的规矩是项目负责制，没有事情，不要去麻烦何总。他很忙。”

甘婧还想问自己的具体职责是什么，屈志华已经转身离开。

“这个单位的人怎么都是一个风格，从不直接回答别人的问题。甘婧摇摇头，按照前些年机关的说法，这就叫门难进，脸难看吧。好在我也不准备在这里久留。”甘婧想想，心态转为平和，复又坐下。

令她感觉奇怪的是，屈志华并没有回自己的办公室，而是扭身进了财务部。屈志华个子不高，身材略胖，从正面看，手长脚长，比例匀称，所以并不显矮。但从侧面窥视会发现，这人有个男人很少见的圆屁股。不仅圆，并且翘，让女人也自愧不如。这让此前生活圈子相对狭小的甘婧叹为观止。跟着屈志华的背影，她出于惯性向财务部的方向看了一眼。

突然，财务部门内传出一阵阵说笑声。

那里面的说笑声很大，衬托得办公区这边格外寂静。

甘婧到此公司仅仅一个月，还没机会交上朋友，对于这种时有发生的窒息般寂静，她感觉不对，但却又找不到原因。

不过，一个月时间，已让甘婧对这家公司开始有了一些皮毛式了解。那个长得颇为英俊、说话很有感染力的何其多四十九岁；头顶半秃的副总桂望国、粉永远很厚的副总房莺和他同龄；眉眼会讲话的副总徐丽美比三人小一岁，今年四十八岁；长着一张娃娃脸的总经理助理屈志华刚刚三十岁。

桂望国和徐丽美都有些摆架子，平时很少主动与员工搭腔，但何其多喜好和年轻人说笑，所以只要有他在场，有女同事在场，几名副总、助理就会心照不宣地说段子，为了搞气氛，其中不乏有些出格的黄段子。

甘婧面试时遇到的那一幕，几乎每天都会在公司上演。

对于那些并不好笑，甚至有些无聊的笑话，甘婧为了表示自己也融入了这个团体，也表情僵硬地跟着笑。

有着一张娃娃脸和圆屁股的屈志华最喜欢拿男女关系打趣何其多，可他说的笑话，办公区里的同事却很少笑。只要何其多不在，屈志华也从不在大办公区多说话，每次一说完事情就回自己的座位，或者直奔财务部。

甘婧留心观察了一下财务部的人员结构，四个都是女人，不设财务经理，职能由公司副总房莺兼任，其他三个二十多岁的小女人，两个是会计，一个是出纳。

甘婧分析，屈志华只有三十岁，应该是在和财务部里的哪个小女人在谈恋爱。

没多久，她的这一推测便被打破。屈志华的老婆来公司找他，还带来了两岁多的儿子。

# 第四章

一周后。将所有自己能搜集到的剑齿虎材料都消化吸收后，甘婧邀约动画设计师百合一起到浦东世纪公园走走，寻找灵感，顺便交流一下彼此掌握的资讯。

何其多曾给甘婧批了两万元项目经费，她不知道其他组员有没有类似的经费，也不想一个人悄悄藏起不用，便一直找机会邀请同组成员吃下午茶或者喝喝咖啡。

也是在何其多召开的“剑齿虎主题公园”项目启动会上，甘婧才真正了解到自己当时想问屈志华却没机会问的公司基本运作情况。

在纳士公司，除行政、人事、财务人员等后勤保障人员外，其他所有业务部门的工作人员虽然分别隶属于不同部门，但上下级的管理却相对松散。只要有项目来，总经理就会从各部门抽调所需人员组成一个临时项目组，大家打破部门限制协同作战。项目结束后，项目组自行解散，组员各自回到各自部门，等待下一个项目进来。

因为每次接到的项目都不尽相同，所以只要在公司的工作时间够长，基本上，所有业务部门的员工都会有机会同组合作。也因此，公司的四十余名员工相互都很熟悉。

从事动画设计的百合二十七岁，个子高挑，肤色淡竭，眼角微微上挑，留一头蓬松的红色短发，开一台红色轿车。甘婧上车前，发现合百的车身外贴了许多小动物车贴，情态各异，看起来十分可爱。

“是你设计的？”甘婧问。

“是的呀。”百合骄傲地晃晃脑袋，“可爱叭！”

可爱的。你可以把它们当成主角，加一点情节，创作四格漫画放在网上，现在许多年轻人都喜欢这个。

“说得你好像很老似的。”百合笑。

“我是心老，对当下的流行一直欣赏不来，从小就这样无趣。”甘婧老老实实回答。

“我其实也是，”百合笑，“心老。”她笑了半天，才正色道，“我只会画画，不会写故事。以后我们合作倒是可以。”

行车到世纪公园门口，趁百合停车时空隙，甘婧主动买了门票。

进入世纪公园后，百合轻车熟路地带着甘婧来到蒙特利尔园的咖啡吧，选了一个可观水景的位置坐定。

这里号称是上海内环线中心区域内最大的富有自然特征的生态型城市公园。百合笑着说，每逢重大节庆日，这里还会燃放焰火。

空气很清新，有点天然氧吧的味道。甘婧深深地吸口气，淡淡说道，“燃放焰火，烟啊雾啊的，不是把这最大的优势给浪费了？”

“优势不能带来直接收益，但污染有时候可以。”百合回答。

“要生存还是要发展，一直是困扰许多人的难题。”甘婧说。片刻，像突然想起来般小声笑道，“前天下班时，我看到屈志华的老婆来公司找他，原来他有家啊，天天往财务部跑，我以为他单身呢。”

百合有些惊讶地看看甘婧，“你也关心这种事？”

甘婧有些尴尬，“他跑得实在异乎常理地勤快，我有些好奇。”

百合淡淡一笑，脸色慢慢转为鄙夷，“他们自己都明铺暗盖了，我们也没啥需要遮掩的。他不仅自己有家，家外还有人呢。”她看看甘婧，表情转为调皮，“甘婧，你肯定猜不出他家外那个人是谁。”

“我看到他经常往财务部跑，应该是财务部于露？”甘婧想了想，选择出那间办公室中最活泼可爱的女孩子问道。

“于露？哈。如果真要搞婚外恋，于露也应该选何总吧，除了卖相好，还有身家。怎么会选屈志华？”百合摇头。

“那是谁？”甘婧不解。

“你想不到是吧？换谁也想不到。”百合喝了口水，“他找的不是小三，是个老三。”

“你是说——房总？”甘婧倒吸一口冷气。“不会吧。她应该小五十了吧？她可比屈志华大二十岁，外表看起来还不止。”

“就是她。”

“那，房总有家吗？”甘婧问。

“当然。”百合回答。

“那她家里不管？”甘婧问。

“她丈夫前几年下岗后，被政府的4050工程召去再就业，在小区当保安。我听老蓝讲，许多夫妻到了他们这个年纪，家就是个盾牌，遇事挡一下，平时大家都是各玩各的。谁也不管谁。”百合说。

“那单位不管？”甘婧又追问。

“单位？哈哈，好正规的称呼。你原来是在机关工作？”百合扭头看看甘婧，笑着说，“在你们机关，这种事是天大的事，可我们这里是私营企业，流水的企业，流水的员工，流水的情缘，只要他们家里人不闹，没人去管这些事的。”

“那——这总不是好事吧？”甘婧有些不甘地问。

“对大部分人而言不是好事，好事坏事要看对谁。屈志华原来只是财务室一名出纳，是房莺推荐他给何总当助理的。而房莺，又是何总——亲自招进来的，和何总关系很好。反正这公司虽规模不大，但各种关系也很复杂，以后慢慢跟你说。”百合挥挥手。

“我懂了，不管有多少传闻，总之，男女关系这种传闻没有人管。对吧？”甘婧点头。

“答对了。”百合回答。

“这么说，咱们公司的管理层还真是有点奇怪。”甘婧自言自语。

“对了，你之前的创意文案阿秋辞职前，曾给公司做过一个评价，让我想想是怎么说的来着，”百合皱着眉毛回忆，“她说，有能力、有实力的总是沉在水底，不轻浮、不肮脏、不是渣滓就浮不出水面。这就是公司管理层的生态结构。怎么样，够绝吧？”

“够绝。”甘婧点头附和，心中却暗暗思忖，这评价，其实可以出自任何一个在老东家混得不如意的前员工口中，宾主关系不好，完全可以好聚好散，背后捅刀子，没啥意思，也没啥意义。

“不过，我不太赞同她的观点。”百合直言不讳，“何总是个好人，有很多事情，他是身不由己。”

甘婧附和，“是，经营一家企业，不可能黑即是黑，白即是白。再有，何谓精华、何谓渣滓，站在不同角度，得出的结论也不会相同。”看看咖啡差不多喝完，水亦不多了，甘婧又向吧台买了两瓶水拿在手中，结了账，和百合一起向世纪公园深处走去。

到纳士公司上班后，甘婧尽自己所能，不动声色将能查阅到的公司材料都查阅了一下。她发现了一个出乎她意料的情况：唐红果儿在这家公司的身份，并非她生前向甘婧说的打工人员，而是公司的创建者之一。

也就是说，唐红果儿与何其多一样，是纳士的公司章程、公司简介和对外宣传册上所说的“本公司由四名海外归国人士共同创建”中的四名海外归国人士中的一员。

可不知是何原因，纳士当时的四名创建者，如今只剩下何其多一人。现在甘婧所见到的纳士公司领导层中的领导，都是招聘人员。从企业的架构来说，除何其多之外，其他几位看起来人前显贵的公司领导，其实和她及普通员工一样，都是被公司聘来打工的。

现在，创办人之一的唐红果儿已经不在人世。除何其多之外其他两名创办人现在身在何处？唐红果儿的死，与何其多是否有直接关系？

就在甘婧左思右想之际，两人已经走出鸟类保护区，来到世纪公园中央的镜天湖畔。

镜天湖面上，一座造型奇特、悬索结构的小桥静静地依偎在湖面上。

这一日，是极为罕见的艳阳天。宝石蓝的天空中，洁白的云朵如天堂里闲庭信步的羊群。在阳光的照射下，小桥倒映水中的桥影好似一叶云帆，与湖中云影浑然一体。甘婧被这天人合一的精致景色惊呆了，她脱口而出，“那帆简直像是从云彩上直接剪裁出来的！”

“这座观景桥，就叫云帆桥呀。”百合指指桥头柱的三个大字，笑到，“甘婧，你对美好景物很敏感，一定能写出好的文案来。”

甘婧不好意思地笑笑。

站在桥上的两个女子全身反射着淡淡阳光，头发在日影中也轻轻变幻成淡粉赤金颜色，远远望去，仿佛两个映着阳光的玻璃人。

“那边还有立体植物雕塑，还有音乐广场，我们去看看？”百合说。

甘婧点点头，与百合一前一后下了小桥，向镜天湖对岸走去。

“你来上海这么久，还没逛过浦西吧？我带你去浦西逛逛？”百合停了一下，“就去田子坊好吧？许多外国人的旅游团都会将那里作为一个免费景点，可以看看人造的老上海风情，又可以买点工艺品带回去。”还未等甘婧回答，百合就一拉她的手臂，“走。”

两个小时后，走出如迷宫般遍布各色小店铺的田子坊，甘婧长长吐出一口气，并力拒百合送她回浦东的好意，坚持自己搭乘公交车。

与百合挥手告别，甘婧在打浦桥车站乘上一辆985公交车。车上很挤，甘婧踮脚吸气，用力将自己缩成扁扁一片，尽量不与其他人发生身体上的碰触。公交车驶上南浦大桥，开始沿着环型引桥转圈。车上站立的乘客被摇得东倒西歪。甘婧左躲右闪，还是被重重踩了一脚。

公交车景观窗高，车外一辆并行的黑色奔驰引起甘婧注意。奔驰车通体锃亮，前排驾驶员身着白衬衫，戴一副白手套，神气活现地开着车。后排一名着浅蓝色上衣、米色长裤的中年男子靠在椅背上，举一张报纸在看。侧面看上去，男子浓眉大眼，皮肤白皙，亦是个英俊的相貌。

整洁、富有、淡定、显年轻。甘婧心中排出一串定语，微微憧憬，何时自己可以坐进某辆车的后排淡定地看一本书，而不是吊在人气嘈杂的公交巴士里，挤得像肉馅一样？

又一个月后。

纳士公司会议室内。

环宇公司剑齿虎项目经理成树果正指着屏幕上的3D剑齿虎模型，向甘婧所在的剑齿虎项目组怒吼："你这是什么剑齿虎？你们这里有没有人懂剑齿虎？啊？到底有没有人懂剑齿虎？"

"剑齿虎，属哺乳纲食肉目猫科剑齿虎亚科剑齿虎属，种又分为阿芬剑齿虎、巴氏剑齿虎、科罗拉多剑齿虎、非洲巨型剑齿虎等；生存年代为中新世至更新世，生存地点为亚洲非洲北美洲和欧洲。"纳士剑齿虎主题项目组组长蓝祖平一口气说出关于剑齿虎的一长段资料，说罢，起伏着干瘦的胸膛，狠狠地换了口气。

甘婧心中暗笑，蓝祖平是想用专业术语先压甲方一头，给自己这边挽回一点面子。

成经理也看穿了这一点，他一甩额发，冷笑一声，"别跟我卖弄嘴皮子，我想问的是，你们这个剑齿虎形象是从哪里来的？"

"从美国呀。"蓝祖平一口北京腔，"成经理您是弄剑齿虎的，您知道，位于洛杉矶市区的拉布里亚农场是世界上知名的化石遗址之一，在那里发现过两千多只剑齿虎的亲戚刃齿虎的化石，是目前关于剑齿虎最权威最翔实最具有代表的研究中心，我们建模时的数据，就是从那购买的。"

"哦哟——我终于晓得了，怪不得你们的剑齿虎长得这么怪模怪样的。原来买的是什么刃齿虎的化石。那能一样吗？"成经理笑起来。

"刃齿虎是剑齿虎亚科，其实也就是剑齿虎。"蓝祖平赔笑。

"侬啥意思？朋友侬啥意思？是就是，不是就不是。也就是的意思，那就是不是对伐？阿拉要的是剑齿虎。再说一遍，阿拉要的是剑齿虎！不是亚剑齿虎。”成经理一着急，原本尚算标准的普通话转为一连串沪语，咚咚咚咚开始拍桌子。

“那您说吧，我们现在做的这个剑齿虎有什么地方不像剑齿虎？”百合一撸额头刚刚焗成蓝色的短发，没好气地问。

“阿拉要的是虎，是剑齿虎，而你们花一个多月时间给我搞出来的，是一个啥啥刃齿虎，这刃齿虎是虎吗？侬自己看，根本就是一只长着两根长牙的狮子。”成经理非常气愤地叫道。

“成经理，您这话说得挺有道理。的确，在许多资料中，剑齿虎经常被误认为是长着獠牙的狮子，其实它们之间根本就不一样。”甘婧缓了一口气，接着解释，“成经理，剑齿虎的体重比您说的狮子要重不少。而且，它的后腿和尾巴非常短小，其实更多研究者认为，从外形上看，剑齿虎更像是一只体格健壮的瘦熊。”

甘婧彻底惹翻了已经气得红头涨面的成经理。她的话音未落，成经理的声音已经转为冷笑，“体格健壮的瘦熊？哈！体格健壮的瘦熊？你是说我不懂剑齿虎喽？是说我没文化喽？何总呢，你们何总呢？我不和你们谈了，我要找何总撤销合同。你们又是狮子又是熊，赤佬[①]知不知道我要的是剑齿虎。”

蓝祖平一扶眼镜，赶紧冲上来拦住做势向外走的成经理，满脸堆笑地说：“成经理，小姑娘不会说话。您千万别生气，我向您保证，我们真懂您意思了。这样，您一个月后再来，到时候，我们保证给您看一只真正的剑齿虎，连片子的脚本都可以请您审。”

“你讲话能作数？”成经理怀疑地看看蓝祖平。

“能。当然能。”蓝祖平用力拍拍自己干巴巴的胸脯。

成经理见自己的目的达到，也没再多说，抻一抻衬衫，正了正手表，哼了一声，带着助理扬长而去。

---

① 赤佬，上海方言。指这家伙。

“他到底想要一个什么样的剑齿虎？”双眼血红，穿紧身衬衫的建模师正夫语气干涩而疑惑。

“丫就想要一只动物园里的老虎，嘴里伸出两条向下的象牙，随着它向前走，就在地上刨两道深坑。”蓝祖平搓搓发青的脸，疲惫地说，“明天你们就去南汇野生动物园看看，拍点素材回来。”

“可是剑齿虎与现代老虎根本就不是一个物种。”甘婧说。

“管他呢。客户就是我们的上帝，上帝说剑齿虎是老鼠，那就是老鼠，上帝说剑齿虎是老虎，那就是老虎。”

“那壁虎也叫虎，算不算老虎呀？”百合坏笑。

“上帝不懂壁虎不是虎，那怎么办。”蓝祖平双手一摊。

“你的意思是咱们照猫画虎？”甘婧问。

“可这段片子以后是要面对海内外参观者的，看到这个长着象牙的现代老虎出自我们公司之手，那不是自打耳光吗？我们订单本来就不多，以后还有订单找我们做吗？”眉眉细声细语。

“以后的事，以后再说，先过这一关。甘婧，明天你和百合、正夫、还有洪杰一起去南汇野生动物园，那里老虎多，听说连白的都有，而且都是散养的。你们坐在铁笼车里多看看那丫挺的，就当散心了。我昨天一夜没睡，我先去睡一下。”蓝祖平一边说，一边哈欠连天地退出会议室，“你们也快点回去补个觉吧。”

“我也回去睡觉了。”正夫也用手掩嘴打个哈欠，拖着两条沉重的腿，走出会议室。

“我们都回去睡一下吧。你走不走？”百合问甘婧。

“走。”甘婧忙点头。

两个月辰光，足够甘婧和年纪相仿的组员们建立了十分友好的同事关系，特别是常常让她搭顺风车的百合。

汽车驶出公司停车场，驶上马路，甘婧打着哈欠，给百合扭开一瓶水，趁红灯时，递过去。

“公司一直这么忙吗？”甘婧问。

百合接过水，喝了一口，又递还给甘婧，摇摇头说，“有单子就忙，没单子就没事情。”

“那以前单子多吗？”

百合想了想，说，“我来这公司两年，订单有，但都不算多。动漫行业在国外是个成熟产业，国内呢，各个公司之间水平相差很大，多数都还处于盲人摸象期。像我们这种完全靠几个海归创建起来的小公司，生存就更难。我听老蓝说，公司创建之初更惨，主要靠老板和他的朋友从国外拉点生意。富士康和苹果公司的关系你知道吧，我们在这个行业中所处的位置，就是替富士康打工的打工仔。”

“我们接的这个项目，不会是公司创立后最大的项目吧？”

“应该不是。不过，是我参加的最大项目。”百合回答。

甘婧愣了一下。“公司的财务情况呢？好不好？”

“这个不知道。我们做技术的，做一项活儿拿一份钱，公司运营情况如何，也没人告诉我们。不过，房莺那个女人龌气得很，对我们很苛刻，连加班吃个必胜客都要向何总打小报告，说公司效益本来就不好，我们还占公司便宜。”

“何总听她的？”

“有时候听，有时候不听。”百合说。

到达红枫路后，百合将车停好，在甘婧拿起手袋准备下车时，百合突然拉住甘婧，一脸认真地说，“今天成经理来公司验看 3D 模型时，我发现你的性格蛮直爽。在上海讨生活，个性直爽可以的，阿拉上海人就喜欢心地干净的人，没问题。但纳士人员来源复杂，大家个性也不同，最好不要太直爽。”

甘婧压抑得太久，也太久没有与人谈心，听到这种暖心话语，大脑一热，一句话脱口而出，“我以前单位的领导在教育我们时，经常说一句话，不要碰单位的钱，也不要碰单位的人。碰了肯定会出问题。不是身败名裂，就是进监狱。只是时间早晚而已。”

话音未落，甘婧已经后悔。她恨不得用力呼自己一巴掌。背后道人是非，是卷入是非的第一步。而满怀心腹事的自己，最怕的就是卷入是非。

手忙脚乱地下车，目送百合离开。

百合降下车窗，竖起一根大拇指，做了一个口型，“甘婧，侬结棍[①]。”一踩油门，向前方疾驰而去。

回公寓路上，一肚皮懊恼的甘婧听见手机提示音乐响了起来。她拿在手上，调出待办事宜，三个字：缴房租，这才从怔愣中回到现实——时间好快，我竟然到浦东生活三个月时间了。

甘婧有些感慨地抬起头四处张望，头顶的天空是一种略带雾气的蓝，云彩厚而软，蓬蓬的，仿佛内心深处孕育着什么喜悦的事物，在天上小心翼翼地停停走走。

拂面而来的风，毛茸茸，甜丝丝，软绵绵。

一年中，只有春天的风，才能让人生出这种微醉之感。来时如刀子般割在皮肤上的寒风，突然变得如此甜美而柔软，甘婧突然很想在春风中走走。

为能近距离找一块野地感受一下剑齿虎的生存环境，甘婧和组员翻阅了大量关于本市野生动植物园的资讯，上海科技馆湿地是搜集到的地点之一。甘婧决定先不回家睡觉。感受春天，野花野草野鸟们，比其他生物要敏锐得多。

在小区门口的公交车站，甘婧找到一路开往上海科技馆的公交。她找一个不太拥挤的位置站好，二十分钟后就到了上海科技馆站。

尽管早有耳闻，但是当她真正踏上这块潮湿的土地、任摇曳的芦苇轻轻拍打自己的脸庞之时，小湿地的野和绿还是让她暗暗吃了一惊。

小池塘边，没被人为干预过的草地参差生长着高低错落的野花野草，一只又一只拇指盖大小的迷你青蛙在草尖上蹦跳；草丛尽头是芦苇青青；芦苇丛包围的水面上，一些不知名的美丽小鸟在低飞甚或掠过水面。

① 结棍，上海方言。指厉害。

大地亦有生命，湿地便是大地的肺。与其他生物一样，大地母亲亦有呼吸，一呼一吸，一直在以人类难以觉察的节奏缓缓进行。湿地周围的气息尤其甜美而丰沛。

放空大脑，让自己沉浸在湿润而又微腥的春风中。

许久，甘婧才将目光收回。

脚边一朵米粒大的小黄花引起甘婧的注意。她蹲下身，轻轻抚摸了一下那朵虽小、却黄得热烈的微型花朵。

甘婧的心中猛然痛了一下。

二十年前，在位于湖北黄石的老家院子前后，也曾开满这种最早报春的小花。

那时，人工干预自然的手段还没有现在这样多。城市中的花草虽然也经过选择，但仍然遵循大自然规律，安安稳稳地从春华到秋实。

在三月春风刚刚拂过的土黄色大地上，这种米粒大小的小黄花，总是最先在春风中绽放。

当年，只有五六岁大的甘婧和唐红果儿还是两个远离烦恼和世事的小孩童。甘婧白净瘦削，梳着带厚厚刘海的童花头。唐红果儿红润健康，头发生着自来卷儿，常被她奶奶揪成两条毛茸茸的小马尾垂在脸蛋两旁。

唐红果儿父母是中国恢复高考后的第一届大学生，在大学毕业后匆匆生下果儿，便先后考到美国继续学习。

甘婧的爸爸是市少儿体校的教练，常年带着学员在国内各个城市奔波比赛。

两个没有大人约束的孩子，除了在奶奶的呼唤中回家吃吃饭睡睡觉，便是整日在房前屋后奔跑。

两个孩子一同发现了这种植株只有几厘米高、花朵只有小米粒大的微型植物，唐红果儿建议给这个微型植物取个名字。两个女孩子讨论一番后，一致同意唐红果儿给小植物取的名字：小米粒花。

为了能够移植一株到自己家中，两人想了很多方法，最后发现，小药瓶上的瓶盖最适合做小米粒花的花盆。

那两年的春天，两个女孩都因为频频偷拿家中药瓶的瓶盖被各自的爷爷罚站。

在甘婧七岁时，唐红果儿的父母如愿拿到美国绿卡，将果儿接去了美国。

临走前一天，唐红果儿趁父母都在忙着收拾行装和亲朋道别，自己悄悄溜到甘婧家中。她拿着一支铅笔，一张方格纸，让甘婧的妈妈帮她写下家里的通信地址，唐红果儿说，这样，不管她在哪里，都可以给甘婧写信。

“果儿，你去了美国，会想阿姨和婧婧吗？”甘婧的妈妈一笔一划在果儿的方格纸上写好自家的地址后，将唐红果儿抱在膝头，疼爱地给她梳小辫。

“想。”唐红果儿的声音带了哭腔，“你们别忘了我，行吗？”

“当然不会忘记果儿，果儿以后长大了，记得回来看阿姨好吗？”甘婧的妈妈一边说，一边在唐红果儿的头上编出了十几根细巧的小发辫，让脸蛋圆圆的唐红果儿像一个可爱的新疆小姑娘。

“果儿，给阿姨跳支新疆舞好不好？”甘婧妈妈温柔地说。

“好呀。”唐红果儿将两只小胖手端至颈下，头部略抬，起了个势，自己大声唱着歌跳起了舞蹈。

随父母到了武汉后，甘婧的爸爸为补偿多年在外奔波对妻女照顾不周的遗憾，先后给甘婧报了好多项收费不低的补习班。其中一项就是舞蹈。但天赋平平的甘婧，哪项补习班的学习都未让爸爸的投资见到回报。

“这孩子随你，”爸爸遗憾地告诉妈妈，“天生运动神经不发达，走路不顺拐就很好了，别在舞蹈上浪费钱了。”

“不发达就随我！你怎么不说，她从小到大也没见过几次你这个运动神经倒是无比发达的爸爸吵！你要是多陪陪她，说不定我们家还能出个舞蹈家吵！”妈妈伶牙俐齿反击。

两个大人唇枪舌剑，全不顾一边正在努力压腿的甘婧已经尴尬得满面通红。

长大后的甘婧发现，幼年的自己根本不用羞愧。如她一样，天生天赋平平，却在家长盲目期待下，被迫参加各种培训班的孩子其实占了培训班中的绝大多数。

真正有天赋而又有幸得到专业培训的孩子，真是寥寥可数。

在甘婧所见、所习的众多舞者中，幼年的唐红果儿应该算是一名有舞蹈天赋的儿童。一名舞蹈家应该有的矜持、高傲与不羁，在她的脸上，天生就有。这神女一般的光芒，甘婧长大后，只在杨丽萍的脸上见过。

“阿姨，给婧婧也编一个小辫吧。”跳完一支新疆舞蹈，唐红果儿一边摇晃着小脑袋，一边开心地说。

“我不要。”甘婧板着小脸推开妈妈的手，跑进卧室插上房门。

唐红果儿的妈妈将果儿接走时，任凭妈妈如何敲门，甘婧都不肯从自己房间里走出来和果儿说声再见。她躲在门后面，一直哭到睡去，才被不知如何进来的妈妈抱到床上。

唐红果儿一去就是十五年。

这期间，唐红果儿一家在美国穿州过省，换了好几个地方，最后才在佛罗里达州定居。甘婧父母也因为工作原因调至省城武汉。

甘婧随父母在武汉搬了几次家后，两个孩子彻底失去联系。

直到两人都从大学毕业后，甘婧才在自己单位门口见到唐红果儿。

四年前。

唐红果儿一见到一身警服的甘婧，先是吃惊地后退一步，接着就抱住她尖叫，“Oh My god，你成公安啦。哈哈好酷啊。”

果儿告诉甘婧，因为父母不愿意让她离开身边，她一直等到大学毕业才被允许回国。她回来后的第一件事，就是四处找甘婧。凭着存留在记忆中的一点线索，唐红果儿几次出入黄石和武汉的公安机关，一直从老家找到武汉，才在当地派出所民警的帮助下找到甘婧。

此时的唐红果儿，穿着虽然与武汉普通女孩无异，语言却已产生极大差异。十五年的全英语环境让她的中文大幅退步。但是，甘婧仍然毫不费力地听懂了唐红果儿的全部心声。

在甘婧的单身宿舍住了一个月后，唐红果儿开始动员甘婧与自己一起去上海。

“我们去上海吧，我有好几位美国朋友都在上海工作。他们说，那边机会多，热闹，生活环境也舒适。”唐红果指着电脑上友人发来的图片，兴奋地说。

甘婧摇摇头，不去。“我不喜欢热闹。我老娘年纪渐渐大了，我在武汉离她近些，也方便以后照顾她。”

“可我是学动画制作的，如果留在武汉，我的就业机会就不多呀。”唐红果儿愁闷地说。

“你准备留在国内就业？不回美国了？”甘婧吃惊地问。

“我好不容易才说服我父母回来，当然想留下来就业呀。要不我就饿死啦！他们从十八岁开始，就不再提供生活费给我啦。唐红果儿回答，你知道的，我们华人啊，在入乡随俗这种事情上、学得总是最快的。”

“你知不知道有多少人想去美国生活？又有多少人想去却去不了美国？你竟然要回来？”甘婧有些吃惊地问。

“婧婧，你想去美国吗？”唐红果儿问。

“我不想。”甘婧摇头，“我没钱，也不会英语，想也白想。”甘婧把话题转回来，“别说我了。你爸妈答应你回国生活吗？”

“他们当然不答应，但也管不了。反正我现在还不想回美国。”唐红果儿哼着歌说，“我想去上海，我想去浦东；我想去上海，我想去浦东。”

甘婧笑，“要不你自己去，我一有时间就去看你。”

“我在美国这么多年，也没什么朋友，和你失去联系后，一直在想着哪一天你也能来美国。后来长大了知道你来不了，就一直想着要回来找你。唐红果儿不开心地说，可我发现，你根本就不想我。”

甘婧连忙哄她，“谁说的，我是说，你是海归，在上海肯定就业机会多，我呢，学习成绩一般，毕业于二流大学，现在是基层一名普通小警察，我去了上海，除了当保安，哪个单位会要我呀。”

唐红果儿摇摇头，“我明白你的意思，我又不傻。你根本不知道我的心。”说完，她开始和网上的友人用英文聊天，不再搭理甘婧。

一周后，甘婧下班归来，唐红果将自己的东西收拾一空，独自去了天河机场。

唐红果儿孩子式的赌气只维持了一个星期。一周后，她就给甘婧打来电话，告之甘婧她的住处和现状。

因为甘婧的单位不能连接互联网，后来她和唐红果儿基本靠手机短信联络。那张她和魏祺的合影，就是通过手机彩信发给甘婧的。甘婧买新房后，唐红果儿还专门带了礼物回来向她祝贺，还不时在双休日回来小住一两日。

不过，甘婧并没有履行自己的承诺，她一次也没有去上海看望过唐红果儿。任凭唐红果儿百般邀请，她都以工作很忙不好请假推脱。

“你不是忙，是冷漠。”两人最后一次见面，唐红果儿不高兴地说。

“我不是冷漠，是懒。还有穷。”甘婧讪笑着帮唐红果儿碗里添汤。

“我去美国的前一晚，你都没有送我。”唐红果儿瞪了甘婧一眼。“我不找你，你永远也不会找我。”

“谁说的？我也一直托爸妈找你的地址，我现在这破身份，出国不是不方便吗！”甘婧笑。

“你知道吗，”唐红果儿突然抓关甘婧的手，极其认真地说，“我去美国那天，我听到你躲在房门后哭。你哭着说，果儿不要去美国，不要去美国。那以后的好多年，我经常能在梦中梦到你的哭声。”

甘婧哆嗦了一下，“真的吗？”

唐红果儿点点头。

甘婧没说话，默默站起身来，抱住了唐红果儿的头。

吃好晚饭，甘婧送唐红果下楼。等出租车的时候，唐红果儿望着甘婧住的小高层，若有所思地说：“我在上海，常常能看到有人坠楼的新闻。你说，这么高的楼，人要鼓起多大勇气才能跳下来？”

“反正我没有勇气。”甘婧笑了一下。

“如果有一天我有这勇气了，你记得一定要拉我回来。千万别说你又忙又懒又穷不管我哦。”唐红果儿半开玩笑半认真地说。

“果儿，你放心，真有那时候，我一定连打带骂地把你拉回来。”甘婧笑着拍了拍唐红果儿的背，“用武汉话说，就算拉不回活的，也一定拉个死的。”

“好，记得带我回我们老家，千万别让我一个人在外面飘着。”唐红果儿用英文说。

那一次，是永别。

半年后，唐红果儿就从租住的高层住宅阳台坠亡。不过，唐红果儿的母亲没有同意甘婧转达的果儿遗愿，而是通过美国领使馆的帮助，将唐红果儿火化后的骨灰带回美国公墓安葬。临走前，唐妈妈打电话给甘婧，电话中，她泣不成声地说，她全家都已迁到美国，她此生也将不会再踏足这块吞噬了她独生女儿生命的伤心之地，逢果儿的忌日，请甘婧帮忙在中国的寺庙给果儿上柱香。

甘婧的眼泪汹涌而出，擦完又打湿了脸，仿佛总也擦不干。

# 第五章

从南汇野生动物园归来，结合成经理的要求，剑齿虎项目组设计了新的制作方案。这回仅半个月时间，项目组便完成了建模及场景渲染工作，邀请甲方代表过来一同审定。

在纳士公司会议室内，甲方代表成经理双手扶着桌子，双眉紧锁，死死盯着屏幕上 360 度不停旋转展示的 3D 剑齿虎模型。

“这个，有点意思了。不过我总感觉有点怪。”成经理自言自语地说。

蓝祖平指着投影墙上那只黄底黑条纹、额头上长着一个巨大“王”字，嘴里龇出两根雪白长牙的 3D 剑齿虎模型，骄傲地说：“您看，这毛色、这块头、这长牙，都是按您上次的要求设计出来，开始我们也觉得不习惯，不过完工后一看，还别说，真威风。”

甘婧饶有兴趣地看着蓝祖平，这是个挺有意思的人，干瘦的胸膛里似乎藏着用不尽的能量和容量。甘婧有些促狭地想，如果程经理要扇他左脸，为了项目，说不定他会笑着把右脸也递上去，接着扇。这是胸怀，还是无奈？

“威风是威风，但总感觉有点怪。”成经理摇头。

“您感觉哪里怪呢？”在甘婧胡思乱想之际，蓝祖平还在和成经理周旋。

“那两根牙，对，那两根牙，我总觉得还不够长、不够锋利，没有剑齿的感觉。”成经理说。

“还不够长？如果按照等比例做出来，比野猪的獠牙要长两倍了。再长它就跑不动了，还怎么捕猎呢？”建模师正夫解释。

“剑齿虎，总归是要体现一个剑字，突出它的獠牙。另外，在实际制作中，你们按 1∶1.5 的比例给我设计。一定要让参观者都感到有刺激感、压迫感和恐惧感。”

“改这点东西对你们来说不难吧？我一周后再来。”说完这句话，成经理转身就走。

“不用一周。您后天这时候来。我们连夜改。”蓝祖平不顾组员们疲惫表情，在后面追着成经理喊道。

听到成经理离开的声音，一直在总经理办公室中听财务部汇报工作的何其多也追出来，“成经理，我们的设计制作您还满意吧？续款何时能打过来？”

“等你们将剑齿虎形象完全做出来再说。”成经理停下脚步，突然转身问道，“对了，我刚才没看你们的故事脚本，你们给这家伙取了个什么名字？”

“哦，我们准备设计两个代表形象，一个叫杀手，一个叫大牙。”甘婧说。

“杀手好。霸气！好记。大牙嘛，虽然也好记，但有点难听，要不你们再想想。你们记住，现在已经过去四十五天了，如果到合同期限的时间你们完不成整部片子，耽误了我们开园，你们不仅拿不到钱，还要赔我们钱。”

成经理像一头昂首挺胸的京巴狗，小短腿有力地踏着节奏扬长而去。

何其多追过去，被成经理的助手拦下。

蓝祖平朝着那个矮胖背影无声地挥了挥拳头。

甘婧站在人群中，悄悄地看了看何其多。何其多没有看大家，而是焦急地盯着成经理远去方向，深深地叹了口气，立刻又堆上一脸笑容追了过去。

看何其多的表情，坐拥亿万身家的他，目前似乎很缺钱。

如果宣传资料中所写的“公司创建以来每年的营业额稳步保持在百分之六十五增长，去年营业额近一个亿人民币”是真实的，何其多应该不缺维持公司运转和项目周转的钱。他为何对这只是暂缓到账的几百万元如此紧张？

午饭时，甘婧主动与蓝祖平坐到一张桌子上。

“这两年国家不是一直在大力扶持文化产业吗？咱们公司没想过依靠一下相关政策吗？”甘婧问。

“有。这几年，浦东本地一直在扶植文化创意产业和动漫产业，什么小企业孵化基金、外资企业扶植政策、行政审批一门式服务等等咱们公司还真都沾过点儿光。不过我感觉，不管这些服务执行的效率如何，它们所产生的效益基本都体现在企业正式营业前。一旦企业在这里落地生根，靠的还是咱企业本身的生存能力。能申请到那些高门槛产业基金的企业毕竟不多。”

蓝祖平吞了一口饭，语速很快地说：“说到底，咱们衙门没人。别管浦东浦西江南江北，只要是中国人的地界，哪哪都一样！”

“蓝老师，您到这公司几年了？”甘婧一脸敬佩地问。

“三年了。”蓝祖平回答。“除了房莺之外，这公司就剩下我算是老员工了。”

“我看资料上说，公司最初是由四名海外归国人士创建的，是公司哪四个人？”甘婧换上好奇的表情。

“现在就剩下何总一个了。”蓝祖平喝了口水，“说是四个，其实我也只见过三个。另外那个，我估计要不就是不方便出面的有钱人，要不就是随便挂个名而已。”

“都是何总在国外的同学吗？我看报纸上那些成功人士访谈，似乎很流行海归同学结伴回国创业。”甘婧说。

“不知道。起码果儿不是何总同学。”蓝祖平摇摇头。

突然在这里听到唐红果儿的名字，甘婧内心一阵狂喜。她压抑着心中的波澜，接着以女孩子的八卦语气问：“果儿？是个女孩子吗？”

“是的。是个女孩子，还挺好看。”蓝祖平回答。

“她全名叫什么？”甘婧接着问。

“哦，她叫唐红果儿。说起来也挺有意思，公司里土生土长的本地妞都喜欢取英文名字，也喜欢别人叫她们的英文名字，但真正在美国长大的唐红果儿却不喜欢，她喜欢大家叫她的中文名字。”

“她这个人还真是挺特别的。”甘婧顺着蓝祖平的话说。

“是呀，特别是特别，就是心眼儿太少了。老是被房莺气哭。”蓝祖平叹了口气。

“真的？”甘婧吃惊地问，“唐红果儿不是创建人吗？那不也是老板吗？房总就算是副总，也和我们一样，是老板请来打工的呀，打工的敢把老板气哭？”

“我估计唐红果儿入的是技术股，创建初期，公司人手少，而她在美国就是学动画的，又在大名鼎鼎的迪斯尼影业实习过，所以她当时负责的是我这一摊事儿。我们这些靠手艺吃饭的人，个性都蛮单纯。”蓝祖平回答。

“对了，她人呢？我怎么从来也没看到她？”甘婧问。

“两年前回美国了。”蓝祖平回答。

“辞职了？”甘婧问。

“好像是吧。他们是公司高层，高层们的具体情况我也不清楚，她是和Austin差不多时间离开的。”蓝祖平想了想，说。

“Austin？欧斯汀？也是创建人？资料上怎么没姓欧的这个人呢？”

“他不姓欧，姓赵，Austin是他英文名字，他中文名字叫赵魏祺，不过，除了唐红果儿，我们平时基本不用中文名字叫他，在正式场合他用的也是自己的英文名。我记得，我刚刚进公司时，Austin还介绍过自己的名字，他说，就像林黛玉在中文中代表才华、美貌与柔弱一样，Austin在英文中，被视为聪明，坦诚有礼的大男孩。这名字是他信奉基督教的妈妈给他取的。希望他长大后能做一个聪明、坦诚、彬彬有礼的人。”

蓝祖平仍然喋喋不休，甘婧的耳边却再也听不到任何声音。赵魏祺！这名字如同闷雷一样，在她耳边轰轰作响。

赵魏祺并不姓魏！而是姓赵！自己曾在纳士公司文件上数次看到过他手写的英文签名，Austin Chiu，在正式场合，他使用的是他的英文全名。

唐红果儿、赵魏祺，这两个令她苦寻多日的名字，在这个漫不经心的时刻，竟然都出现了。

甘婧悲喜交加，一时不知如何是好。

“对了，你另一个剑齿虎的名字想好没？有了名字，正夫和百合他们好根据你的创意设计形象。”蓝祖平扒下最后一口饭，将话题转回到工作上，“还有，你记住，对于我们的客户来说，设计其实并不重要，重要的是设计者会讲故事。”

“啊？会讲故事？是什么意思？”甘婧重复了一句。

“给你举个例子吧。”蓝祖平放下碗，思索着说，“你知道现在市场上钱很多对吧，这些钱的拥有者都是有钱人或者有钱机构，但是，他们并不满足只有这点钱，还想用钱再生出更多的钱，但又不想自己开店设厂那么麻烦。那他们该怎么办？”

甘婧想了想，“他们会拿着钱去投资吧。”

“对。”蓝祖平轻轻一拍桌子，“于是就生出一个行业，叫风险投资，也有人叫他们投资基金。在国内，有成千上万的大小企业就盯着风投手中那些花不完的钱，可是，风投也不是慈善家，谁想要钱就给谁，那么，想打动他们的最有效的手段是什么？”

甘婧问：“是业绩？”

蓝祖平摇头，“不，是讲故事。这几年风投们最喜欢投资的行业有几个，其中一个就是大大小小的网站，还有 APP。为什么？”蓝祖平一拍桌子，“就是因为网站和 APP 的创建者会讲故事。他们给风投们画出一个巨大无比的饼，让他们确信给自己投钱将来肯定能赚得满肚子流油。一旦拿到钱，那些网站小老板就往死里花，一点都不心疼。”

“他们不是要用这笔钱给投资者赚更多的钱吗？为什么还要往死里花？”甘婧问。

“因为风险投资本身就有风险嘛，投资失败在计划之内。”蓝祖平喝了一口汤接到，“我北京一哥们就是这方面的高手，他先后做了好几个交互类小网站，风投的钱一进来，他就马上将网站脱手再卖一笔钱。赚大发了。”

“哦。是这样啊。我懂了。”甘婧频频点头，“我会给咱们的创意讲一个漂亮故事。在这个故事里，剑齿虎和它的伙伴们，不仅仅是一群极有特色的符号，还是一块文化品牌。它们最大的优点，还有可复制，可推广，可遍地开花。就像麦当劳，不！是像迪士尼游乐园。”

蓝祖平一拍桌子，对甘婧竖起一根大拇指。

甘婧暗笑不语。初来纳士公司、坐冷板凳之时，甘婧买回一堆星巴克文化、锤子思路、逻辑思维这类流行互联网读物，一方面跟随潮流，另一方面也让自己能在某些时刻可以用“互联网思维”装装样子。

“那你给另一只剑齿虎起了什么名字？”蓝祖平将话题拉回来。

“叫国王。”甘婧回答。

“国王。嗯，听起来很普通，但细想想，还挺容易记忆，叫起来也上口，也容易让他和杀手之间产生一些斗争或者故事，产生甲方所要的那种惊悚、恐惧和血腥感……不错。”蓝祖平沉吟，“我马上给成经理打电话，跟他沟通一下。你慢慢吃，我们改天再聊。”蓝祖平说着，兴奋地摸出电话，一边翻电话号码一边走了出去。

“我吃好了，我们一起走吧。”甘婧忙推开面前的饭盘，“对了，我想再听听 Austin 和果儿”——就在她拔脚追出去之际，突然发现，房莺和屈志华就坐在他们斜对面的桌子上。

那边蓝祖平已经打完电话，他转过头，开心地对甘婧说，“甲方已经基本同意我们的想法。不过，因工作需要，那个成经理暂时不负责我们这个项目了，改由白主任接手。管他是成是败，我们把活儿快点交出去才是正事儿。对了，你刚才说什么？”

“哦，没什么。”看着房莺隐在黑框眼镜后的眼睛仿佛带着寒气、冷冷地盯着自己，甘婧收回另一半话题，向房莺露了一个讨好笑容，急步向外追去。

“走，咱们回去和同志们开个会。”因为兴奋，蓝祖平走得很快。甘婧小跑才跟得上。

从吃完午饭一直到深夜十二时，蓝祖平都在为剑齿虎新形象忙碌着。甘婧几次想找他再聊聊，都被他的忙碌状态挡在门外。

“算了，反正一年我都等了，也不差这一两天了。”甘婧自语。

时针跳过午夜一时。

甘婧打着哈欠，和还在忙碌的其他同事说了声再见，独自下楼拦的士回家。

坐上出租车后，大脑仍处于兴奋状态的甘婧发现了一个奇怪事情。当出租车行驶在相对空旷的路段时，车速会越来越慢，司机仿佛新手一般以龟速前行。可是，在车流量稍多的路段，车速却会快起来，遇到前车稍慢，司机还会很不耐烦地按喇叭。

观察了几分钟后，甘婧有些恐惧。她紧紧抓着车上的扶手，目不转睛地从后视镜盯着司机。

很快，她就发现了问题所在：路上车少时，司机的眼皮便开始打架，车多时，才打起精神看路。司机技术没问题，是因为太困了，才会发生忽快忽慢的情况。

甘婧放下心来，忙找话题和司机聊天。车行至小区门口，甘婧给了出租司机一张百元钞票，劝他把车门锁好，在车里睡一下再上工。

司机感激地接过钱，摇摇头，不休息了，咬咬牙就挺过去了。“小姑娘你自己倒是要注意休息，一个外地女孩子独自在这里工作，这么晚才下班，大家都不容易。”司机说完，慢慢掉头，向杨高路方面驶去。甘婧又在门口站了一下，这才转身回家。

经过大楼前台时，值夜班的保安给了她一个疲惫的笑容，“甘小姐，又这么晚才回来。快点上楼睡觉吧。”

这些点滴的关怀，让甘婧感觉到一丝家的温暖。

来时尚在严冬，转眼已是初夏。虽然在小超市购物时仍然要面对长着一脸凶相的中年女收银员的凶腔恶调，但生活中的一点一滴，还是让原本怀着过客心态的甘婧对自己生活了半年的浦东有了亲切感。

与自己生活了二十多年的内地相比，建区才二十年出头的浦东新区生活气息尚需积累，历史文化底蕴也乏善可陈，但是这里有着内地少有的创业激情和从四面八方聚集而来、为实现自己梦想与这块土地同喜同悲一同努力的年轻人。

在张江创业园区的食堂内，经常能看到身着背心短裤、一脸水泥颜色的年轻男子在哈欠连天地吃早午饭。同事指点，这些不修边幅的男人们便是大名鼎鼎的“张江男”。他们多从事医药与计算机等相关行业，这行业与动漫一样，需要动脑、需要时间、需要夜夜加班，所以没时间打理自己的外貌。

“听说因为工作原因，张江男的婚姻状况很成问题?”甘婧曾问蓝祖平。

“张江男的婚姻状况从来都不是问题，”蓝祖平不假思索道，“张江女的婚姻状况才真的是问题。”说完一笑，“你现在也是‘张江女’了，也小三十了，也该考虑一下个人问题了。女的经不起老。”

甘婧连忙将话题引开。

陆家嘴金融区则是另外一番景象。建设伊始，这块黄浦江畔的长三角型地域便被定位世界五百强聚集地，承载上海发展“总部经济”的重任。二十余年过去，这片土地不负众望，果然“银行多过了米铺”。从这里顶级办公区走出的男士们人人衣着工整自不必说，女士们也全都妆容精致、衣着得体，与人擦身而过时，怡人香气经久不散。这些年轻人多数都是外地、外籍的优秀人才。

百合说，许多像她父母那辈的老上海人，对浦东的印象陌生而疏离。在他们心中，买房置业宁可一路向西，到闵行、嘉定，甚至松江、奉贤或者金山这些相对偏远的区县，也不愿拉家带口向东跨过黄浦江。“宁要浦西一张床，不要浦东一套房”，这话被老上海人挂在嘴上几十年，至今仍然有人在提及。

以前的隔阂多源于交通的不便和浦东自身发展的落后。可在浦东开发开放已经取得一定成绩的今天，许多老上海人仍然不愿去浦东生活，则缘于其内心深处的文化认同感。

百合说过这些后，甘婧用心留意了一下，的确，在金桥和张江两个开发区，居民结构仍然是以浦东原住民、外地人和外籍人构成。跨浦江而来的浦西人比例并不算高。甘婧在纳士的上海同事就全部都在住浦西各区。最远的，甚至住在松江。

不过，浦东房价的上涨速度却决不输于浦西的其他区县，甚至有领先上海房价的趋势。甘婧曾在心中盘算过，除非买彩票中大奖，否则，与自己一样的外地年轻人仅仅靠一个人的辛苦工作在这座城市这块土地上买套房子安身立命，基本是梦想。

买房这种事，基本就是一种宿命，只要一步没赶上，就步步赶不上。

几日前，项目组同事吃宵夜。负责合成制作的董元回忆，他 2003 年就到了上海，因为一直抱着房价可能会跌的想法，错过了 2003 年和 2007 年两次房价上涨前的相对低价期，转眼他当时看中的房子价格已经翻了四番有余。当时的钱，现在只够买个卫生间了。

“你对象还是没房子就不和你结婚?”蓝祖平问。

“没明说。反正就是不肯去民政局登记。这段时间，她妈常常打电话让她回家吃饭，其实是让她偷偷背着我去相亲。”董元叹了口气，“我心里都明白，但也不愿意说破，说破了，我怕露露索性跟我再见了。”

董元老家在宁夏西海固地区，当年他以地区理科状元身份考到上海，毕业后就留在了这里。十年的上海生活，没给他增加南方男人的精致气息，反倒增添了许多沧桑。才三十岁出头，他一半头发已经花白。

“不结就不结，就拖着，反正你是男的，谁怕谁呀。”蓝祖平拍拍董元。

“也没说不结。只是一说到结婚，露露就说，她姆妈说必须要有自己的房，房产证上必须要有她的名，否则结婚免谈。”魏元叹口气，“我也不是不想买，我能买得起的房，基本都在奉贤或者南汇，露露不喜欢，说太偏僻，以后很难升值。”

“那怎么办？就这样拖着?”甘婧也替魏元急。

“怎么拖？你没听董元说露露一直在相亲吗？现在同居八九年然后把男朋友甩了、嫁给外国人的事情电视里可天天演。拖到最后，人财两空的很多是男人。”百合说，“对了，你的工资卡还给她拿着呢?”

董元点点头。

“你找个机会要回来自己保管!”甘婧说。

“再说吧!”魏元苦笑一下，“也没几个钱，要来要去没啥意思。”

“嗨，专家们不是说过嘛，资金和人才都有一个共同的特性，就是会流动的。所以，小魏你要小心，你的钱再少，也是会流动的哦。别真流着流着就流到其他人的口袋去了。”蓝祖平打趣。

“我觉得还是出国算了。像何总那样，出国转一圈，管它太平洋还是大西洋打个滚，混个绿卡傍身，再回国，就算海外归来的高层次人才了，参加区长的会，和部长握手，处长帮你找政策，啥啥都是高规格的。个把女人算个啥呀，不用你追，一堆堆老娘们小娘们直接往你身上扑。哎妈，扑死你算数。”灯光师洪杰来上海工作也已五年，依然一口东北腔。

“你是富二代，到上海找份工作只是个人爱好，你哪里明白我们这些草根兄弟的苦。”蓝祖平笑，“放着家乡大好的煤矿事业你不继承，跑到上海来看脸色，天天戴着电工手套爬上爬下，你爸就你一个儿子，你直接吓死他算了。”

洪杰笑，“谁说我不继承，我只是没想好什么时候继承而已。我爸身体好着呢，外面女人一堆，估计儿子也不只我一个。我就是不想天天听他和我妈明枪暗箭，出来躲个清静。”

甘婧目瞪口呆地听着只有电视剧中才会发生的事，问:“洪杰，你说的都是你家里的事?”

洪杰说:“是啊美女。咋地啦，吓着你啦?前几天咱们不是去南汇看过野生动物园了吗?那就是个缩影。咱们这旮旯就是个动物世界。我家表现得突出一点，有啥呀。”

“你爸有别的女人，你不在乎?”眉眉问。

“都是男的，我在乎啥。我妈倒是在乎，也没办法呀。听说有两个年轻的已经被我爸送国外去了。给点钱，读个语言学校，长得也不错，也算东方白富美，到时候再找个老外，生几个混血小崽子，享受享受外国的高福利，再开个微博晒晒幸福生活，一切不都结了。”洪杰笑。

“外面的高福利国家也没那么容易混的。”正夫摇摇头。正夫九岁随父母移民去了日本，二十多年过去，他感觉始终无法融入到当地人的生活中，只好回国。但是回国以后，他还是无法完全融入到周围人的生活。这些年来，在国内外都找不到归属感的他只好一直两边跑，每份工作都做不长。

“你是你。你是男的。她们是女的，女的天生就比男人更能适应环境。特别是中国女的。”洪杰扶一下眼镜，一笑，胖胖的脸上挤出两个大酒窝，人长得像放大版的人参娃娃，十分喜庆。

“你们听说没？屈志华要换房子了。”眉眉说，“听财务部讲，他新房子买在联洋年华。就是房地产广告中说的，坐拥上海最大城市后花园、可以在自家阳台俯看世纪公园烟花的那个小区。

“一个秘书，他哪来的钱换那么贵的房子？”董元奇怪地问。

“听说他老婆单位还不错的。”蓝祖平说。

“格么伊拉老婆老赚得动咯？”百合问。

“她老婆是商场的营业员，做一天休一天，工资应该不会太高吧。”眉眉回答。

“那就是没钱喽。”百合疑道。

“那还用问吗，家里的老婆赚不动，家外的老太婆赚得动呀。”魏元说，“唉，我们要死要活地干活，效益好时，一个月也就七八千块，人家靠一张嘴甜取悦老太婆，不仅能涨工资，还能换房子。”

“瞧丫那德性，本事都长在嘴上。搞不好丫在床上也靠嘴。”蓝祖平接道。

众人哈哈大笑。

好在我不用在这里买房子。一找到唐红果儿的死因，我就马上离开这里回家。想到这里，甘婧脸上露出一丝笑容，翻了个身，进入梦乡。

清晨七时。仍在睡梦中的甘婧看到了唐红果儿。

唐红果儿仍然站在她惯常站的地方，半侧着身体，从长发的空隙中焦急地看着她，仿佛在说什么，甘婧却听不到任何声音。唐红果儿身上那件黑色袍子不断有水滴下，渐渐地，汇成一条黑色的河，一直淹到甘婧的身下。

甘婧一哆嗦，从梦中惊醒。

# 第六章

房超英站在浦东白莲泾的小马路时，太阳刚刚从东方地平面升起，晨光将不远处的世博演艺中心的银色飞碟大楼涂抹得如同星际穿越归来一般，斑斓却又苍凉。宽广得甚至带些空旷的世博园区地块，如同新生的婴儿，在晨光的触摸中惺惺然睁开眼睛。

上海世博会已经结束几年。这块曾聚焦过全国目光、聚集过二百多国家和地区建筑与文化的土地回归平静时光，因平静，甚至显得有些寂寞。

有谁能想到，就在几年前，这片现在看似空旷的土地，默默生活着数以万计的居民。

时间如灰，不动声色地掩去了他们生活的全部痕迹。

在搬离这块土地时，房超英也以为，自己终于真正逃离那段令她窒息的生活经历。可随着年岁渐长，这片旧居越来越多地回到她的梦里。特别是面临重大抉择之时，这种梦回便更加频繁。

她慢慢明白，那些被拆除、被平整的房屋并没有消失，它们和那些消失在时间深处的岁月一样，只是换了个存在的方式，从土地上搬入了每个老居民的脑海中。

世博会征地搬迁前的浦东白莲泾，是房超英的老屋。

今时这片已被金钱和绿草包装一新的土地上，曾遍布密如蚁穴般的自建房屋。一条条仅容两人并肩而行的小弄堂，如蛛网般将这片居民区分成一块块不规则区域。弄堂两边，片片密布矮小逼仄的房屋。这些房屋都由两层构成。房屋上半部可以看到残旧的木质结构和窄小的玻璃窗口，仔细看，在窗框上方，还悬挂着几块灰色蛛网。下半部则杂乱地堆放着许多家常用品。旧家具、小煤炉、带柄铁锅，缺轮子的儿童车杂乱地挤在一起；一只大脚盆倚靠在墙角，上面还倒扣着一张褪色的竹椅。

在弄堂中间，常常有穿着拖鞋的、打着赤膊的中老年男人常常团团围坐成一圈，一边摇着扇子一边有一搭没一搭地谈笑。在他们身后，矮小妇人提着马桶低头前行。那木质马桶应该十分沉重，妇人因为提着吃力，身体还向另一侧努力倾斜着。

在妇人旁边，一名中年男子站在一幢二层房屋边，正在仰头向上传递一捆青菜，在二楼敞开的窗户内，一个略略有些暴牙的妇人向下探出半个身子，便能轻松接过那捆青菜。房屋的低矮程度，可见一斑。

在房屋拆迁前，摄影师将这里的某个瞬间拍成黑白照片，被收藏进一本叫做《上海世博回顾展》的画册。房超英从画册上翻拍了一张，存在自己手机里。

照片上，择菜老妇身后那间矮小拥挤的砖木房，就是她的家。在那里，她如一颗发育不良的黄豆芽一般，弯弯曲曲地沿着房屋内昏暗而又拥挤的缝隙成长，一直长到如花似玉的二十岁。

房超英的名字有个小故事。在她出生前，中国领导人毛泽东向国际社会响亮地喊出了“十五年超英，二十年赶美”的宏伟口号。一些初为人父母的群众积极响应毛主席号召，将那几年出生的孩子取名为“超英”或者“赶美”，与之前的“建国”“抗美”“援朝”，之后的“文革”“红卫”遥相呼应。

她叫超英，小她两岁的妹妹叫赶美。房超英成年后，一直对这个男女通用的名字十分不满，但一直没有办法弃之不用。一直到结婚后，才在小姐妹的指点下找到解决办法：改户口。在婚后办理户口迁移时，她将“超”字去掉，并将带有时代特色的“英”改成了具有女性浪漫气息的“莺”。

这样，她就拥有了两个名字，婚前认识的邻居同学都叫她房超英。婚后结识的同事朋友都叫她房莺，或者阿莺。

超英、赶美出生时，家中已经有一男一女两个孩子，从房超英有记忆起，两个小女孩的活动范围，就局限于由两张条凳搭成的临时床铺上。

临时床铺太窄小，窄到如果两个小女孩大动作翻身，轻则人跌下床，重则连床也翻掉。而她们的床翻掉后，便会惊醒睡在一旁的哥哥姐姐。哥哥还好，姐姐一旦被吵醒，等着她的肯定是一番数落，然后，便是爷爷奶奶带着苏北口音的呵斥声，接着，一定会传来隔壁邻居用拖把杆用力敲墙板的咚咚声……

很多次，幼年房超英都会惊恐地捂住耳朵，等待本就十分破败的房子在那嘈杂的吵闹声中轰然坍塌。可是一直没有。

一直到上海世博园征地动迁前，这原本就是父母当年为栖身而匆忙搭建的房子都奇迹般地屹立在一群同样破烂的棚户房中，并为兄嫂、姐姐姐夫、侄女侄女婿、外甥夫妇分别争取到一笔数目不小的动迁款和位于三林世博家园的安置房。

房超英至今仍然能清楚地描摹出自己当年所居住的那片方寸之地。

没错。她当年的家，的确可以用“方寸”来计量。在成人举手便可触顶的、仅十八平方米的房屋内，拥挤地居住着祖孙三代八口人，后来，哥姐又先后在这里结婚并带回来另一半。白天还好办，总会有人不在家中，房间内也显得不那么逼仄。夜晚，当所有人都回到家中，睡觉，便成了考验持家者智慧的最大难题。

对于这个难题，房家父母表现出超人的智慧。在他们的主持下，已成家者的床之间用布帘相隔，尚未成年者便与饭桌、竹椅轮班。待全家都吃完饭、桌椅全部收起后，他们的被褥才从各处搬出，放在临时搭起的“床”上。

可就在这窄小的几乎没有任何隐私的小空间内，阿哥阿嫂的女儿竟然神不知鬼不觉地在众人眼皮底下孕育并诞生。这让已经成年的房莺每每回想起来，总有一种不洁之感。

这不洁之感不仅仅来自于一张没有隐私可言的床，还来自于人类最原始的需求——吃喝拉撒中的如厕问题。

房超英家中也有马桶，但是父母明确规定，这马桶只能给行动日渐不便的爷爷奶奶专用，凡是可以独立行走的孩子，小便可以，大便都必须与大人一样，到小区活动中心的公共厕所排队解决。

房家所处区域，与她家格局一样的家庭有近百个。需要到公共厕所解决问题的有数百人，而社区文化中心的公共厕所每天早晨五点才开门接客。

清晨内急，想及时解决问题，除了随地方便之外，方法只有一个：早起排队，排在队前端。

那真是一个令人难堪的奇观。在被称为远东第一大港的上海、在以精致、洋气、文明而闻名于内地的大上海，在黄浦江东岸一片灰旧的棚户区内，每天天还没亮，便有一群身着睡衣、脸上带着睡意的男男女女守候在小区活动中心厕所的门外，焦急地等候厕所开门。

1990 年，中共中央下达开发开放上海浦东的政令之前，这与浦西只有一江之隔的土地，沉默地生活着许多与房家处境相同的居民。在相同的外部环境下，这些居民又根据各家男女主人的出生地再次分出层次。

房家，便处于精神层次的最底层。尽管生在浦东、长在浦东，但在房超英幼小的心中，并未认可自己上海人的身份。每每与邻居小囡吵架，对方怒极时，也常以“江北人”称之。

老辈上海人对苏北人的轻视，岂止在言语中，简直渗透到骨头缝里。

房家来自苏北一个小乡村。在房超英出生前，父亲与其他乡邻一样，因贫穷告别家乡，乘一叶细长小舟，载着全家老小和所有家当，一路沿苏州河摇浆而上，寻找可以生存的地方。来到黄浦江东岸这片尚未开发的土地，不知是谁先停下了前行的脚步，下船搭建出第一间棚户，然后，陆续有其他怀着相同目的到达此地的船民们也纷纷停船不前，踩路筑屋，渐渐地在白莲泾一带形成一个独特的居民群落。

一代代人出生，一次次搬离。渐渐地，留在这里驻守的，都是无力离开或者固守家园不愿离开的人。

房超英父母都是老实人，父亲生前是码头搬运工，母亲则在一户户不断因时代而更新换代的各类新贵家中帮佣，一直工作到六十五岁行动不便才回到家里。

十二年前，房超英薄有积蓄后，曾给了母亲一笔不小的钱款，想让母亲到浦西买套房子，过过真正上海人的生活。但老太太一直以住不惯新村为由推脱。

寄托了房家长辈“福至运达”厚望的长子房运达一辈子都在穷困线附近兜圈，倒是在老母亲去世后盼来了“好运”。十年前老太太去世，临死前，她将这笔钱和房产平均分给生活条件比较困难的大儿子和大女儿。

本想凭母亲的遗产过几天好日子，但是，得知母亲去世的消息，已经嫁给日本人并移民的四妹房赶美专程回国，要求哥哥姐姐将父母的房屋和遗产全部拿出来，四个人平均分配。在已经富裕的房莺表示愿意放弃遗产分配后，大哥房运达、大姐房跃进、小妹房赶美三人，连同三人各自的配偶、子女，还有子女的配偶和子女，十几口人挤在摇摇欲坠的老房子里天天吵、摔、砸。

吵闹了一个月后，见哥姐始终不肯拿出母亲的财产重新分配，日籍华人房赶美愤然雇请律师，将房运达和房跃进告上法庭。

对于手足间的官司，从头到尾，房莺都脱身事外，不置一词。在女法官判决前对涉案当事人进行例行调解时，也淡淡表示，自己只是来看看判决结果，没能力帮助法官调解几人的矛盾，更无法调和几人因财产而破裂的亲情。心底的话，房莺哽在喉咙口没有说出来：各自生活近三十年，四人之间的亲情早已因为鲜于联络而淡漠，除了同用一个姓氏，在手足脸上，她看不到一点让她产生温暖回忆的东西，有的只是疏远他隔离。

对于出生于上世纪五六十年代的人而言，家有几个小孩算是常态。家境富裕者，尚可感受到手足友爱，寒贫家庭资源有限，想要长大，想要长好，只能想尽办法从手足那里去争。

房超英记得，有段时间，母亲收工回家前，哥哥都会主动跑到巷口去迎接母亲。当时仍然健在的奶奶常常夸奖大孙懂得心疼姆妈，但刚刚四岁的房超英感觉并不那一回事。因为每天母亲和哥哥一起回家后，两人都是一脸压抑的笑意。

这种情况维持了大半年后，实在抑制不住心中好奇的房超英在母亲收工前就早早候在她帮佣的那户人家门口，想看看母亲和哥哥究竟有啥秘密。

晚饭时间后，那户人家的门开了，母亲连连说着“谢谢侬”，双手合在胸前，略弯着腰从门内淡黄的灯光中退了出来。候着对方将门关了，这才直起腰，踩着急匆匆的小碎步向家走去。

房超英跟在母亲身后急走。她惊奇地发现，不管母亲走得多急，她的双手一直合抱在胸前。就在这时，哥哥房运达一脸兴奋地出现在巷口。

“小精豆子，小心肝，快过来。”母亲欢快地向哥哥伸出手臂。手心，是一个又红又圆的大苹果。

已经十二岁的哥哥快步迎上去，轻车熟路从口袋里拿出一把小刀递到母亲，母亲快手快脚地削好果皮，一切两半，母子俩便一人一半，低头啃了起来。从背后看，两人的肩胛骨都一无例外地因为瘦削而向上高耸着，顶得衣服上突起四团尖尖的小包。他们啃食的嚓嚓声，连巷口处偷窥的房超英都听出了其中的急迫和贪馋。

那是 1967 年。那一年，四岁的房超英每天都感觉饥肠辘辘，每次要手上多出几道筷子打出的红印，才能从妹妹手中夺一块饼或者一块馒头。那又红又圆的苹果，她只在店铺的橱窗里看过，别说吃，就连摸都从未摸过。

可是，眼前那一幕，却没让她产生向往，而是一种被背叛后的气愤，气愤中带着恶心。比床板高不了多少的房超英以惊人的耐心连跟了母亲三天，三天中，相同的一幕在同一时间、同一地点上演。

若干年后，已经老迈的母亲和子女们一起回忆她当时帮佣的那些人家。对于其中一户革命军人家庭中的男主人，已经有些老年痴呆的母亲竟然仍旧记忆犹新：“那个衣领上戴两面小红旗的蒋先生呀人最好了，每次帮佣结束，伊都会递给我一个大苹果，那年月，啥人家才能吃上苹果哟……”

长大后的房超英盯着母亲看，当年的背叛感再次泛起。可母亲单纯而又傻气的笑容又让她恍惚：当时所看到的那一幕到底是真还是幻觉？

当然不是幻觉。在觉察到母亲和哥哥吃独食的秘密后，房超英趁哥哥不注意，从他的口袋里找到了那把削铅笔用的小刀，愤恨地丢进公厕粪池里。那一种由于背叛而带来的恨与绝望，母亲可以忘记，富有后的房莺可以忘记，作为房超英，她无法忘记！

为了忘记这种由内心深处生长出来的厌恶感，从四岁开始，房超英就不再吃苹果。

……

房莺从年幼回忆中抽离，向着东方地平线直直伸出左手，尚未完全喷薄而出的朝阳停留在手掌上方，真像当年母亲手心那只红苹果。

房莺的脸皮抽搐一下，将手掌，慢慢合拢，捏紧。

# 第七章

三日后。

环宇剑齿虎项目新的负责人白主任带着几名同事到纳士公司验看项目实施情况。

令甘婧奇怪的是，蓝祖平没来。一向只接活儿、很少过问项目具体实施情况的何其多代替蓝祖平亲自与白主任接洽。

“何总，蓝老师怎么没上班呢？这几天我们都没看到他。”甘婧小声问何其多。

“哦，他病了，请假休息。”何其多回答。

何其多的话音刚落，白主任的声音就传了过来，“我想问一下，你们做的这个是什么东西？”

“当然是 3D 剑齿虎。”何其多回答。

白主任是个长相中性的女人，身型瘦削，长发及肩，声音缓慢低沉，她将双手撑在桌沿，身体四十五度前倾，疑惑地问，“何总，你们公司忙了两个月就做出这样一个四不像的东西？你们连现代虎和剑齿虎的区别都不知道？”

“我们当然知道这是现代虎不是剑齿虎。可成经理要这个啊。这不是按照他的要求量身定做的嘛。”魏元回答。

“我不管成经理全经理，现在是我在负责这个项目。这个东西拿出去，不仅会砸我们的牌子，也会砸你们的牌子。”

“您能谈谈您的看法吗？”魏元小心翼翼地问。

“你们看你们制作的这两条长牙，按比例来说，要长这么长的牙，得有大象那么大的身体才能保持平衡。”白主任语带鄙薄地说，“这点常识都没有，还算什么文化公司。”

“白主任，既然您懂的这么多，那您能说说这剑齿虎是怎么灭绝的吗？”甘婧看看何其多脸上的尴尬神色，忙识相地将话题接了过来。

“冰川期结束，气候改变。”白主任回答。

“对，但不太全面。据我们了解，剑齿虎最后一只灭绝在一万年前，此前与我们进化中的人类祖先共同生活了三百多万年。由于它体型笨重，只适合捕猎大型厚皮动物，所以在冰川期结束，大型厚皮渐渐死亡后，它的食物链也随之断裂，最后才全部饿死。换句话说，如果它能把牙缩短点儿，身体变小点，跑得再快点儿，我们就能在南汇野生动物园里看到它们了。”甘婧语速飞快。

白主任看看甘婧，略略沉思了一下，又端起水杯喝了口茶水，才慢条斯理地说，“既然你们知道，就按你们掌握的知识做。下次别给我看这个东西。”

“终于遇上懂行的。懂行就好办了。”负责建模的正夫一本正经道。

又三日后。

白主任再次光临。

正夫没说话，手指在键盘翻飞，很快调出第一次的设计模型。

魏元笑容可掬地介绍，“这是我们设计的三号剑齿虎，就是第三稿。您看看，和您心中的剑齿虎有什么差别。”

白主任不动声色地看了一眼，面无表情地说，“有点意思了。不过，毛皮的感觉还太粗，要加强，要有真实毛发的粗糙感和风动感；眼神也太呆滞，要灵活些，凶残些。还有，你们的方案中说，两个形象，一个叫国王，一个叫杀手。我看不用那么多，就留一个杀手做主要线索就行了，其他当背景。”

“没问题。我们就按白主任说的办。”不知何时，何其多出现在了小会议室门口。

听到何其多的声音，白主任的表情明显转晴，她转过身，走到何其多身边，“笑道，何总，我们全球最大的环形屏幕已经搭建好，外部设施也基本到位，就等你这部片子出来后，配合片子设置草丛、山洞什么的。怎么也要比上海科技馆那个 4D 影院更吸引人。”

细高的白主任一搂何其多，笑嘻嘻地，“万能的何总，主题公园成功与否就靠你喽。”

何其多剑眉凤目，一副迷死中年妇女的温暖笑容，低声道：“小白放心。我的团队在国内不说是最好的，但肯定也排得上前三名。你和佟董汇报一声，请他放心。”

两人热情握别。白主任的手又干又冷，何其多的手又湿又热，两只手握在一起时，两人含意丰富地相视一笑。

送走白主任，何其多留下项目组的成员，简短地宣布，蓝祖平因为身体原因，暂时请假在家休息。项目组长由魏元接替。

晚饭的时候，甘婧有意坐到正夫的身旁。平日观察，蓝祖平和正夫的私交很好，遇到下班太晚的情况，正夫常会搭蓝祖平的顺风车回家。

“你明天下午有时间吗？”甘婧问。

“有事？”正夫问。

“我想和你一起去看看蓝老师。我今天打了好几个电话给他，他手机一直关机。发短信息也没回。”甘婧思考着说，“我到这家公司，蓝老师一直很照顾我，我也蛮感激他的，听说他病了，想去看看他。”

“行。我明天下午有时间，和你一起去。”正夫说。

甘婧点点头，“那明天下午去前我发你短信息。对了，这件事情最好就咱俩知道，好吗？”

正夫奇怪地看看她，但没问什么，只是点头。

甘婧笑了笑，说声慢慢吃，起身先回办公室。

蓝祖平突然生病，她总感觉哪里不太对劲。

晚七点，加班结束的甘婧正想和百合一同离开，很少和二人讲话的屈志华走了过来，口头向甘婧传达何其多的工作指示。甘婧一条条用笔记下，表示明天再修改。屈志华摇头，“不行，何总明早一上班就要听汇报，你晚上加个班吧！”

甘婧无奈地看看百合，重新坐到电脑前。

凌晨一点。甘婧修正好最后一个错字，打印、存盘，文件入袋。

一切结束后，甘婧推开面前的手提电脑，搓了搓发麻的眼皮，准备起身下班。

就在甘婧站起身来之时，她突然感觉一阵天旋地转，她忙扶住桌沿，让自己站稳，等待眩晕过去。

不知道为什么，她感觉身体越来越沉，越来越沉，仿佛一直向一处深不见底的悬崖跌落。

甘婧知道不妙，忙用力举起手掐住自己的人中穴，想让自己清醒。可是没有用。

在失去意识之前，甘婧感觉有人轻手轻脚地走了过来，用脚踢了踢卧倒在地上的她，过了一会儿，才蹲到她身边，轻手轻脚地从她的上衣口袋里掏出了钱包和手机。

钱都给你，别杀我。甘婧用力喊了一句。

随之，她感觉后脑一痛，眼前一黑，彻底跌入谷底。

再醒来时，甘婧已经躺在医院的病房里。天地间，一片模糊的白。

“这是哪里呀？”甘婧问。

“曙光医院。”一名正在给邻床打针的护士闻声转过身来。

“我怎么了？”甘婧感觉头痛欲裂，她吃力地看看扎着点滴管的手，轻声问道。

医生说，“你昨天服用了过量安眠药，加上过度疲劳，晕倒在单位了。”

一阵急促的高跟鞋声在床头戛然而止，一个女声传来。

甘婧转动目光，是人事部主管艾米。

“今天早晨，物业的清洁工发现你晕倒在公司，打电话给我，是我送你来医院的。”艾米语调平淡地说，“你现在感觉好些没？好些那我就先走了。我公司还有事。对了，何总说，你太辛苦了，这一周都不用上班了，好好在家休息。请假单回头开给你。并特批不扣你病假工资。”

艾米与房莺年纪相仿，关系也一直亲好，从第一天上班，甘婧就明显感到房莺不喜欢自己。这个艾米对自己从态度冷淡到恶劣，甘婧可以理解。

“谢谢你，艾米。”

“我说过多少遍了，我不叫爱米，我的英文名字叫 A……MI！”

“好的 Ami。”甘婧道歉。

听着艾米的高跟鞋声消失在门口，甘婧疲惫地闭上眼睛。

我服用安眠药？还过量？

越想越糊涂的甘婧按下了手边的呼叫器，“护士小姐，能麻烦你过来一下吗？”甘婧声音微弱地叫到。

片刻，一名小护士走了过来，“什么事？”

“我想问问，我服了多少安眠药？”

“从今天早晨你的血液化验结果看，相当于二十片左右。”

“会有后遗症吗？”

“这个不太好说，要观察一段时间才有结果。但近期你可能会感觉头晕无力，多休息休息就没事了。”

“多久能出院？”

“要在这里观察一天。傍晚没事的话，就可以回家了。你回家后，还要大量喝水，帮助身体快点将药物代谢出去。”

甘婧点点头。

“小姑娘，你这么年轻，又挺漂亮，有什么想不开要走这条路。男朋友走了可以再找，钱没了可以再赚，自杀，多傻呀！以后遇事想开点。”小护士说完，一扭身离开。

甘婧苦笑。她无法解释自己吃药的真相，看看瓶中的药水还有大半，便闭上双眼，集中注意力，回想自己晕倒前的一个个细节。

昨晚七点左右，在准备和百合一同下班回家时，自己感觉还很正常。此后一直坐在格子间里写方案。其间，去了一次洗手间，因为太困，又泡了一杯茶。

泡茶大概在晚十点左右。自己喝了很多，没有不正常的感觉。

十二点半时，突然肚子痛，去了一次洗手间。回来后，又喝了几口茶，半个小时后起身收拾东西回家，刚站起来就晕倒在地。然后，就来了这里。

在彻底晕倒前，似乎有一个人影出现过。

是谁？

甘婧下意识地摸了摸后脑勺，那上面，竟然鼓起一个鸡蛋大的包。

一股怒火从甘婧的心底泛起，太过分了。怕她不晕，在她倒地后，那个给她下药的人又给了她一记闷棍。

是什么人这么恨自己？甘婧翻身侧躺，尽量不压迫肿起的后脑。

那人似乎在自己身上翻找过什么东西。想到这里，甘婧连忙坐起来，在上衣口袋和包袋中翻找手机。

果真，手机不见了。但钱包仍在。

甘婧彻底从病态的晕眩中清醒过来。手机中，有唐红果儿发给自己的合影。

纳士公司一楼有二十四小时保安值守，大门与各房门都有磁卡门禁，走廊与电梯中还有摄像头。如果没有公司员工带领，外人根本无法自由出入，这说明，对自己下手的极可能是自己人。而自己到这家公司还不足半年，人刚刚认全，对公司的人事纠纷涉入不深，根本不会有人仇恨到要将她打晕而后快的程度。

那么，只有一种可能，她打听唐红果儿的情况，引起了某个人的警觉。

一年前，警方对唐红果儿的死因已经有了定论，对此，甘婧从未有过怀疑。

她所要找的，只是引起唐红果儿自杀的原因。

可一年后的今天，甘婧突然对唐红果儿的死有了强烈怀疑。

莫非，她的死，真的并非自杀那样简单？

傍晚时分，吊了一整天盐水的甘婧皮肤几乎变成透明，她用手撑着依旧晕眩的脑袋，面色苍白地独自结账，步履维艰地出院拦车。

独在异乡为异客，最大的福气就是不生病，不然连吃口饭都成了问题。甘婧苦涩地笑笑，将自己塞进一辆出租汽车。

安眠药要散未散的感觉是一种让人无法描摹的难受，仿佛所有的细胞都在呼喊着好累好困，要罢工。

从医院回到家中，甘婧疲惫得连二楼的卧室都爬不上去。她试了试，决定放弃上楼，径直将自己扔到沙发上，再次沉沉睡去。

睡梦中，甘婧想到了好几种让自己解气的方案：去质问何其多，让保安部交出当晚的录影带，找出用安眠药将自己弄进医院抢救的黑手；去报警，让警察找出下药害自己的黑手；自己想办法与物业保安套套近乎，从他们手中将录影带拷贝出来，找出那个做贼心虚的黑手。

几种方案在甘婧的脑海里打架，一直纠缠到第二天早晨，甘婧才从自己与自己的争斗中清醒来。

如果唐红果儿的死因真有诡异，那以上几种方案只能解一时之气，然后打草惊蛇，最后自己被扫地出门。

想要在纳士继续工作，找出唐红果儿的真正死因，最切实的方案，就是装作什么都没发生，病假结束后老老实实回纳士上班。既然已经激起了某个人的恐惧并迫使他出手，那说明自己离真相的距离已然不远。

出院后的第二天傍晚，甘婧感觉头已经没那么晕，身体也有了力气，便起身换衣出门，在门口拦了一辆出租车，来到枣庄路金杨路一家叫小浦东的饭馆。

几乎一天一夜没吃东西，甘婧饿坏了。她麻利地叫了一份黄鱼面、一份三鲜小笼、一份浦东三黄鸡，外加一瓶冰啤酒，然后在邻桌略显诧异的目光中，笃定地撕开一次性筷子，安静地等待食物上桌。

皮透、馅鲜、汤浓的三鲜小笼是甘婧到浦东生活后最先爱上的当地小吃。那一口包在皮里的汤汁，鲜得可以直沁心底。浦东三黄鸡则是甘婧在浦东生活了一段时间后，才渐渐接受的食物。可能是为了保持肉质的鲜嫩，三黄鸡在端上桌后，鸡骨头中常常还渗着血丝。这种略带些感观恐怖的吃食，和同事一起吃了好多次，甘婧才慢慢接受。

几乎吃光了所有食物，又暗暗打了个酒嗝，甘婧才感觉自己又有了力气。

“吃饱不想家，”当年封闭式集训时，教官用来安慰他们这些新兵蛋子的话，现在想想，说得真有道理。

出了小浦东餐馆，甘婧来到移动公司营业厅，买了一部新手机，又凭身份证重新补了张手机号码卡。结账时，想到银行卡中的钱又少了一截，甘婧心中暗暗叫苦。

甘婧拿着号码簿一片空白的新手机，先给在武汉的妈妈打了一个电话，聊聊家常，然后慢慢腾腾地步行回家。

到了红枫路，甘婧摸摸饱饱的肚子，决定还是到碧云体育中心走走。自从到纳士工作后，繁重的工作几乎抢占了她所有的体力和时间，已经有好长一段时间没到那里看看了。

初夏的夜幕中，路边绿树不仅成阴，还一对对牵手汇成了头顶绿色的云朵。

在这绿色云朵的掩映下，碧云体育中心的室内游泳池中欢声笑语、人满为患。

果儿，你知道吗？为了你，我差点被他们打成傻瓜了。对着玻璃窗内那些衣着清凉、旁若无人潜水嬉戏的人们，甘婧自言自语。

还有那个叫蓝祖平的北京同事，我猜测，他的病倒也可能与你有关。

你究竟是为什么自杀？

果儿，既然你能来到我梦中，为什么不直接告诉我呢？

甘婧心中怅然，她找到一处草地，静静坐下休息。

三个小时过去。甘婧起身回家。

在路过蓝蛙酒吧时，甘婧突然在酒吧门口看到一张熟悉的脸。尽管光线时明时暗，但是，那张脸上仍然清清楚楚地写着三个字：何其多。

何总？他不是住在仁恒滨江吗？怎么放着陆家嘴那些酒吧不去，跑到这里来？

甘婧停下脚步，小心隐于树丛之后。

何其多面向甘婧的方向，正和他对面一个男人握手道别。

目送何其多走进停车场后，甘婧急跑几步，追向那名始终以背影示人的男人。她总感觉，那人的背影看起来有些眼熟。

当甘婧再次看到那辆深蓝色别克商务车时，回忆瞬间划破了脑海，9968，酷似魏祺的男人！

她追着那辆已经启动的车，大声喊道：“魏祺，赵魏祺！”

蓝色商务车像被人用力拉了一把，猛地停了下来。

车窗摇下，甘婧再次看到那张酷似赵魏祺的脸。

# 第八章

浦东碧云路。蓝色商务车内，一名酷似赵魏祺的男人隔着车窗，疑惑地看着已经跑得气喘吁吁的甘婧。

“您可以让我上来吗？我是魏祺的朋友。”甘婧看着那名男人的眼睛，尽量将气息调整平缓，语调友善地说，“我有话对您说。”

那男人愣了愣，随即点点头。

司机下车，礼貌地替甘婧拉开车门，做了个请的姿态，待甘婧上车后，又细心帮她拉上车门。

“先把车往前开一段。”甘婧小声说到，语气不容置疑。

“开吧。往外高桥开。”男人没问为什么，而是直接对司机下达指令。

待车驶出云山路，开上杨高南路，甘婧才放下心来。她打量了一下车内的情况，与普通商务车不同，除驾驶座之外，这辆车后半部只有一排座位，宽敞的空间里摆着一个小桌子，上面散着一些资料。

“您好，我叫甘婧，我在纳士公司做创意文案。我看到您刚才在和纳士公司总经理何其多告别。我是个普通员工，不太愿意让何总知道我的一些私人交往。所以……能方便问问您的名字吗？”接过男人递过的瓶装水，甘婧友好地介绍自己。

“我叫赵闽，是魏祺的哥哥。甘小姐，您认识我弟弟？”

“抱歉，刚才情况紧急，如果我不这样说，您可能不会停车。我不认识您弟弟。不过，我认识您弟弟的女朋友唐红果儿。您看，我还有他们的合影。”甘婧说着拿出手机，手忙脚乱地调阅了半天，她突然反应过来，手机前夜被人偷了。

“手机丢了，不过我家里的电脑上还有他们的合影。我想问问，您弟弟现在在哪里？我可以和他聊聊吗？”甘婧讪讪地笑道。

“你为什么要找他？”

“我的朋友唐红果儿一年半前突然自杀。我想知道，她自杀的真正原因是什么。”

“你不知道吗？”赵闽略略低了低头，半晌，才有些黯然抬头，“魏祺他已经失踪一年了。”

“失踪了？”甘婧一愣。“怎么失踪的？”

“我们也不知道。弟弟很喜欢上海，五年前，一个人回到国内生活。一年多前，他突然与我们失去了联系。我们找了他好久，也报了警，可至今都没他的消息。”

“魏祺是什么时间失踪的？”

“具体日期我不清楚。我们是在发现联系不上他后，才联想到他可能失踪了。时间大概是前年下半年吧。这一转眼，都一年多了……”赵闽的声音轻了一下。

“您知道唐红果儿跳楼的事情？”甘婧问。

“知道。”赵闽回答。

“您见过唐红果儿吗？”

赵闽摇摇头，“我和我的家人还没见过她，只听魏祺在视频中说过几次。”

“方便问一下，您是一直在国内找弟弟，还是偶尔回来？”

“我在美国有工作，只能抽空回国来打听一下警方调查的进展，自己也想办法找找。我想，他在这里工作生活了三四年，肯定会在这附近留下一些什么，所以，只要有时间回国，我就让司机开车带着我四处转，魏祺可能去过的酒店、健身房、会所、酒吧我都去过，希望能找到点线索什么的。”

"找到了吗?"甘婧小声问。

赵闽摇头。

甘婧重重地叹了口气。寻找故人的生存痕迹，是作为一名普通人除求助警方之外所能想到的最直接方法吧。

赵闵和自己一样，都是失去亲人后，焦急而又无可奈何的可怜人。

对话间，商务车已行至浦东外高桥保税区。巨大的海鸥型拱形门旁，一列轻轨如同童话中的小火车般轰隆隆从头顶驶过。

"我在保税区关内有间办公室，我们要上去谈谈吗?"赵闽礼貌地问。

"方便问一下您是做哪一行的吗?"甘婧问。

"哦，我是做物流的。"说着，赵闽报出一个多数人都耳熟能详的跨国物流公司名字，"我是这公司的股东兼董事之一，但很少来。因为这一年我经常在国内，他们才给我留了一间办公室。"

甘婧暗暗吃了一惊。

仿佛看出甘婧的吃惊，赵闽温和地回答，"我爷爷上世纪二十年代就去了美国，到我已经是在美国出生的第三代。爷爷的生意做得不错，就一辈辈传了下来。这家物流公司，是我们家族的生意之一。"

"赵魏祺是您的同胞弟弟，还是堂兄弟?"甘婧问。

"他是我的亲弟弟。"赵闽笑了笑，"我和魏祺之间相差十四岁，中间还有两个妹妹和一个弟弟，从年纪上看，我倒更像他的长辈。"

甘婧摇头，"那倒没有，您看着也很年轻。"

赵闽叹了口气，"几年前，魏祺提出要回国创业，家人全都反对，只有我，拗不过他的软磨硬泡，就偷偷答应了他，还给了他一笔钱作为创业资金。"

甘婧听到这里，小心地打断了赵闽，"我冒昧问您一个问题，魏祺他带了多少钱回国创业?"

"差不多三百万美金吧。后来，他说公司运营困难，我母亲又给了他两百万。后来他告诉我，他创建的动漫科技公司叫纳士，因为大部分启动资金用的都是我的钱，所以，把我也列为他们公司股东。”

这么多钱。甘婧的心里抖了一下，一丝不祥之感如蛛丝般爬上心头。

她压下心头的冰凉感觉，接着问道，“魏祺失踪后，警方调看过他的电话记录、电子邮件什么的吗？”

“有。我也看到了。都是纳士公司同事之间来往的电话。有何其多的，有唐红果儿的。”

“魏祺失踪后，何其多怎么说呢？”

“何先生很着急。也想了很多办法，也托朋友跟警察那边做了不少工作，但是，效果并不明显。”赵闽沉重地叹了口气。

甘婧也叹了口气，悄悄打量了一下赵闽。

堪称富豪的赵闽衣着简洁朴素，语调亲切友好，通身上下看不到一件名牌物，连车也是路上随处可见的大众品牌。

唐红果儿也是这样，生活中的她自然、随意，亲和中透着礼貌，她的富贵，体现在得体的举止和落落大方的谈吐中。

如果她还在人世，倒真是赵家的好儿媳妇。可惜……

“到我们的货柜码头了。甘小姐，坐这么久的车，累了吧？下来到海边走走好吗？”赵闽看看车窗外的灯光，低声问甘婧。

甘婧说好，赵闽按下了车窗开关。

随着车窗的缓缓下沉，一股夹杂着咸腥气息的海风猛地灌进车厢。

“风很大，车上有小毯子，先生和甘小姐要披一下吗？”驾驶员转过头，轻声问道。

甘婧摇头道谢，与赵闽先后下车。

一踏上这片钢板铺就的地面，甘婧就被带有浓烈海腥味的海风推得向后退了一步。她面向大海向四处看去，头上，是一排巨人手臂般的起重机，身后，是一排排叠放整齐的橘红色集装箱。对面灯光照不到的地方，铅灰色的大海如一块被巨人抖动的奢华绸缎，一波波泛起略带丝滑的光芒。

甘婧不由自主放大喉咙，“您家族的公司一直在这里做生意吗？”

“不是。我父亲那一辈，一直在香港和马六甲做物流生意。近几年，浦东这边发展迅速，间接分去香港和大马不少生意。”赵闽笑了一下，“现在你去马六甲那边，那里的港口基本已经变成旅游区了。于是我们就来到这里，参股并成立了现在这家物流企业。外高桥保税区虽然目前还不能达到国际上完全的自由港的要求，但它已经是中国内地港口贸易和物流开放度最高的区域。”

“这港口好大。”甘婧说。

“这里还不算大，等洋山深水港启用后，那里将是真正的大，真正的忙。”赵闽回答。

甘婧沉思了一下，慢慢说，“我看八卦杂志，香港那边的富人对人身安全问题都非常重视，出入到保镖随行。我发现您只有一个人。”

赵闽笑，“你说的富人，都是富人中的富人。不管是在美国还是国内的朋友圈中，我们都只能算是小康而已。有一项排名说，上海平均一百六十八人中就有一个资产过千万元的人，三千人中就有一个资产过亿元的人。他们也算富人了吧，很多人出行也是搭乘地铁。”

甘婧摇头，“去除灰色收入人群，您说的这些富人中，有相当一部分是房产拥有者，但我认为，拥有房产，并不完全等于拥有资产。房子的本职身份还是用来居住。也就是说，房子本身值一千万元与你手中拥有一千万元现金的概念不同，更何况，许多人的房子都有银行贷款。一般而言，手中真的拥有一千万元现金的人，身家起码有几个亿。”

赵闽点头，有道理。

甘婧字斟句酌半晌，又悠悠说道，“您应该就是手中拥有许多个一千万的真富人之一。您是华侨，是投资商，是海归成功人士，您所见到的这个世界，除了五星级酒店、客舱头等舱，便是美酒与笑脸。真实世界，其实与您看到的并不一样。比如说，您乘坐过地铁吗？在任何国家乘坐过都算的。”

赵闽眉毛动了动，笑了，“从我记事起，家中就有负责接送的工人，长大后接手家族生意，出于习惯，还是请工人帮忙开车。是啊，除了飞机，我还真很少搭乘公共交通设施出行。”

甘婧笑了一下，转为认真，“您听说过这样一个故事吗？一个17岁乡村少年，失学多年，不事农作，听多了关于上海滩的传奇后，便揣着几百元钱，只身来到上海闯荡。到上海后两天，钱基本花光，工作却找不到。于是，他做了两件事，一是到陆家嘴看了东方明珠，二是在地摊买了一把五元钱的水果刀。到上海后的第三天，他用这把水果刀杀死一名晚归的女白领，从女白领身上抢走五百元钱。”甘婧叹口气，“女白领家境普通，为送她英国留学，父母几乎花光积蓄。可她学成归来刚刚就业，就这样莫名其妙地被杀死了。乡村少年作案时未满十八周岁，属于不完全行为能力责任人。”

赵闽轻轻叹口气，半晌，才低低地说，“这世界，的确是有另外一个样子。我知道，但不想看到。希望魏祺也别看到。”

“但是，果儿一定是看到了什么。否则不会做自杀这种事。”甘婧肯定地说。

“你和果儿是大学同学？”赵闽问。

“不是。我们是幼儿班同学。在托儿所也是。甘婧笑了起来，我和果儿在一家妇幼医院出生，住在同一排房子里，一起玩到七岁。果儿从小就非常喜欢看卡通，还喜欢跳舞唱歌，我一直以为她长大后会当一名专业的舞蹈家。谁知道却成了一名动漫制作师。”

“魏祺小时候是个小胖子。小时候因为胖，走路吃力，家里的保姆只能把他放在婴儿车里推着走。他出生那天，我大伯突然就谈成一桩谈了许多回合都没成功的大生意，所以，我们家族的长辈都非常喜欢他，说他是我们家族的小财神……”赵闽的声音越来越轻。

“您别伤心，”甘婧小心地措辞安慰赵闽，“如果魏祺先生的失踪时间是在果儿跳楼后，那么，他肯定是受不住失去果儿的打击，想独自一个人安静一段时间。海关不是没查到他的出境记录吗？这说明，他一定还在国内的某个地方。”

“公安朋友说，能找的地方他们都帮忙查找过了。”赵闽低声说。

“您放心，还有我。我也在和您一起找他。我想，他一定知道唐红果死亡的真正原因。也许，他就是唐红果自杀的真正原因。”甘婧语气坚决地说。

“谢谢你，甘小姐，虽然是第一次见您，可是，不知为何，总感觉您很亲切。”赵闽温和地说。

甘婧一愣，随即莞尔。

你一言我一语，两人竟在海边立了两个小时。

海风渐凉。甘婧看看一直站在她旁边的赵闽，笑着说，“我们回去吧，再不回去，就要在这里看日出了。”

赵闽点点头，向远处略一挥手，停在五十米外的商务车应声而来。

到达甘婧住的公寓前时，赵闽略略有些吃惊，“甘小姐，我弟弟就住在蓝桉路的别墅区，你们竟然是邻居。”

甘婧低下头，想了片刻，才将自己在纳士工作后遇到的各种怪事咽到腹中，只捡最重要的几句说，“我之所以住到这里，其实目的和您一样，要在唐红果儿生活过的地方找一些她的痕迹。”

赵闽点点头，“甘小姐，您是一位可敬的朋友。我替弟弟的女朋友谢谢您。”

甘婧被说得笑了起来，“赵先生，谢谢您信任我。我希望今天的见面，您能替我们保守秘密。就是见到何总，也不要说。”

赵闽连一丝惊异都没有，平静地回答，“好的。”

甘婧下车时，赵闽轻轻在她身后说，“希望有一天，我们都能找到我们想找的。不管是什么结果，都可以。我累了。”

甘婧下车，驻足向赵闽点头挥手，然后快步向公寓里跑去。

进了电梯，打开房门，甘婧跑到临街的窗户去看了看，那辆蓝色商务车又停了几秒钟，才调头开走。

这是一个很有风度的绅士，他一直等到甘婧上楼后，楼内有一扇窗亮起灯光，才放心离开。

简单洗漱后，甘婧没有上楼睡觉，而是在客厅打开了电脑。

她输入赵闽的名字，片刻，跳出一大串各行各业人士的链接，甘婧极有耐心地一一点开，那里面，都没有她刚刚见到过的赵闽。

对于一直刻意低调的人而言，只要他没有出格的举动，在互联网上想找到他的资料，很难。

临睡前，甘婧打开电脑，调出唐红果儿与赵魏祺的合影。照片上，两个人笑得甜蜜而幸福，任谁都看得出，他们正在恋爱。

不管赵魏祺的失踪是真是假，他现在身在何处，唐红果儿的死因，肯定与他的失踪有着密不可分的关联。

“你有一个这么好的家庭，这么好的未来，这么好的兄长，我希望，唐红果儿的死，并不是你直接造的孽。这样，果儿、你，还有我，都会轻松些。”甘婧看着赵魏祺的笑脸，喃喃自语。

甘婧在家里只休息了三天，就主动回到公司上班。

等电梯时，甘婧突然听到房莺和屈志华的声音从门口传来。

甘婧想躲开已经来不及，只好装作什么也没听到，双眼直勾勾地盯着电梯间上方的楼层数字。

猛然看到甘婧，屈志华表情十分尴尬，房莺像没事人一样和甘婧打了个招呼，“哟，小甘，来得噶西早呀。”

甘婧也装成没事人一样点点头，“房总您早。”

房莺微笑，“小甘是哪里人呀？”

甘婧回答，“我是武汉人。”

房莺微笑，“武汉很热吧？到上海几年啦？生活还习惯吧？家里人都来了没呀？感觉上海和你家乡差别大吧？”房莺的普通话带有明显本地话印记，语调生硬，并不流利。

甘婧回答，“刚来半年。生活还习惯。”

房莺点头，“外地小姑娘在上海讨生活，也蛮不容易的。以前我们公司也有几个外地人，后来混不下去了，都回老家了。”

在愠色从心里升到脸上之前，甘婧想到了一个打断房莺的办法，她抱歉一笑，然后扭头叫，“保安，麻烦过来一下好吗？你看电梯怎么了，这么半天都不来。”

刚检修过，没问题的呀。保安小跑着过来，头探过来一看，哑然笑道，“你们没按嘛，它当然不会下来。”

甘婧定睛一看，果然，由于三个人都想着把眼前的尴尬快点化解过去，竟然都忘记了按电梯按键。

进入电梯，为避免房莺再和自己搭话，甘婧伸手掏出手机假装看短信息。

就在她掏出手机那一瞬间，房莺微微皱了皱眉，随即笑着问道：“手机新买的？”

甘婧点点头，“是呀，旧手机掉到公交车上了，只好又买了一只。唉，电话号码都没了。”

“电话号码没了不要紧，手机里没有和男朋友的艳照才要紧呢。”屈志华笑着接了一句。

“你怎么知道没有？”房莺回头一瞪屈志华，屈志华笑容迅速散去。

来到十三楼，电梯门一开，甘婧抢先下了电梯，快速来到自己格子间打开电脑。

一阵急促的高跟鞋声传来，随后，人事主管艾米出现在甘婧面前，吃惊地看着她，“甘婧，你怎么来了？”

“哦，何总昨天说，甲方对文案又有了新的修改意见。让我再改改。我感觉身体已经没什么了，就过来了。”甘婧不动声色地说。

“何总给你打电话了？”艾米问。

“没，是魏元打的，他转述了一下何总的意思。”甘婧故意反问道，“怎么了？是不是有什么问题？”

“哦，那倒没有。你既然来了，过下就过来消个假。何总特批不扣你 KPI（绩效工资）。”艾米语调平稳地说。

甘婧笑，点头说好。

中午十一点，百合、魏元、洪杰、正夫、眉眉陆续进了办公室。看到甘婧坐在位置上，都显得十分高兴，纷纷围过来问长问短。

“这剑齿虎项目真邪门，前几天蓝老师突然病了，这两天你又倒下了。不知道过两天谁又要倒霉。”百合搂着甘婧的肩膀，小声说。

“事不过三。不会再有事了。”甘婧拍拍百合的手。“对了，你们谁知道蓝老师的病好了没有，如果还没有，我们一起去看看他。”

“哦，他还没好。不过也不是什么大病。昨天我去看过他了，他说他那天半夜下班回家后遇上抢包的，被人家砸了一砖头。”魏元伸过头来接到。

“啊？抢了什么？”甘婧问。

“电脑包。他老婆孩子都回北京了，就他一个人住。地方有点偏僻，房前屋后也没摄像头，他又没看清砸他的人长什么样，尽管报了案，但现在还没抓到凶手。”魏元叹口气。

“太倒霉了。”百合直起身子，小声叫道。

“是呀。”甘婧点头。

“我们人事部已经看过蓝祖平，他伤势不重，但要休息一段时间。你们该吃饭的去吃饭，该干活的去干活，别在这里聊天。”艾米走过来驱赶大家。

“走吧，不干活艾米扣大家KPI。”百合边走边说。

“死小囡。”艾米轻轻呼了百合一巴掌。

坐回座位，打开电脑，QQ上，百合发给甘婧一个笑脸。

甘婧回了一个笑脸。

百合是甘婧在浦东工作后结交的第一个上海女孩。百合家境殷实，上海艺术院校毕业后又在英国留学两年，性格明媚爽直，有男孩气，与唐红果儿一样，是一朵吸收了东西方两种文明的娇花。心灵底色有些灰暗的甘婧很喜欢接近她。接近她，就好像拥抱初春的阳光。

“有人说过吗？你不像上海小姑娘。”甘婧问百合。

“有的。”百合爽快回答，“我知道，在你们眼中，上海小姑娘有一个模式，不是嗲就是作。就像一提到东北人，大家脑海中浮现的就是豪爽一样。其实东北人也有不豪爽的。上海小姑娘一样也有各式各样性格。”

甘婧想了想，用力点赞，“说得好！就像一说到湖北人，就是九头鸟，多聪明似的，其实我就智商平常，甚至比较笨。”

百合问，“你身体好些吧？我们打过你的手机，一直关机，也不知道你住在哪一栋公寓里，就没去看你。”

甘婧赶紧表示感谢。

百合又说，别理艾米，“她就那样，一切都挂在脸上。”

甘婧回话，“我感觉她对我有点看法。”

百合回话，“不用放在心上。艾米是上海人，她这种土生土长的本地人，总归有些地域优越感。有时候就挂在脸上了。其实她人心地不坏的。”

甘婧回话，“艾米和房总关系好像不错。”

百合回话，“房总其实也不喜欢艾米，但她有些事要依靠艾米帮她说话，所以，有时看起来两人关系很好。总之两人关系很微妙的。”

甘婧回话，“我看房总对她部门的小姑娘们都还好。但小姑娘们好像都很怕她。”

百合回话，“那当然了。她很强势，很擅长根据自己的需求拉帮结派，然后拉一派，打一派。靠这一招，在这公司里拔掉过好几枚眼中钉。”

甘婧回了一个惊恐表情。

“你们湖北人怎么拔眼中钉？”百合没话找话问。

甘婧想了想，回答，“我妈总结过一句，说我们常常为一块钱的利益争得面红耳赤，但却看不到一百块的利益。小事精明，大事糊涂。具体怎么说，我也不太会。”

百合回了一个捂嘴笑的表情。

闲聊十几分钟，甘婧关闭对话窗口，准备去找魏元问问项目进展情况。她刚一起身，看到QQ对话框又嗖一下弹了出来，甘婧弯腰看了看，还是百合，只有一行字：我们说的话，你要及时删除哦。

甘婧发送一个大大的“心”，这才起身走到魏元的格子间。

“魏老师，上一稿文案甲方有回音吗？”

魏元忙站了起来，“还没有。白主任说，她带着助手下午过来和我们面谈。”

“好。”甘婧点头回到座位。

下午一时，白主任带着一名助手急匆匆来到纳士。在办公室内，她抬手制止正欲给她播放剑齿虎主要活动场景的正夫，只说了一句话：“因为环宇内部原因，剑齿虎主题公园的开园时间无限期延后。3D 动漫制作也暂时停止，等项目重新启动后再继续。”

“您的意思，这个项目结束了？我们前期的努力都白费了？”一直以谦卑示人的魏元脸色一下子变得苍白。

纳士是项目负责制，每个项目完成后，公司都会拿出一部分利润奖励组员。魏元和大家一样，原本以为这个项目结束后，自己可以分到钱。

白主任没说话，点了点头。

魏元将目光投向站在一边的何其多，“何总，您看——”

何其多显然已经知晓这消息，他清清嗓子，很潇洒地摆了个发言的姿态，似乎想说点什么，但最终，什么都没说。

“白主任，你们这个项目到底出了什么问题？”魏元急切地问。

“暂时不方便透露。”白主任说完，转身离开。

白主任不方便透露的事情，当天晚上，甘婧就在网站上看到了铺天盖地的新闻，环宇公司企宣部对外发布消息：环宇公司董事长佟仁冬，当天早晨因抑郁症发作，在寓所自杀。

甘婧心中暗暗吃惊。在大多数认识佟仁冬的人看来，金融新贵佟仁冬可谓是国内资本市场的风云人物，在剑齿虎项目启动初期，甘婧曾陪何其多请佟仁冬一起晚餐。当时这位佟董还是一副意气风发、睥睨天下的神情。

彼时的佟总，拍着何其多的肩膀，豪气冲天地说，“其多兄，现在国家在大力发展文化产业，大力发展是什么意思？就意味着只要你能找准政策切入点，找好项目，那政府就发钱给咱们赚。你算赶上好时候了。你放心，有我赚的，就有你赚的。”

佟仁冬从官场聊到商场，再从商场聊到娱乐圈，天上地下，无所不知。听着佟仁冬的侃侃而谈，何其多的兴奋表情几乎快溢出脸庞。此后，何其多每次提及佟仁冬，都是一副顶礼膜拜的表情。

据何其多说，佟仁冬上过山、下过乡、留过洋，归国创业后的切入点也是稳准狠，这样的人，其见识及心理承受能力应该会胜过普通人几倍，为何也会被抑郁症逼到要了断自己人生这一步？

他的死，会不会也和唐红果儿一样，另有原因？

甘婧拉回思绪，告诫自己，即使另有原因，也是他家人和竞争对手的事情，与自己无关。加紧寻找唐红果的死因才是正事。

现在，佟仁冬死了，环宇投资的剑齿虎主题园无限期推迟开园，等新老总上位后，这项前任老总的项目可能永远都不会再与世人见面。

环宇公司历来是站在经济体制变革的风口浪尖赚钱。他们是真有钱，也不在乎前期投入的那点钱。大不了再回归主业：将主题公园改成住宅楼。

可是，似乎很缺钱的何其多和纳士怎么办？

甘婧偷偷将目光扫向总经理办公室。四小时前，徐丽美、桂望国、房莺三人先后进了那扇门，一直也没出来。

甘婧到纳士后，很少能看到徐丽美。这位副总每个月只固定在公司出现几天，然后便没了踪影。午休时，甘婧听艾米和其他同事说，徐副总从到纳士后，大部分时间都在海内外旅游。

初听时，甘婧十分吃惊，但因为艾米老是对她扳着一张不耐烦的面孔，也没敢多问。

后来，还是眉眉辗转从屈志华口中打听出来，说，徐丽美是何总留学回国工作后的铁杆部下，基本是何总走哪里，她就跟到哪里，所以何总一直很照顾她。

动漫行业外表看似丰富有趣，实则从业者面对的却是日日枯燥乏味的加班赶工。对公司的业务，徐丽美基本不懂，也不感兴趣，在何其多的默许下，她在纳士，基本是只拿钱，不做事。

桂望国则是个典型的马屁精。甘婧对他的印象有两个，一个是不分时间地点场合，只要坐下，就能打着小呼睡着；再一个就是他那随时能在脸上堆积成山的谀笑。

在纳士公司，所有人都称何其多为何总，只有桂望国一个人将何其多称呼为“老大”。他也是从内心到行动上都将何其多当成自己的老大。只要何其多一声令下，他马上跑得比兔子都快，一切惟何总马首是瞻。

普通成功人士，最怕的便是锦衣夜行，好不容易从nobody奋斗成为somebody，功成名就那一刻，如果身边没有几个见证者，多少都有些寂寞和遗憾。所以，许多创业型企业在进入收获期时，创始人身边总会留下几个学历平平、能力有限，但情商颇高、以恭维创始人为重要工作的高层领导。徐丽美与桂望国都是靠何其多滋养的寄生虫，只能依靠何其多，并不能给何其多太多支撑。

甘婧推测，总经理办公室里召开的那个高层会议，主角应该只有两个，何其多和房莺。

一直到晚饭时间，那扇门也没有开启。

纳士公司的气氛空前凝重，受到这高压气氛的干扰，一向朝九晚五的人事部、行政部和财务部的工作人员，一个人也没敢走。晚七点，何其多的房门终于打开，他原本白嫩的脸蒙了一层油光，双眼血红。看到所有员工都静静坐在办公桌前，他被吓了一跳，“你们怎么还不下班？”

大家赶紧做出忙碌的样子。在没有找到下一份工作之前，谁也不想被公司第一批裁员。甘婧尤其不想。一见何其多目光扫向自己，她连忙调出一朵花般笑容，语调巴结地说，“何总，您辛苦了。”

“嗯。都早点回吧。”何其多挥挥手，疲惫地说。

看看大家仍然不动，他努力露出一个笑脸，“一个项目停了，还不至于影响到公司的运营情况，大家别担心。”

安静的办公室有些小小活跃，大家开始慢吞吞关电脑，收拾桌面。

房莺站在何其多旁边，适时说道，“我是何总的老部下，知道何总在学校工作过、在机关工作过，还在国企工作过。何总呀，见过的大风大浪太多了，但他每次都能将压力变成动力、将负债项目变成赢利单位。这是什么？这就是能力。不知其他人怎么想，我呢，是万分敬佩。”

见众人连连点头，原本有些疲惫的何其多也有了说话的欲望。他清清有些喑哑的喉咙，思索着开了口，“房总将我说得太好了。我没那么神，次次能将负债项目变成赢利单位。但工作这些年，我的确有些心得体会。”

何其多身后站立的徐丽美赶紧小声吩咐艾米，“艾经理，你们行政部订些外卖送到公司会议室，大家一起吃。”

见艾米已去布置，徐丽美又笑着道，“何总，大家也忙了一天，不如一起去会议室坐坐，边吃边聊？”

何其多点头，“好。”

会议室内，何其多主位落座，左手边是房莺，右手边是桂望国，桂望国旁坐着徐丽美，艾米与房莺隔一个位置坐下。过了一会儿，屈志华走过来，轻轻坐在房莺与艾米中间。见领导们已先后坐好，其他在场员工赶紧按照各自部门找座位坐好。

热茶端上，何其多带着一丝疲惫开了口，“在座的你们，都是年轻人。年轻真好，年轻意味着大把的时间，健康的身体，还有随时可以重新开始的机会。我们这些年过半百的人就不行了。一切基本都已成为定局。人生的路，也越来越窄。”

徐丽美笑道，“谁说的，男人五十岁，正是壮年。一切刚刚开始呢。何总您还年轻。”

何其多摇头，笑，“那如果让徐总用现在所有的一切做交换，回到十八岁，你愿意吗？”

徐丽美点头，“当然愿意。对我们女人来说，最无价的，就是青春。不是有一部电视剧叫《第八号当铺》吗，如果世上真有这么个地方，别说用我现在所有的一切，加上我老公小孩的一切，我都愿意去换。”

何其多笑，“你倒是够直接。时间真快，一眨眼，我就从二十岁变成了五十岁。”

众员工不语，静待下文。

何其多皱眉想了想，笑道，“大家都知道我是海归，是这家公司的创始人。其实，这只是我工作经历的一小部分。要说印象比较深刻，还是在文化科技公司做总经理那一段。”

房莺仰面回忆片刻，点头，“那一段工作倒不算辛苦，就是杂音太多。”

何其多冷笑一下，“是，文化人本就是非多，文化人再插上科技的翅膀，那惹是生非的手段，真是搭上了火箭速度。简单点说吧，那公司是一家国有企业，领导层基本都是四面八方的领导安排过来的，做事能力没有，搞事能力一流，尤其擅长写举报信。”

甘婧认真倾听，脑中各种念头也在默默翻腾，机关也有举报信，要想引起纪委注意，两个因素最重要：举报男的，重点攻其经济问题；举报女的，重点强调其生活作风问题。因这两件事都很难迅速确认“有”还是“没有”，势必要引来主管单位派员调查。真有问题，有党纪国法管；真没问题，那名声也臭了。不管结果怎样，被举报人的前途就算是完蛋了。

仿佛为印证甘婧的想法，一直不语的桂望国愤愤开口，“也不知道是哪个副总指使的，说何总经济有问题。不仅经济有问题，还他妈——”

何其多轻轻咳了一下，打断了桂望国的话。

尽管只是极短的一瞬间，甘婧发现，坐在桂望国旁边的徐丽美，脸皮突然抽搐了一下。随着何其多的咳嗽，又迅速回复正常。

“所谓身正不怕影子歪。尽管有几个不和谐声音一直在暗地里搞事，公司上级管理部门也派人来做了调查，但并没有查出什么问题。换句话，所有关于何总受贿及私吞公款的情况都停留在口头猜测，并没有实质证据。”房莺将本地话换成普通话，一字一句、扎实有力。

“那一次，将我气得够呛。为了证明清白，我差点从领导办公室的窗台跳下去。”何其多自嘲地大笑，“我说这些呢，是想告诉大家，一个人只要身处社会，都会遇到各种各样的挑战和麻烦，不要怕，正常心面对就好。”

众员工不约而同开始鼓掌。

何其多微笑一下。拿起一块比萨，慢条斯理吃了起来。

往事并不完全如风。许多教训，简直如刀。一刀刀刻在当事人心上，就算伤口愈合得再好，也无法忘记。

何其多只说出往事的上半部分，还有一部分，他压在心底，永远不会对人谈及。

十几年前，何其多的确是有惊无险地渡过上级管理部门审查这一关，但是，文化科技公司上级主管单位的某位领导对他的能力和个人作风开始产生微词。每次开会，这位领导都会当着其他同僚的面，话中有话地斥责何其多，让他站也不是坐也不是十分难堪。

是在文化科技公司继续如履薄冰般当这个已经没有多少空间的总经理，还是另谋他职，让何其多陷入苦闷之中。

就在此时，他发现了一个可以从头再来的机会。

2000年前后，处于经济高速发展阶段的上海各类企业如雨后春笋般萌出。在科技公司度日如年的何其多发现了一个跳槽机会：上海市一家以文化产业为经营方向的投资公司总经理因个人原因辞职，其上级管理部门面向全球招聘职业经理人。

得知这一消息后，急于摆脱困境的何其多主动来到这家文化传播公司参加应聘。

“我们这家文化投资公司与您此前工作的文化科技公司相比，无论是规模还是资金投入都要小很多，您真的不介意放弃原来的工作到这里来吗？”文化传播公司主管部门领导直接提出了心中的疑问。

“我介意的不是公司规模的大小，可掌握资金的多少，而是公司的发展空间和个人成长空间。”何其多深思着补充道，“还有一点，我很重视团队精神和企业文化，这也是许多美国企业之所以能够取得成功的重要原因之一。

而我此前工作的那家科技公司，在这两方面令我很不适应。”

在与何其多深谈后，这家文化投资公司向曾在国内外知名学校学习、又在“国内外知名企业”担任过重要领导职务、有着“全球视野”的何其多伸出橄榄枝。得知自己被新公司接纳，何其多毫不犹豫地打了调职报告，去了新公司履职。

“文化科技公司失去了何总这样一个人才，真心是他们的损失。”桂望国感叹，“这也是他们的命。何总离开不久，那公司就由国有一级企业降级到二级企业，我听以前那公司同事说，前几年，那公司被拆拆整整分成几个部分纳入其他公司，现在已经不存在了。”

“后来咋样了呢？”洪杰眨巴着眼睛问。

“后来，就后来再讲吧。”何其多从纸巾盒中拉出一张纸巾，将手上的油揩干净，笑着起身，“回忆结束。回家睡觉。”

见何其多心情愉快地离开，众人赶紧收拾包袋下班。

因为时间尚早，甘婧谢绝了百合绕路送自己一程的好意，独自去搭乘公交车。

公交车行至红枫路明月路，甘婧起身下车。走到小区门口时，突然想到前一晚为她照亮归家路的那辆车，心中动了动。她正在思索是否联系一下赵闽，问他一些赵魏祺的个人琐事时，手袋中的手机突然响了起来。打开一看，是赵闽。

与前夜谈话时一样，赵闽吐字清晰、语速很慢，他告诉甘婧，因后天上午要回美国处理工作上的事，想在临走前与甘婧再见一下，将魏祺的一些东西交给她。

甘婧忙说好，并问约在何处，赵闽想了想，说，“明天晚上六点，你在小区门口等我就好。”

# 第九章

圆月之夜。浦东星河湾高高低低的尖屋顶沐浴在薄纱一般的夜色中，给夜空中划一个童话城堡般的剪影，画一样轻盈，梦一般神秘。

这片被众多国内明星青睐的小区内，居住着不少如房莺一样在企业担任合伙人或者高层管理者的高收入人群。这群人的睡眠质量普遍都不怎么好。已过凌晨，房莺仍无睡意，上床前强行喝下的半瓶红酒并未在体内变成催眠的小火苗，反而化做一抔污血，让她恶心不已。辗转反侧半晌，她索性起身步入书房。

书房内的房莺穿着一件价格不菲的深蓝色低 V 领丝绸睡裙，背影看起来，身形紧致而利落，转过身，蓬起的头发下，是一张焦灼的脸。

房莺又打开一瓶新的红酒，倒入醒酒杯，径直走近书架，轻车熟路地抽出一本相簿，坐在书桌前翻阅。

房屋静音工程做得极好，中央空调一声不响地输送着冷气，无一点噪声，楼外偶尔划过一两点夜归的车灯，也听不到发动机的轰鸣声。墨绿色台灯散着雾一般的黄光，让这装修西化的大宅，显得很寂寞。

五年前，房莺突然感觉心慌、盗汗，脾气急躁。在与何其多发生了两次争吵后，徐丽美将她拉到一旁，仔细询问了她的月事周期，告诉她，是女人的更年期到了。随后，悄悄塞给她几盒西药，说，许多国内女明星为了维持青春，都会吃这个，她自己也在吃。

房莺淡淡推回去，“我不吃这种激素类药物，老就老，更就更，我也不靠青春吃饭。”

“不吃，侬就等着身体发臭身材变形吧！到时候，看还有谁要睬侬。”徐丽美赌气说道。

不吃，也不等于我想发臭变形呀。房莺想了想，淡淡问道：“除了吃药打针动刀子，还有没有其他办法治疗这更年期？”

徐丽美眼珠一转，笑起来，当然有。说完，就凑到房莺耳边，轻声说了几句。

虽然没笑纳徐丽美的小药片，但房莺接受了徐丽美的建议，找年轻力壮的小伙子谈个恋爱，再多上上床，药效比吃激素还要强。

年轻力壮的小伙子并没那么好找，房莺只好先自我调节，定期去浦西一家比较隐秘的按摩店，找年轻干净的男按摩师做全身按摩。每当按摩师的手指以推油为名一点点深入到她丈夫都不曾触摸过的敏感之点，她都会一边克制着喘息一边拉住按摩师的手，期待这爆炸般的快感能多停留一会儿。

偷食只能极为短暂地平复因生理原因带来的情绪起伏。随着工作压力增大，房莺脾气越来越差，她在何其多面前越克制，在丈夫面前越暴躁。为躲避房莺，已住进浦东知名豪宅、开着宝马7系轿车的余稳根悄悄在外谋了一份安保的工作，月薪2500，做一休一，夜班。

儿子出国。丈夫夜班。漫漫长夜，童话城堡般窗口映照出的，常常只有房莺一个人的身影。

房莺拢一把狮子王般的头发，无聊地翻开影集。

影集第一页，是一张黑白结婚照。

照片上，梳着学生头、穿着白花衬衫的房莺坐在一个男人旁边，微微露出笑容。即使有青春这个战无不胜的利器护体，二十岁的房莺也称不上清秀或者美丽。她就像是被时光凝固的琥珀，除了发式有所改变之外，二十岁时的相貌和五十岁时相差并不大。

坐在房莺身边的男人，宽额头，高鼻梁，有一双神气而又漂亮的大眼睛，为了拍照，发型刚刚剪过，虽看起来有些刻意，却透露着年轻气息。

这个叫余稳根的男人，就是房莺法律意义上的丈夫。

房莺飞快将这一页翻过去，目光投向下一张照片。

照片上是一家三口。一个长相酷似房莺的小男孩坐在草地中间，房莺和余稳根一左一右坐在他身后，阳光从三人身后的柳树缝隙撒落，如雪花般星星点点落在三人身上头上，三人笑容灿烂。

这两张照片，浓缩了房莺前半生所有的快乐。

在照相机刚刚发明之初，许多守旧的中国人都不肯拍照片，他们认为，那个蒙在黑布中的匣子会将人的灵魂吸到纸上去。从某种角度而言，这个观点也不完全错误。照相机的确有一种魔力，在很多时候，它会在被拍摄者不知道的情况下捕捉到被拍摄者的灵魂，然后将其真实具体地反映在照片中。

也因为如此，许多人在照片刚刚拍摄出来时会感觉照片不像自己，可放在那里再过几年回头看，却感觉，那照片中拍的明明就是真实的自己。带着被拍摄那一段时间的喜怒哀乐、贫穷富有灵魂印迹的自己。

拍第一张照片时，余稳根刚刚从崇明插队落户的农场返回家中。当时，第一批返沪潮已经刮过，眼看着身边的插兄插妹们纷纷通过招工、上大学离开农场回到上海，自知没关系、也没能力通过考试或者调出离开农场的余稳根狠狠心，用有些血腥的方式为自己铺设了一条返沪之路：自断手指。

拍摄结婚照当天，他的手指还包着厚厚的纱布。身体上的疼痛与精神上的悲壮麻木了他对现实生活的感触，对着面前那个圆圆的镜头，他无论如何也笑不出来。照片中的他，更多的，是一副不肯向现实低头的狠劲。

而余稳根当时吸引房莺，除了他的俊秀外表，还有他的狠劲。

因为外貌俊秀，二十九年前，当二十岁的房莺第一次在公共厕所门口见到余稳根时，就情不自禁地盯着他看了好一会儿。紧接着，房莺发现，这男人的左手缠着厚厚的白纱布，用一根女人的丝巾吊在胸前。

“侬个则手哪能？”房莺大方发问。

“断特了。”余稳根简短回答。

没多久，在街道工厂里做工的房莺就再次见到余稳根，并弄清楚了他断指的原因。房莺灵机一动，突然想到了一个永远将这个俊秀男人留在身边的办法。

“我打听过了，街道干部讲，侬如果成个家的话，留在这里找个工作的可能性就更大。”房莺一本正经地告诉余稳根。

“成个家？嘿！哪个愿意嫁给我？”余稳根伸出包缠着纱布的左手，在房莺鼻子底下不礼貌地左右摇晃着，“看见没？我现在也算是个残废了。”

“我。”房莺一把捉住余稳根的手腕，直截了当地回答，“只要你有个地方让我们睡觉，我就和你结婚。”

“为什么？”余稳根吃惊地问。

“因为你卖相老好。”房莺用沪语回答。

“我？卖相好？”余稳根吃惊地问。当时以及此前很长一段时间，大陆推崇的外貌美，不论男女都是明眸皓齿、浓眉大眼，略带英武之气。而余稳根的长相，倒颇似二十多年后才在海峡两岸同步走红的花样美男，瓜子脸、细腰红唇大眼睛，走路略带女气。这长相的男人，在当时顶多是秀气，根本谈不上好看。

房莺的审美很超前，而且，一直也没有变化过。

看着余稳根未置可否的表情，房莺又进一步表达着自己的观点，“还有，你够魄力。”说着，她指指余稳根包缠着纱布的手，坚定地说，“男人，就该有这份狠劲才能成大器。”

从小到大，基本与“好看”和“男子气”两个形容词无缘的余稳根第次感觉，从异性口中说出来的赞美比所有的赞美都令人满足。

两人交往一个月后，决定结婚。

余稳根的家庭环境与房莺家类似。稍稍强一点的是，他家中只有两个孩子，大哥结婚后占了一角空间，余稳根父母将家具重新腾挪了一下，又重新打造了一架两人睡的棕床，房莺便搬了过去。

自由恋爱这件事，从上演“小二黑结婚”的年代就在宣传，可在现实生活的重压下，有几个人能做到？房莺做到了。拍摄结婚照时，她发自内心笑得开心。终于离开了那个拥挤窄小、令她窒息的家，并且有了一个在她看来十分俊秀的男人。

余稳根则表现得十分严肃。二十六岁的他刚刚从耗费了他八年青春光阴的崇明红星农场回到日思夜想的上海。代价是一根手指。从此以后，无论吃饭穿衣抱老婆，他永远都只能用九根手指完成。这让他无论如何也笑不起来，甚至有一种愤愤然。

拍摄第二张照片时，两人已经结婚十年。这一年，余稳根三十六岁，房莺整三十，两人的儿子余沪生刚满周岁。在过去十年中，两个人的生活际遇变化都很大。靠一根断指悲壮返城的余稳根几经周折后，花大价钱托人在浦西白蝶自行车厂找到一份自行车组装工作，正式成为一名梦寐以求的技术工人。一直在街办工厂打零工的房莺则敏锐地发现了文凭正在渐渐受到重视，报名参加了一个夜校的财会班，读了三年后，拿到一个财会大专文凭。

在婚后最初六年中，余稳根与房莺都在为生计与前途奔波。而在过了最初的蜜月期后，两个人的个性开始渐渐显露。吵架，成为两人生活的重要组成部分。

房莺爱钱。这种热爱，强烈到令余稳根害怕的程度。结婚不久后的一天，余稳根出门办事，不小心弄丢了二十元钱。晚上回家，房莺例行检查他的荷包。当她发现比早晨出门时少了二十元后，开始变了脸色，要余稳根将钱交出来。余稳根反复解释钱丢了，房莺根本不信。

看看全家人都已经睡下了，余稳根也想息事宁人，脱衣躺到床上想要睡觉。他没想到，房莺盛怒之下竟然扑到床上拉扯他，气急败坏的余稳根回手一推，房莺跌坐在地上。两人不顾一帘之隔的侄女刚刚安睡，你抓我头发我抓你衣领厮打起来。

一时间，孩子哭大人劝，余家闹得不可开交。见全家人都被吵起来了，余稳根要和房莺到门外说话，房莺一把推开丈夫，大嚎着“不想活了”，跑进厨房拿起菜板上的菜刀就向脖子上割。

看到乌黑沉重的菜刀架在房莺的脖子上，全家人都吓得大声尖叫。最后，还是婆婆最“拎得清”，她哆嗦着从自己口袋里掏出二十元补给房莺，这才止住儿媳的哭闹。

从那天以后，房莺便将余稳根的收入全部收由自己管理，余稳根想要花一分钱，都要和房莺申请、解释小半天。

这件事发生之后，余稳根突然发现，自己其实并不了解这个已经成为自己老婆的小女人。拿着一包红塔山香烟，他找到房莺家的一位邻居阿姨打听房莺婚前情况。

说到当年的房超英，那阿姨的脸色兴奋，一把拉住余稳根的手腕，快声快语地告诉他，房家老头子很老实，一辈子看人脸色过日子，事事赔着小心。不知为什么，养的小囡性格都不像爹娘，个个都很泼辣。房运达是长子，按理说，应该谦让爱护妹妹们，可他在外面对比他大的男孩点头哈腰，回家打妹妹时却从不留情。房跃进、房超英、房赶美都被他打得流过鼻血。三个女孩也不友爱，争衣服、争糖果、争小画书，争什么都动手，对骂更是常事。那老阿姨又替房家解释，也是因为穷家里没钞票吧……

余稳根出身与房莺相差不多，小时候也经常与哥哥打架，之所以他会去插队而哥哥留在上海，也是他打不过哥哥的结果。但是，听到房莺家中的情况，还是让他脊背里冒出冷汗。家庭出身不会决定一个人的最终命运，但家庭环境一定会影响一个人的性格和人生观。余稳根明白，自己娶回家的这个老婆，是个爱钱的强势女人。

虽然心头有了芥蒂，但由于都是年轻力壮，两人在床上还没有产生裂痕。房莺发现了余稳根的旺盛需求后，本能地将性事当成对余稳根的奖罚，正值盛年的余稳根想要和房莺做成那事，要看他的日常听话程度和房莺对他的满意程度。

像儿子一般听话地过了两年后，余稳根对房莺和房事都失去了兴致。他开始将目光放到自家床以外的世界。

房莺觉察出余稳根对自己失去兴致已经是余稳根出轨一年后。

当时，改革的舞步吹拂神州各地，也从浦西吹到了浦东。在浦东一些略为宽敞的公园或者马路边，也像浦西一样出现了些露天舞场，几个灯泡、一台录音机，没钱进正规舞厅的，可以在这里和陌生舞伴跳上一曲。

余稳根的第一个婚外女人就在露天舞厅结识的，并一步步跳到了床上。那女人四十多岁，年纪虽然比余稳根还大，但性格比房莺柔和。

被房莺发现了两人的不正当关系后，余稳根着实紧张了一段时间。可令他吃惊的是，二十四岁的房莺倒没有像他丢失二十元钱时那样大吵大闹，而是将他和那个女人叫到一起，心平气和地说，“听说你老公是商场的经理，我家里正好要买电视机，我看中了十四寸的那个金星电视机，你看，是我找你老公买，还是你帮我买呢？”

那女人脸上红一阵白一阵，说了句我帮你买，转身就走。

三天后，当《射雕英雄传》的主题曲在弄堂里响起时，弄堂里的老老少少惊奇地发现，一直以贫穷闻名的余家客厅里竟然也摆着一台电视机，而且是彩色的。此时，在大陆大多数家庭里摆放的都是一台不会超过十寸的黑白电视。

那个年代，家家户户都不富裕。在棚户区这片人口超级密集的地方，哪家人身上添置了一件新衣服、打了一对新耳环、穿上一双新鞋子都显得分外扎眼。所以，尽管没有声张，但余稳根家有台彩色电视机的这条重大新闻，在彩电搬进余家当天就传遍了棚户区的家家户户。

这天晚上，送走棚户区里提着小板凳赶到家中看电视的老老小小，锁好房门、拉上布帘，房莺主动睡进余稳根的被窝，附在他耳边小声说，“你这东西能换来电视，也值了。来吧！让我试试，你到底有多厉害。”

如一盆冷水从头浇下，余稳根又羞又愤猛推房莺，可不管他怎么推，房莺都像八脚章鱼一般缠在他身上，手中还牢牢捉着他给她换来一台彩色电视的“宝贝”。挣扎中，余稳根疼得几乎要流眼泪水，可房莺仍然不肯松开手。

那以后，余稳根在房莺那里一直不能“来”。不管房莺如何哭、如何闹、如何骂，甚至寻死觅活，余稳根都不行。

余稳根失去性能力的四年中，房莺带着余稳根偷偷看了许多医生，可药汤喝了一堆，药水也擦了好几盆，余稳根的命根子那里仍然异乎寻常地安静。

房莺不知道，余稳根不是不行，而是在她这里不行。在按捺不住时，他曾偷偷住过小旅馆，在那些年轻女孩身上，他依然很行。

四年后的一天夜里，全家人都睡下后，房莺看着余稳根缺失的左手，很少见地叹了口气，“卖相噶好额男人，又有狠劲，哪能说不行就不行了呢，连个小囡儿还没有生。”

听到房莺的话，不知为何，两人第一次谈婚论嫁时的情景竟然泛上心头，那时的房莺，虽然不美，但还有着姑娘的清爽和柔软笑容。余稳根的身体开始有了反应。那天晚上，余沪生悄悄驻扎在房莺的腹中。

九个月后，余沪生呱呱坠地，余稳根的大哥只生了个女儿，见弟弟生了个男孩，他略带醋意地盯了襁褓中的余沪生一眼，说了一句，“格小赤佬一眼眼也不像阿拉余家人，从头到脚都像伊拉姆妈。”

余稳根哥哥的话没错。余家所有人长相都很好，余家长子的女儿余颖婷小小年纪就已经显示出貌美如花的潜质。可余沪生从头到脚都不像余家人，他皮黑发黄、眼小嘴大，长相与房莺如出一辙。

不管儿子是美是丑，他始终是自己的骨肉。余稳根抱着余沪生，满心感慨地想，此前人生的所有不快都可以抛下，为了儿子，他要好好做人。

在儿子出生后这一年，他戒掉了去小旅馆的私癖，与房莺的关系也暂时得到改善。余沪生一周岁生日时，他还和房莺带着儿子到小公园拍照留影。

在给儿子拍了几张独照后，房莺提出三人照一张全家福。余稳根环顾四周，正好看到一名留着长发的年轻男子从眼前经过，忙叫住这人，央求他帮自己全家照张合影。

待照片洗印出来拿到手上，余稳根不禁呆住了。照片上，余稳根唇红齿白神采飞扬、房莺脸蛋圆圆笑容满面、余沪生也虎头虎脑天真可爱，在他们身后，正在建设中的南浦大桥如对啸的巨龙，在浩浩黄浦江上挺立着矫健身姿。

这张照片上的三个人，都幸福得不像他们自己。

那位极可能是专业摄影师的小伙子，在这样一个偶然的机会，给余稳根一家拍出了此生中最具有幸福感的一张合照。

后来，当余稳根真的无法行夫妻之事、已经可以掌握他人职场命运的房莺开始当着余稳根的面与相貌和他年轻时酷似的屈志华打情骂俏时，余稳根那副无动于衷的表情，曾让房莺感觉这照片拍得很假，那里面的自己根本就不是自己，余稳根也不是余稳根，而是两个幸福得令人妒忌的陌生人。

但是，这一夜，因纳士公司将要发生的重大变故而无法入眠的房莺突然感觉，那照片抓住的幸福瞬间如同钻石般宝贵。岁月如沙般流逝，她如洄游的鲟鱼，为了改变命运一路逆流向上，从房超英变成房莺，再从房莺变成房总，却再没有过那样幸福的笑容。

随着年华老去，那幸福愈来愈闪亮，愈来愈珍贵。

房莺将手指轻轻抚过照片上丈夫年轻俊秀的脸庞，抚过儿子胖胖的脸蛋，淡淡自语：“一切来之不易，且行且珍惜。”

# 第十章

次日晚六时。浦东金桥公寓。蓝色商务车准时出现甘婧所住小区门口。司机下车帮甘婧拉开车门。汽车驶入环球金融中心底楼入口，赵闽温和地说："这里环境很好，就是安检时间有点长。"

甘婧看看车窗外，一大批高大威武、衣着统一的安保人员手持安检仪器，正在对开进来的车辆及人员进行安检。

赵闽的司机将车停好后，熟门熟路地打开汽车后备厢，主动下车配合大厦保安对车厢内外探测安检。

"这里的安检可真严格。何必如此麻烦?"甘婧有些吃惊地说。

"这只是第一步，如果我没记错，过下我们进大门后，还要再经过安检和三道门才能到达乘坐电梯的地方。国内外许多知名场馆的安检措施都是这样的。想想目前这里是上海最高的楼，可以看到比较完整的上海夜景，也就不怕这些麻烦了。"赵闽说。

电梯速度很快，出人意料地快。到达位于九十三层的中餐厅时，甘婧甚至感觉到耳朵短暂的疼痛。

"耳朵不舒服吧？做个吞咽动作试试看。"赵闽的声音仿佛隔着一层荡漾的水波，闷闷地传来。

甘婧如言试了一下，耳朵里面嗡地一声，听觉突然变得无比清晰。

"真的好多了，谢谢您。"她笑着说。

"这是潜水的技巧，有机会的话，我教你，我潜水技术还可以。"赵闽说着，低声向领位员报上名字，领位员将两人带到一处临窗座位。

“金茂的屋顶原来是这样。东方明珠看起来真小巧。”坐定，甘婧指着窗外斑斓的夜景，小声说道。

赵闽点点头，“目前，这里被称为世界最高的中餐厅。白天就餐，天气好时，能看到脚下的白云。”

甘婧抑制着心底的淡淡兴奋，平静地四处张望。

半年前，自己就站在这大厦的脚下不远处，看云海掀起的波涛在金茂尖顶附近翻滚盘旋，心中满是对未来的恐惧和茫然。

今晚，却和一个素昧平生的人对坐在云端之上，旁边的金茂大厦隐于重重云海脚下，从下面看去遥不可及的尖顶宛若从云海底下探出的神针，需俯视才见。

从仰视到俯视，其间，隔着半年时光。

人的际遇果真是神奇。

看到甘婧眼波不时流转，似在走神，赵闽微笑，“喜欢这里？”

“嗯。甘婧点头，很好。比白天好。”

“哦？白天不好吗？”

“白天的浦东到处都是高楼大厦和不断开工的工地，给人的感觉不是壮观，而是……压力。到了晚上，夜色抹去建筑的棱角，灯光魔幻整个夜空，不管是浦东还是浦西的外滩，看起来都会比较美好。”

赵闽微笑，“甘小姐，你的中文表达能力真好。我从小家里就请了很好的华语老师教我，可我的表达能力还是不行。”

“您可以叫我甘婧。”甘婧笑。又问，“赵先生，您祖籍是上海吗？”

赵闽摇头，“不。如果爷爷当年在上海，可能就舍不得远走千山万水把自己卖到美国去修铁路了。我们家是福建人，爷爷那辈有兄弟九个，当时中国战乱连连，因为实在吃不上饭，我爷爷才跟着同村男人们一同来到美国讨生活。我是家族里的第三代长孙，所以，我的名字里面有个‘闽’字。”

“我们都不是上海人，却在这个叫浦东的地方相遇，相聚。”

甘婧举起酒杯，“先为今天的夜色喝一杯。”

赵闽喝下一口酒，指指窗外的一个方向，“那边，就是上海世博园吧。”

“是。红色官帽样的建筑是中国馆，银色飞碟状的建筑是演艺中心，那座彩虹形状的是卢浦大桥。”甘婧低声道。

“卢浦大桥建成后曾被誉为‘世界第一钢大桥’，我前些年回国，还在那桥上拍过照。赵闽脸上浮现出一丝笑容，这座桥的总设计师，也是我们福建人，叫林元培。”

“果儿生前很喜欢上海的夜景，她拍了好多陆家嘴和外滩的夜景照片。”婧思索着说，“可是，我却总觉得，美则美矣，但这里的楼实在太密集，也太高了，真正置身其中，其实感觉并不那么舒服。”

赵闽笑着又喝了一口酒，悠然说道，“跟你说个有趣的事。这几年，我听过好几位国外建筑师发表过对陆家嘴布局规划的评论。他们最一致的观点就是你刚刚说到的那句话。”

“哪一句话？”甘婧问。

“陆家嘴的高楼太高、太多、太密集。这种布局平日没关系，一旦遇到类似地震、火灾这样的灾难就会造成非常可怕的后果，楼层高，逃离耗时长；楼间距窄，楼与楼之间会相互倾轧。一句话，如果有灾难发生，楼内楼外的人都很难逃生。”

甘婧举到一半的酒杯停在半空，足足想了一分钟，才说，“生活在这里的人，都一直想着拼命赚钱活下去，很少有人会想到自己将怎样死去。”

赵闽点点头，“我回来后，也接触了一些人，我发现，尽管有些人已经很有钱，也有了一定的社会地位和认可度，可是，他们并不快乐，很多人甚至还充满着焦躁和恐惧。”

“没办法，环境所迫，丛林法则效应。”甘婧小声说，“人太多，资源又少，社会保障机制又不完善，大家只好靠自己的本领去抢，能抢多少是多少。抢得多的人怕再被抢，心底会怕，抢少的人内心不平衡，心底会怨，所以大家都不快乐。”

赵闽端起酒杯，若有所思地喝了一口，微笑着说，“其实，这世界的万事万物都是相互联系、相互影响的，很多人都认为很多事与自己没有关系，事实并不是这样。”

甘婧刚想接过话题，邻座的谈话声打断了她，一个说普通话的年轻女人大声说，“让我先给这个菜拍张照片，你们先别吃。”

轻微的闪光后，女声再次传来，“这家店除了景色好一些，菜的味道也就一般。哪天有空，我带你们去新天地，那里有一家做地中海菜系的店味道还不错。等一下，让我再拍一张，这张光线不太好。”

赵闽惊讶地看着甘婧，露出疑问的神色，“为什么要给菜拍照片？”

甘婧笑着小声解释，“许多人喜欢将自己的吃穿住行拍成照片传到微博或者微信这些自媒体上与粉丝们共享。那位女士可能感觉这家店的菜做得不错。”

赵闽点点头，再想说话，又被邻桌的普通话女声打断，“下次带你们去淮海路，要玩还得去浦西，浦东这边啥也没有。”

赵闽温文尔雅地笑笑，扭头看看临桌，那张桌边，是几名脖颈上挂着公司铭牌的男女，声音最响的那名年轻女士明显是一桌人的中心，一直用权威的语气大声说话。说到激动时，她脸上青春痘变红，语速也快起来，“最恶心的就是公司那些四十多岁的老年人啦！你说，一把年纪了，工资还跟我一个小姑娘差不多，你说他们活着还有什么想法！”

“我听说，当地人许多都是隐形富翁，因为只要一动迁，就能分到几套甚至十几套商品房。他们并不缺钱，上班也不为赚工资，只是为了有个事做做。”一个声音弱弱响起，却明显带着挑衅，“汪总，您年轻有为，在上海一定有好几套房产吧？”

甘婧不需要回头看，已然感受到那年轻女士的尴尬。“要换个位置吗？”她轻声问赵闽。

赵闽摇头，算了。两人对视笑笑，将目光投向窗外。

窗外堪称豪华的上海滩夜色，如一幅流动的油画，衬托得窗内两个人安静得不甚真实。

晚餐结束时，趁邻桌声音略略小些之时，赵闽从手包中拿出一只小小的U盘轻声说，“这里面拷了一些魏祺的生活照片和他的基本资料，希望能给您点线索。不管结果如何，我先代我和我们家族谢谢您了。”

甘婧接过来，小心地放在自己的背包中。

出了餐厅，进入电梯，甘婧小声说，“这段时间公司没活儿，我可以不用每天疲于奔命了。正好利用这些时间好好研究一下魏祺。”

“你们公司没有项目吗？”赵闽问。

“原本有的。是环宇公司投资的一部3D片，新闻里说，环宇老板跳楼身亡。项目也被叫停。我听先来的同事说，这项目是近一年来最大的一笔，如果没了，公司运转都可能会出现问题。”

赵闽微微有些惊诧地说，“不会吧。昨天我还和何总见过面，他说你们公司最近项目很多。他还说，想在剑齿虎项目结束后，专程向董事会汇报一下纳士公司在国内主板上市的愿景和操作流程。”

“哦？真的吗？”甘婧也十分惊讶，“可能是他刚刚又找到了业务，还没通知大家吧。”

进入地下停车场，赵闽的司机已经在电梯口等候，看到两人后，微微弯了弯腰，示意两人跟他走。

“昨天他拿了几份合同给我看，有一份是与政府签的，还有一份是与迪斯尼国际度假区签的，我看了看时间，是在上次我回国后不久，大概……是四五个月前。”赵闽边走边说。

“是什么内容？”甘婧问。

“是拍摄系列迪士尼度假区宣传片授权书。还有一份，是关于演艺经纪的。”赵闽说。

“我看过公司的营业执照，那上面并没有演艺经纪这一项。”甘婧说。

赵闽笑了一下，“甘小姐，你真是有心人。据我所知，何总并不仅仅只有纳士一家公司，他在北京、杭州、武汉都设有公司。那些公司从事的业务，和你们现在这家公司是互补的。不管是演艺、出版还是影视资格，只要有一定数量的资金和从业人员，申请起来都很简单。你们的纳士成立之初，也只有一千万元人民币的注册资金而已。”

在司机的带领下上车，坐好，甘婧问道，“那几个公司也是他在管理？”

赵闽笑，“我也问过他，他说不用他管理，这些公司基本只是个壳儿，平时放在那不动，需要时，可以用它们来做一些事。”

甘婧懂了，她点点头。“怪不得昨天下班时，何总对大家说，一个项目搁置了不会影响整个公司的运作，原来他又找到更大的发包单位了。”

赵闽点头，“文化想成为产业，本来就需要耐心和时间。我一直劝他不要急。”

甘婧笑道，“不管如何，这公司是我工作的地方，也是您控股的企业，还是我在上海吃穿住行的依靠，于您于我，都希望公司好。”

赵闽笑，“甘小姐，你是个爱岗敬业的好职员。”

甘婧学赵闽的样子耸耸肩，赵闽笑起来，她也笑。

不知为何，对于赵闽的话，甘婧总是感觉有什么地方不太对劲。

# 第十一章

甘婧看到蓝祖平时，他的头上的伤口还贴着一块巴掌大的纱布，清晨的阳光下像一只被煮熟的大龙虾般沿祖冲之路弯腰向前疾走，一只巨大的电脑包在他屁股后来荡来荡去，显得他越发细瘦。

甘婧赶紧跑了几步向上追去，“蓝老师，怎么没开车呀？”

蓝祖平闻言回头驻足，“哟，是小甘啊，你好！你好！车制冷系统出了点毛病，我送去修了。”

甘婧一边说话一边喘着粗气，“这天气，得有四十度了吧。早晨一出空调房就热出一身臭汗。”

蓝祖平也是一脸汗，但并不改爱调侃的本性，他笑着说，“美女出的汗怎么能是臭汗呢，就算真有味道，那也是香汗。”

甘婧擦一把汗，笑着站定，看看蓝祖平头上的纱布，“好些没？这么热的天，伤口很难愈合的。”

蓝祖平指指头顶，笑，“嗨，我这头，比砖头还硬。”蓝祖平似乎并不愿意多谈自己，迅速转换话题，“听说你前段时间加班时累得晕倒啦？现在休息过来没有？”

甘婧回答，“我是低血糖，吃块巧克力就没事了。对了，您那天晚上是怎么回事，给我讲讲，兴许还能帮你分析分析。”

蓝祖平迟疑一下，说，“成吧，咱边走边说。”

尽管蓝祖平一直在避重就轻，进入到公司一楼大厅时，甘婧还是基本了解清楚蓝祖平受伤当晚的情况。

那天晚上，蓝祖平如平日一样下班。发动汽车时，他还左右看了看，公司停车场里空荡荡的，一台车也没有。

蓝祖平的家在南汇郊区，是一幢四层的小产权别墅。因为地段偏僻，产权不明晰，交通也不方便，2006年买入时，他只花了40万元人民币。其后几年，几乎全上海都进入商品房迅速增长期，但地产开发商们还是嫌他住的地方太偏远，没哪家肯进行进一步开发。几年过去，那里依然是住户稀少、交通不便。

蓝祖平下班时已经快凌晨三点。所以狭窄的马路上异乎寻常地空旷，除了一些在深夜负重前行的超大型货车，几乎看不到小车与行人的身影。平时需要两个小时车程的路，蓝祖平只用了二十分钟。

将车停好，蓝祖平下车掏钥匙开院门，就在这时，一个人影突然出现在他身后，紧接着，他的头上就重重地挨了一下。

被砸了一下之后，蓝祖平并没有马上晕厥，他在倒地后还下意识地大喊一声，大哥别杀我，包里有钱，都给你拿去花。

那人听到这句话后，又给了他一下，他才彻底失去意识。

你看清有几个人了吗？甘婧问。

蓝祖平摇摇头，“砸我的人站在我背后，我看不见有几个人。警察说，从当时的情况看，应该是一个人作案。不过，他们也想不通他为何在将我打昏后，并没有拿我的钥匙继续入室偷窃，而只拿走了一个电脑包。”

“估计抢你的人如果是过路贼，他也不知道你家里是否还有别人。所以，也不敢贸然闯进去的。”甘婧思索着问，“电脑包里都有什么？”

“当然是电脑。真他妈背运，这三年的劳动成果，就这么一眨眼全没了。”蓝祖平愤愤地说。

“那是啊。对于从事技术工作的人而言，丢电脑比丢钱的损失大多了。”看看已到公司门口，甘婧话锋一转，“您还是多休息，这几天没事就别来公司了，反正剑齿虎的项目也暂停了。”

“嗨，反正我在家里也闲不住，还是上班来好过些。”蓝祖平笑，电梯门打开，他先跨进去按下了楼层数字。

“对了，剑齿虎那项目说什么时候复工没？”蓝祖平问。

甘婧摇摇头，“我听何总说，佟仁冬的确是大人物，他这一跳，不仅砸得资本圈的地面摇三摇，连我们这种与他八竿子打不着的公司也跟着抖了三抖。”

“其实也不能怪人家，动漫这个行业，在国内真正赚到钱的屈指可数。大家都是赔着力气赚吆喝。许多动漫公司都是靠向政府要补贴生存，他们拍一万分钟烂片，所在地政府就配套给一万分钟的补贴。”蓝祖平笑着说，“要想将动漫从企业变成产业，真正从市场上赚到钱，也不能急这一年两年，要有点耐心才行。”

类似的话赵闽讲过，再由蓝祖平口中讲出，让甘婧竟然怔了怔。

对于从公安基层派出所直接进入动漫企业工作的甘婧而言，动漫企业的工作，基本是另一种人生模式。性格开朗、从业经验丰富的蓝祖平，便是她这一段人生开始时的带路人。对于这个无形中给予自己许多专业性帮助的同事，甘婧从心底感激。

两人上了楼，看看时间尚早，许多同事还没有到，便又站在茶水间聊了一会儿。

“之前，我们一部叫得响的动漫作品都没有吗？”甘婧问。

“有啊。浦东有一个吉祥物就是咱们设计的，为了使这个吉祥物深入人心，还给它拍了一部动画片。不过，大家虽然都知道那个吉祥物，却很少有人关心谁才是他的设计者。”

“总是替人家做嫁衣裳，不容易让人记住。得像迪士尼那样，有自己的拳头产品，形成自己的品牌。”甘婧说。

蓝祖平笑，“小甘，你这句话说到大家心上去了。三年前，这想法还付诸过实际行动。公司领导层在技术人员、软硬件设备都基本到位的情况下，投入了挺大一笔钱，还真开发出一部属于自己的动画片，主角是个小男孩儿，大脑袋，头顶长了五根毛。”

“他叫五毛？”甘婧问。

“叫东升。”蓝祖平答。

“为什么叫东升？”甘婧问。

“在上海诞生的宝贝不是叫海宝吗？他在浦东诞生，所以叫东升。升是生的谐音，含义最加宽广。东升的故事也以浦东为背景展开。算是主旋律加旅游片吧。为了制作这部片子，我们当时几乎走遍了浦东的每一个角落，拍摄了大量素材照片。”

甘婧问道，“在哪里能看到？电视台播放过吗？”

“问题就是出在这里。没有单位肯收购。原本说好要购买这部卡通片的那家本地电视台后来又反悔了，说没有档期。”蓝祖平的语气中带着无奈。

“后来呢？”甘婧问。

“后来就是那部片子现在还在仓库里睡大觉。再后来，不是《阿凡达》火了嘛，何总又花一大笔钱购置了制作机器，以中国《山海经》为题材拍了一部3D动画。可拍好后，委托的一家发行公司出了点问题，没能趁热打铁在电影院播放。在中国，某些时候文化产品就是个潮流，流行国学时，大家一股脑讲国学，流行心灵鸡汤时大家一股脑出鸡汤书。流行国学时出鸡汤书肯定赚不到钱。一拨儿是一拨儿，过去了就赶不上了。”蓝祖平叹了口气，“剑齿虎这个项目本来以为可以打个翻身仗，谁知道又碰上投资方跳楼了。”

“蓝祖平，伤口刚好就开始和小姑娘劈情操了？”甘婧正想接话，房莺端着一只咖啡杯，一边笑着一边走了进来。

蓝祖平忙笑着回答，“哪里，我是给小姑娘讲讲我们公司的光荣奋斗史，增加她的爱岗敬业精神，增强公司的凝聚力。”

甘婧也笑着应和，“是呀，听了蓝老师的话我才知道，我们公司发展到今天真不容易。”

房莺泡好咖啡，并没有马上离开，而是端到嘴边慢慢吹着，透过氤氲向上的热气，她目光如铁地盯着蓝祖平与甘婧，一字一顿地说道，“公司赚的每一分钱，真都是有血有汗。所以，我也决不允许有人做对公司不利的事情。”

趁房莺低头吹咖啡，甘婧仔细打量了一下这个老让她感觉喘不过气的女人。

房莺留一头长发，烫成一种极细小的卷，平时披散着，今天则像年轻女孩一样全部梳到脑后，扎成一个高高马尾。这种发式并不适合这个年纪的女人，让额下两条青黑色人工眉毛和嘴角两条深深的法令纹成为焦点，加重了苍老感觉。

她是不美。但许多相貌不美的人，也并不能给人如此大的压迫感。甘婧暗暗思忖，这压迫感，应该来自于两人之间一种莫名敌意。

在甘婧暗自打量房莺之时，蓝祖平说话了，“房总，您也只比我大五岁吧，”蓝祖平笑，“怎么说话这么像我妈呢。”

“说话没大没小的。”房莺轻轻拍了蓝祖平一下，痛得蓝祖平一跳三尺高，就势跳出茶水间。

甘婧望着房莺笑了一下，也端着自己的杯子快步离开。

有机会一定想办法查查这个房莺的底。看看她到底是个什么人物。坐在座位上，看着屈志华扭着圆屁股钻进房莺的房间，甘婧在心中暗暗自语。

此后一周，甘婧一直和同事们有意无意地打听房莺的底细。但是，除了她和屈志华那些几乎摆在众人眼前的绯色传闻，同事对房莺的过去几乎一无所知。

公司就像一艘船，来来往往的船员很多，但很少有人能从开始乘坐到最后。如果不是怀有别样目的，萍水相逢的同事，除了共乘的这一段路之外，很少关心彼此的过往人生。

周五下班前，几乎从不在公司出现的何其多突然兴高采烈地出现在办公区，他站在办公区中间环顾四周后，将甘婧叫到办公室内。

剑齿虎项目有了新进展，何其多让甘婧将周六的时间安排出来，陪他与环宇的新任老总一起去打高尔夫。

“我没打过高尔夫。”甘婧小声说。

“没关系，球场有教练。你这么聪明，学学就会了。”何其多说。

“要不你们打，我在大厅里等你们吧。”甘婧说。

“不要。你去了，就尽量开心地玩儿。越开心越好。”何其多回答。

甘婧想了想，点头说好。

她想趁这个机会，了解一下何其多。

这周六是个艳阳天。

在接近四十度的高温下，甘婧先行乘坐出租车来到汤臣高尔夫球场。在大厅里略等片刻，何其多陪着环宇的新任老总谈笑而来。同行的还有身量瘦高、声音低沉的白主任。

见到甘婧，新任老总的眼神明显直了一下。

“哟，这是你们公司请的电影明星吗?”他盯着甘婧笑嘻嘻地说。

何其多显然很满意这种惊艳的效果，略带得意地说，“这是我的员工，甘婧。小甘是剑齿虎项目的创意文案与总策划。”何其多不动声色便给甘婧冠上一个大而空的新职务。

“这位是环宇的董事长，佟仁义。”何其多转向甘婧。

甘婧赶紧上前握手，“佟总您好。”

“甘总策划你好。”佟仁义紧紧握住甘婧右手，笑道。

听出佟仁义话中的调侃，四人均笑起来。

在服务员的帮助下换好服装，汤臣高尔夫的一名销售经理已经在进入区等候。见到何其多，笑着用香港普通话致意问好。

进入球场，四名包裹得像中东女士的女球童驾着球车迎了上来，殷勤地跟在各自客人的身后。因为日日在烈日下工作，四名女球童都黑得发亮，但一张口，人人声音甜美娇柔。

与甘婧的茫然不知所措相比，其他三人显然是精于此道的老运动员。开始三人还等等甘婧，见她实在是不上路，便将她丢给球童照看，各自跟着自己的小球，一杆一杆向前一步步推进。

甘婧见三人渐渐走远了，索性不顾形象，放开了力气打，由于不得要领，往往她一挥杆，球没飞起，一块草皮却应声掀起。

连掀了十几块草皮后，球童的眼神已经由惊讶转为鄙视，甘婧的衣服已经干了又再湿透，手臂的皮肤也一阵阵火烧似的痛，便摘下左手手套，将球杆交给球童，自己回到大厅休息。

坐定，接过服务人员递来的冰水，甘婧擦了把汗，望望窗外烈日下仍然在奋力挥杆的三个人。何其多肩宽腿长，腹部平坦，挥杆时，手臂与背部自然曝出一条结实而漂亮的肌肉曲线，阳光生动如豪宅宣传片中的代言人。能将高尔夫打得这样帅气的普通人，一般非富则贵，并且懂得生活，珍惜健康。相比之下，远处也在挥杆的佟仁义就是土豪即视感。

文化产业崛起的好处之一，是老总这个行当中，多了许多像何其多这样既帅又有钱的文化老板。

一个小时后，何其多、佟仁义和白主任一起返回大厅。服务员迎过来，带领几人去冲凉更衣。

“今天太热了，要不然，我一定能打完十八洞。”坐在二楼的会员中心，佟仁义指着阳光下的球场略带遗憾地说。

甘婧顺着他的手指向窗外望去，溪流交错，果岭起伏，一条条球道散落其中，那些深深浅浅的绿，仿佛要与头顶的蓝天交融。

如果是微凉的秋天，这该是一处十分令人心旷神怡的运动场所。

“美女不喜欢打球？”佟仁义斜倚在沙发上，开始和甘婧搭话。

“我主要是不会打。”甘婧看着神态体态都颇似大企鹅的佟仁义，满脸堆笑地回答。

其他三人晒后是黑，甘婧晒后是红。从头到脚、从手臂到小腿，到处都是晶莹剔透的红。在莹白肤底的衬托下，肤色如樱花一般鲜嫩娇艳。

“在商城路桃林路那里有一家高尔夫练习场，叫船长高尔夫，离源深体育馆也不远。如果想学，可以先去那里，教练很耐心，费用也不贵。”白主任接话。

甘婧笑着说了声谢谢，心中却暗想，不贵是有钱人的视角。再有，如果晒到球童那么黑，我算是一点优点也没有了。

“女孩子很少有喜欢这项活动的。怕累，也怕晒黑。”何其多说出甘婧心声，“在我认识的人中，只有房莺还可以。她是我看到的惟一可以打完十八洞的女人。她的体力比许多男人都强。”

“就是我们上次吃饭时你带来的那个——替你管钱的女副总？”佟仁义皱眉回忆了一下，“是不是长着一撇小胡子的那位女士？”

甘婧忍了又忍，才将笑容隐藏在皮肤表层下面。但白主任已经不管不顾地大笑起来。何其多也笑了笑，淡淡说道，“佟董观察力还真不错。房莺的汗毛是重。远看是像长了胡子似的。”

白主任摇摇头，“你们男人，对女人总是以貌取人。”

何其多喝了口茶，话锋一转，“房莺这个人长得是不怎么样，但她有她的优点。她能做的事，别人取代不了。”

佟仁义大笑，半晌，才半是玩笑半是认真地说，“何总这点和我倒挺像。做企业和当家长一样，知人善用最重要。我和我兄弟不一样，我没文化，从小到大就会造房子。他呢，一直是学校里的高材生，人聪明，还留过洋。我们全家老小都靠着他才有今天。可如今他这一走，把一大摊子事都留给了我。我怎么办？我哪懂什么剑齿虎什么文化产业的，只能知人善用。”

白主任及时将话题接了过来，“佟董不仅知人善用，而且十分重视公司的日后发展。尤其重视与合作伙伴的关系。这不，公司内部事务稍稍理顺，就来和何总谈合作了。”

佟仁义点点头，将目光转向甘婧，“文化主题公园这种事情我不懂，也不知道剑齿虎和大老虎有啥差别。美女，要不你跟我说说？”

甘婧看看何其多，何其多只是笑，却不说话。她只好放下茶杯，面带微笑地说，“剑齿虎生活在渐新世到更新世末时期，它与现代老虎的最大差别，就是他吃饭靠的是实力，而现代老虎靠的是技巧。”

“哦？这么有趣。”佟仁义瞪着眼睛，一副被吸引的样子。

“佟董，按照我们小甘的思路，剑齿虎不仅是它所存在那个时期的霸主，还是一个末世英雄，像西楚霸王那样兼具气吞河山的个性魅力与不肯与现世妥协的悲剧式结局。美国大片走的都是这路线。从以往的经验看，这种有故事、有情感又有实景配合的主题公园目前在国内还没有，只要宣传到位，肯定能引起大部人的兴趣和小部分人的共鸣。你看怎么样？”何其多口若悬河。

“行吧。按你们说的办吧。这事还是由小白负责。据我所知，小白经手的每一项投资都赚钱，这次应该也不会让我失望。”佟仁义看看白主任。

白主任点头，低沉的声音仿佛自带共鸣设备，“我一定尽力而为。”

“不过，有件事我要说在前面，何总也知道，环宇现在处于非常时期，资金问题很敏感。短时间内无法支付给你合同上剩余的费用。这项目上马时本来就非议重重，重新启动，我也是看中了甘小姐提供的方案，在内部也遇到一些阻力。”

佟仁义沉吟片刻，“你看这样行不行，我让小白再和你们签个补充协议，重新拟个付款方式和付款时间。从短期看，你们可能会吃点紧，但从长远看，我佟仁义决不让你何总吃亏。”

何其多一愣。足足一分钟后，才笑着说，“那好吧。佟董发话了，那还有什么说的。佟董说怎样就怎样。”

“那行，我下午还要去拜访一下主管部门领导，咱们就在这吃个简单的午饭，下次我们开船去象山海钓。美女也一定要参加的。”

“好。”何其多点头。

吃饭时，四人依旧谈笑风生。从佟仁义不时望向自己的眼神中，甘婧已经大概猜出何其多带自己出来应对佟仁义的原因，年过五旬的佟仁义似乎很喜欢自己。尽管心中有略略的不舒服，但甘婧还是很热情地主动与佟仁义碰杯、聊天。

在何其多低头看手机时，甘婧看了他一眼。她发现，何其多的头顶心竟然有一圈头发已经灰白。

这半年，何其多好像老了许多。何其多仿佛听到甘婧的腹语，淡然说道，“我是少白头。半个月不染的话，白头发就露出来了。”

甘婧一怔。何其多并非是个头脑简单又有点好色的英俊男人而已。他其实很敏锐。平时表现出的粗线条，很难说是有意为之，还是其他。

“何总，听说你们还接到了一个和政府相关的项目。方便说说吗？”佟仁义倒没有冷落何其多，主动将话题转向了他。

“哦，是有一个。不过接了之后，我也没感觉有啥开心。”何其多回答。

佟仁义哈哈大笑，“我听朋友说，主管部门对外签订的购买服务合同条款都十分严苛，对企业的要求很高。”

何其多笑，“佟董，我和你一样，发愁的不是执行问题，而是资金。那项目的前期启动资金很高，而且都要由我们先行支付，甲方只肯答应在项目执行过程中一步步给款。”

佟仁义哦了一声，几秒钟后才说，“那你不妨学学我们建筑公司，你当总承包商，把活儿从甲方那里先接下来，再发包给下面的小承包商，甲方怎么要求你，你就怎么要求你的乙方。这样大家都有钱赚，又不要承担太大的资金风险和压力。虽然少赚了点，但可以腾出资金，做更多事情。”

何其多点点头，“我不是没想过。不过——”

何其多的话没完，佟仁义举起手中的酒杯，“不过大家都是兄弟嘛，有困难就说一声。如果有时间，到我办公室深聊。”

何其多赶紧举杯。

在汤臣高尔夫球场门口与佟仁义道别，何其多问了问甘婧的住处，吩咐司机先送甘婧回家，然后再送自己回家。

“佟董喜欢白皮肤女孩子，所以今天我带你过来应酬他。如果有令你不舒服的地方，请别介意。我有分寸。”车上，何其多一本正经地对甘婧说道。

“没关系。都是为了公司发展。公司有发展，我们员工才有饭吃。”甘婧迅速回应。

何其多笑了笑，“小甘不错的，我一直看好你，好好干。”

甘婧点头，不语。

见两人无话，司机识相地开大音响，有如浓雾般的音乐缓缓响起，甘婧感觉那音乐仿佛从后脑处蒸腾而来，原本还从身体各处不断渗出的汗滴瞬间便四散而去。

“这是神秘园吧。”她小声说道，“何总也喜欢听神秘园？”

何其多摇摇头，“不是我的。应该是司机随便放的。”

“我有位朋友，性格豪爽，可在听神秘园时，会泪流满面。每次听到这张光碟，我都会想起他。”甘婧小声说。

哦。何其多心不在焉地应付了一句，突然想起什么似地坐直了身体，“我以前有个朋友，听这个也会哭。”

甘婧哦了一声，“他现在还听吗？”

何其多没接话，而是闭上了双眼。

略显紧张的沉默中，车行得飞快，转眼便到达金桥。甘婧礼貌地说了声再见，挥手下车。

唐红果儿曾在一次闲聊中告诉甘婧，魏祺很喜欢挪威一支叫神秘园的乐队，经常会在全球各国追随他们的脚步聆听他们的音乐。

看着何其多的车消失在转角，甘婧在心底默默问道，何总，您爱听神秘园的那位朋友，就是赵魏祺吧？

# 第十二章

徐丽美按门铃时，房莺已在客厅等候。

相貌清爽的家政工人将徐丽美请进客厅，轻手轻脚泡好一壶祁门红茶，摆好几样冷热茶点，静悄悄离开，并拉上客厅门。

揭开面前白色骨瓷小盅的盖子，徐丽美夸张地赞了一声，“哟，是冰糖燕窝，还是阿姐侬会享受。”

房莺淡淡一笑，“是马来西亚燕窝，就晓得侬会欢喜。”

徐丽美拿起小勺，秀气地吸了一小口，笑着问，“阿姐，侬招吾来，有啥事体？”

房莺不响，而是慢条斯理地将两杯红茶沏好，又兑好牛奶，加好糖，这才开口，“阿美呀，多少辰光末帮侬碰头了？”

徐丽美赶紧放下小勺，有些讨好地笑，“阿姐，不是怕侬忙打扰侬呀，阿拉早就上门了。”

房莺笑了一下，没回应，而是端起面前的茶杯，轻轻喝了一口。

徐丽美也笑一下，接着说，“最近公司财务情况好吧？”

房莺笑了一下，依旧不应。

徐丽美感觉到房莺的居高临下，便收住话题。

富丽堂皇的客厅内，两个女人对坐，只听到极其轻微的饮茶声音。气氛十分压抑。

“换到二十年前，格女宁敢这样对我才怪。”徐丽美面上堆笑，心中却暗骂，二十年前，侬跟侬屋里老公，不过都是跟在阿拉身后的狗啊！

“那老余好吧？”想到这里，徐丽美脱口问道。

哦？房莺若有所思地望向徐丽美，笑容竟带出几分嘲讽。

徐丽美暗骂一声“戆大”，笑容依然挂在脸上，红色，却控制不住地从脸皮底下一层层泛上来。

在余沪生四岁时，余稳根所在工厂因为效益不佳，宣布破产，工人全部下岗回家。在这一年，房莺在夜校读书时，结识了小自己一岁的徐丽美。

房莺厨艺不错，听闻徐丽美喜欢吃炖品，便经常开小灶，炖些补汤请她到家中来喝。余家在香港的亲戚带回来的一些进口化妆品，她也都悉数转送给徐丽美。

一次，因余沪生争吃房莺为徐丽美煲的鸡汤未得而号哭之时，余稳根发了脾气，“搞不懂，这样巴结一个港B女人，侬到底啥意思。”

“以后你会懂的。”房莺一边哄儿子，一边回应，“嘴巴干净些，小孩在。”

“真在乎他是你小孩，你也不会为一个女人让他这样哭。”余稳根怒。

“你晓得啥，我能进现在这家国企物业公司，全靠伊啦。”房莺不疾不徐，“侬不是下岗了吗，我想让伊帮侬也想想办法，看有没有机会让侬到物业做做水电工。那可是大国企，不是你原来那小舢板，说翻就翻。”

“阿美有这个本事？”余稳根不信，她自家老公不也是钢厂工人？”

“阿美有。”房莺回答，说着，她突然诡异地笑了一下，“侬不晓得，阿美和分管阿拉的物业经理是那个关系。”

“啥关系？”余稳根问。

“那个关系。”房莺拍拍余沪生，“听话，出去白相。”见儿子拿着小皮球跑出门，这才压低声音说，“就是轧姘头啦。”

“分管你们物业的那个经理应该快六十了吧？”余稳根吃惊地问，“阿美好像比你还小一岁。那老棺材吃得消哦？”

阿美说，“那老棺材有心气没力气了，吃不消，但喜欢看。哎呀不说啦。

老恶心。”房莺鄙夷地挥挥手。

余稳根没作声。

半年前，当房莺初识徐丽美时，就带她到家里来玩过。那女人长相不漂亮，但神态十分妖冶，一双眼珠子像绒线球般在眼眶里滚来滚去，一直滚到男人心底最痒的地方，一张口，一口上海话讲得又糯又嗲。只要房莺去招呼余沪生吃喝拉撒，她就用毛茸茸的眼神，一下一下撩拨余稳根。

心领神会的余稳根没有多话，主动要来徐丽美的家庭电话，送她离开时，还偷偷捏了捏她的屁股。

不久后，余稳根找机会摸去了徐丽美家中。徐丽美住在上钢新村新工房，是个两居室。两人约会那天，徐丽美丈夫在上班，她十岁的女儿在自己房内写作业。两人几乎没有寒暄就进了徐丽美的卧室。

徐丽美将卧室门反锁，并轻车熟路地将录音机开到最大声。那次余稳根尽了全力，但徐丽美并不满意。在她看来，这个长相还残留几分俊秀的中年男人，在床上表现实在过于平常。

“人家都说长相好的男人在床上不灵，看来是真的。”徐丽美毫不掩饰她的失望。

“长相好的男人不灵。长相不好的男人就灵咯？”余稳根边穿衣服，边不服气地反问。

徐丽美没有反驳，只是矜持地笑着，像普通同事一样送他出门。

那以后，她仍然来他家里做客，两人仍然会偶尔上床滚半个小时床单，但是徐丽美再也没用那种眼光看过他。

得知徐丽美与物业副经理的不正常关系，余稳根并不奇怪，只是感觉悲哀。他彻底明白，女人对男人的臣服，其实不是在身体下，而是在心理上。只要你有女人想要的东西，即便你已经丧失性能力，那她也愿意跪在你脚下伺候你。而他余稳根，在四十岁这一年，竟然失去了工作。

工作与收入相关，收入捆绑着一个人的社会地位，没有了工作，他的社会价值等于零。就算人再俊秀，也不会有女人来主动光顾，况且已经四十岁的自己，早已经没有了青春的光鲜。余稳根的心理，在这一天彻底垮塌。他开始像一名走投无路的老年人，对钱斤斤计较、对自己外貌漠不关心，对儿子却一反常态地关心起来。

余稳根一路窝囊下去，房莺也好不到哪里。人生的前二十年，挣扎在一群毫无手足之情的手足中间，好不容易从那个狭小的屋顶挣脱出来，又跌入另一个更加狭小的屋檐下，依然每天清晨就要起床，穿着睡衣去另一个公共厕所前排队，倒马桶，上厕所。

房莺知道余稳根与徐丽美的事，但隐忍不发。一方面是对余稳根的彻底失望，另一方面是对自己现状的极度不甘。权衡自己可以掌控的资源后，房莺感觉，唯一能借助的力量，就是徐美丽这只骚狐狸。

徐美丽天生就是多情种子，裤带松、男人容易上手不说，只要是她看上的，她无一例外都是身心相许。初识时的激动、深交后的缠绵、分手后的思念，所有体验一应俱全，让男人感觉，这个女人对自己就是真爱，千载难逢的真爱。

房莺一如既往地巴结徐丽美，成为徐丽美闺房事最好的倾听者与同谋。

房莺清楚地记得，那天下班时间一到，她就急匆匆地冲出单位大门，家门口的小超市有减价鸡蛋，她要去买几斤。就在她往公交站狂奔之时，徐丽美一脸兴奋地出现在她面前，她一把拉住披头散发的房莺，小声问道，“阿莺，你觉得我们新来的何总怎么样？”

“啥何总？”房莺没反应过来。

“就是集团公司的总经理何其多呀。”徐丽美推了一把房莺。

房莺脑海中马上出现了一个笑容阳光的干净男人形象。“怎么？你把他也搞定了？”她忘记了抢鸡蛋，有些失神地叫了一声。

徐丽美笑，“噢哟，别说得那么难听嘛。他很可怜的，一个人在国内生活，老婆也不管他，只顾着在美国花他辛苦挣来的人民币。”

看着一脸得意笑容的徐丽美，房莺的心头猛地掀起一阵巨大妒忌。但随即便清醒过来。徐丽美竟然搭上海归老总何其多，不管是对徐丽美还是她房莺，也许都将是一个巨大转机。

就在徐丽美发呆之际，房莺悠悠然开了口，“阿美啊，还记得你第一次见到何总时的事吗？那时，你多开心呀。”

徐丽美点头，“嗳。那时年轻，不懂事，傻兮兮。”

“说起来，何总对你，真是不错。”房莺轻笑一下，“这些年就这样明目张胆地养着你。”

徐丽美一直挂着笑，听到这话，脸色难看起来，“阿姐，侬啥意思？啥叫明目张胆养着我？”

房莺问，“你一年在公司的时间，加起来有一个月没有？工资和资金呢？”

徐丽美急，“我负责公司的招商引资。”

房莺轻笑变成冷笑，“那我要问问你，这些年来，你招回来多少商？引回来多少资？”

徐丽美一时语结，情急之下，眼睛一红，两汪眼泪水随即滚落下来，“阿莺你什么意思？今天叫我来，就是来与我算账的？”

房莺刚想要她收起泪水，徐丽美又道，“如果真要算，那就一起算算清楚，当年，侬是依靠谁，才能坐上今天这个位置？”

房莺皱皱眉毛，没有说话。

徐丽美自问自答，“你以为我脑子简单，不明白你当年那点小肚肠。我其实都清楚，你就是利用我跟老何的关系，打你自己的小算盘。怎么，现在我人老珠黄，没有价值了，你就要撺掇老何将我开掉？你有没有良心？”

房莺拎出两张纸巾，递到徐丽美手中，语调平淡地说，“你想哪去了？说啥开掉你那么难听。何总现在遇到一些麻烦事。我找你来，是想和你一起商量解决方案。”

徐丽美仍在抽泣，泪水止住了流淌，关切之意却抵制不住地从眼中流露出来。

何其多是徐丽美爱过的众多男人中，最优秀、也最令她动情的一个。

十五年前。在多方面打听上海的发展情况后，出国六年的何其多以高层次人才身份来到上海，被安排到一家国有企业担任总经理。在美国吃了整整六年的鲜牛奶加上鸡腿汉堡，何其多被滋养得面色红润，而说话时不时耸耸肩，摊摊手，嘴里再蹦出一两句洋文的做派，很快引起徐丽美关注。

不过，此时的徐丽美并不知道，这个男人，会在不久的将来将她带入她此前想也不曾想到的奢华日子里。当时的她，之所以关注何其多，完全是出于个人喜好。

徐丽美喜欢占有男人。

何其多当时所在的企业主要是从事房地产开发和服务，下辖一家物业管理公司。时年三十五岁的徐丽美是这家物业公司客服部的一名接线员。

在计划经济时代，徐丽美的家庭收入一直中等偏上，丈夫也算干净体面，她搭讪男人，并不完全为了金钱和性事。更多的是展示和炫耀她的个人魅力。如某些文化程度不高、出身也不太富裕的小家碧玉一样，徐丽美从小到大都很虚荣，但她的虚荣，并非在比吃比穿比老公上，她的爱好是比男人。掌控在手心的男人品质越高，她越有成就感。因此，在所能接触到的范围内，徐丽美一直尽力将她认为最优秀的男人纳入裙下。

当时，她的最高目标，就是何其多。

因为搭上了物业公司分管行政及客服部的倪副经理，徐丽美可以帮助倪副经理往总公司递送一些文件或者不方便假手于人的消费卡什么的。可由于级别相差太大，徐丽美出入总公司办公区一年有余，一直没找到机会踏入何其多的办公室。

在此期间，余丽美通过各个渠道打听到何其多总经理结婚了，老婆比他小八岁，结婚前就已经怀孕，现在正在美国待产。何总是一个人生活，家政人员是钟点工……在纷杂的信息中，徐丽美筛选出一条有效信息，尽管何其多处处表现出洋人做派，但他有一个只有部分中国老年人才保持的好习惯：早起打太极拳。

当时，何其多住在花木社区，徐丽美住在上钢新村，两处距离说远不算远，说近，却也绝对不算近。物理距离难不倒徐丽美，大不了早起一个小时搭早班公交过去。为难的是，要怎样和丈夫解释她一大早就要化着大浓妆出门。

徐丽美的丈夫是东北人，十三年前从鞍山钢铁厂调到上海钢铁厂工作，通过同事介绍与家住在浦东三林的徐丽美结婚。对于这个高大结实的东北男人，徐丽美一直很喜欢，两人关系也融洽。所以，尽管喜欢勾搭男人，但徐丽美并不想破坏自己的家庭，在家中，她一直是个温柔能干的好女人。

苦想几日，徐丽美有了主意，她告诉丈夫，单位工会组织女职工排演节目为国庆献礼，为了不耽误上班时间，工会安排大家在早晨排练。看到丈夫不满表情，徐丽美又拿出此前屡试不爽的杀手锏：每去一天，单位补贴加班费五十元。

温柔地取得了丈夫的首肯，徐丽美开始天不亮就起床，精心打扮自己后，搭公交前往何其多住处附近的绿化带“偶遇”他。

在徐丽美出门“排练”的第三天，她终于在一处树阴浓密的大树丛中看到了一身白衣的何其多，正在一板一眼地打拳。晨光中的何其多，白衣飘飘，动作轻盈，乌沉沉的大眼睛微眯，表情认真中竟带有一丝孩子气。徐丽美心跳如雷，眼睛中，恨不得生出两只小手，将这个英俊潇洒的男人拥入怀中亲吻。

这天清晨，何其多在太极拳收式后，突然看到眼前站着一个笑意盈盈的女人。

“您，找我有事？”何其多有些莫名其妙。

徐丽美点点头，又摇摇头，用甜蜜蜜的嗓音说，“没事，看到您拳打得这么好，想跟您学一下，可以教教我吗？”

好啊。被绅士风度浸泡了六年的何其多干脆地答应下来，走过去，手脚并用，一板一眼地给徐丽美演示，“手，手这样，脚……要这样……”

徐丽美压根都没想到，她苦苦想了一年、一直高高在上的何总经理，竟是一个如此单纯的男人。在跟随何其多学习了半个月的太极拳后，徐丽美如愿进入到何其多的卧室。那天清晨，待两人诸事办好，起身清洗时，徐丽美娇滴滴地说，“何总，你真的不认识我吗？我都在公司物业工作两年多了。”

何其多仔细打量了半天，在心里摇摇头，不认识。嘴上却说，“见过见过，但公司人太多，也没顾上和你说话。”

第一次上床，徐丽美使出浑身解数刻意迎合何其多，让何其多从身到心都感觉极其满足。以至于两人分开没几天，心急难耐的何其多就对徐丽美主动发出邀约。

在美国生活期间，何其多也曾交往过两个同样从内地出国淘金的女性，由于自身条件普通、经济条件不佳，在两段关系中，何其多一直处于劣势状态。除了要做清洁、煮饭、涮碗盘这些琐事，有时候连两个女人的内衣内裤都要洗。而做完这一切后，是否能获得一次上床机会，还要看对方心情好不好，是否愿意配合或者满足他。

回国结婚后，何其多也清楚小他八岁的妻子并不爱他。她爱的只是美国绿卡和总经理身份。那个叫明明的女孩第一次见到何其多就表现得十分积极主动，此后，虽然她对何其多的要求一直表现得很配合，但一直十分急迫，常常是刚刚开始，就大呼小叫地催促何其多快点结束。何其多是过来人，他明白，这姑娘只是在等自己交货那一刻。她只想通过他，跳去美国。而最佳捷径，就是怀上他的孩子。

待真的怀上他的孩子，明明姑娘便以保护宝宝为由，不再让何其多碰自己，并要求马上结婚，然后去美国生产。将大着肚子的新婚妻子和未来的何家后代护送到了美国，并安顿妥当后，何其多独自一人返回国内工作。

送走妻子，他的身体也并没有太多不舍。在半饥半渴中渡过男性生命力最为旺盛的这些年后，何其多以为人生就应该这个样子。像自己这样一个曾经连饭都吃不饱的山区孩子，能爬到今天这个一支笔就可以调动数百万元资金、一句话可以决定别人全家人喜怒哀乐的国企总经理位置，已经知足并满足了。女人的身体对他而言，需要，但并不重要。

这个念头，在何其多遇上徐丽美时发生了翻天覆地变化。

徐丽美是何其多人生中遇到的第一个对他顶礼膜拜、百依百顺的女人。为了表达她对何其多百分之百的臣服，她可以为他洗澡、洗脚，甚至用何其多都难以启齿的方式来取悦及满足他的欲望。不管他的状态是好还是不好，她永远都用一副感激涕零的表情告诉他，他简直太好太强太棒了。

这种感觉让何其多产生了极大满足和兴奋。

为了便于与徐丽美上床，何其多专门购置了一套两居室。徐丽美将这套两居室内布置成了一个不折不扣的欢爱场所。两人一起在色情片中看到的情趣器具，徐丽美总能想方设法购买齐全，并勇于在他面前尝试。

男性从异性身上得到快乐与满足，并不仅仅来自于身体的接触，而是对被征服者从身体到灵魂的全方位拥有。徐丽美对何其多的臣服，不仅仅是身体，还有灵魂。她从身到心都跪在他的面前，跪得诚惶诚恐，心甘情愿。在这个并不美艳、也不算年轻的女人身上，何其多找到了从记事起就从没有过的男性自信。他对徐丽美在工作和金钱上的小小要求，当然尽量满足。

何其多自认为做得隐秘，但随着时间推进，徐丽美恃宠而骄的行为还是引起公司多数人的猜疑。

徐丽美不是很有心机的女人，有时为了小小的虚荣心，还时常有意无意在同事面前抖露自己与何其多超越上下级、超越男女界线、超越各自家庭防线的特殊关系。看着原本一直凌驾于她之上的一些领导由于忌惮她不知真假的“枕边风”，开始对她礼让三分，她心里说不出的开心。

徐丽美越开心，对何其多服务得就越好。她服务得越好，何其多就越离不开她。在这种奇怪的循环中，关于两人有不正当关系的风言风语越来越多。终于，当年将何其多介绍到上海工作的那位领导亲自出面找到何其多谈心，建议他将妻子接回上海定居，上海再开放，也还是中国，传统观念还是比较重的。老领导语重心长。

何其多铁嘴钢牙，将所有事情否认得一干二净。为了表白自己的无辜，他还指定出两名普通员工向那位领导澄清事实。

这两名员工，一个是绯闻女主角徐丽美的小姐妹房莺，一个是何其多的妹夫桂望国。

半年前，当亲耳听到徐丽美告诉自己她成功搭上了总经理何其多以后，房莺便一直在谋划接近何其多的机会。她思前想后，设计出一套对徐丽美与何其多而言存在风险、但对她只有百利而无一害的计划。

这计划说起来也很简单。一方面，她在物业公司有意放风，说徐丽美与何其多存在不正当男女关系，并挑起公司一些已婚女士对两人婚外情的仇恨和不齿。另一方面，她更加主动地巴结徐丽美，从徐丽美那里了解何其多的喜好，并传达她对两人的忠诚。

为了表白忠心，就连何其多使用的许多情趣用具，都是她陪着徐丽美一起到广州购买回来的。还有一个房莺一直无法启齿的秘密，当徐丽美委婉地表达何其多开始对所谓的“双飞”感兴趣后，房莺竟然亲自到发廊去物色了一个年轻女孩，并为三人订了一间位于郊区的宾馆。

当然，这一切，都还只是铺陈。

房莺在等一个表现忠诚的机会。这机会，最好是在何其多遇到危机时到来。

在风言风语传播并发酵半年后，她终于在徐丽美那里听到了上级单位领导找何其多谈话的消息。

“老何怪我！”徐丽美悲愤地伏在房莺的肩头痛哭，“他说我太高调了。惹毛一些老变态了。”哭诉到这里，徐丽美猛地抬起头，用力一抹眼泪，大声吼道，“我也不想高调！我也想低调。可我忍不住啊！我就是高调的性格！从小到大都是这性格！我就喜欢站在老何背后张牙舞爪、就喜欢借老何的地位狐假虎威，怎么啦！怎么啦！我就不改！”

房莺忙温柔地拍拍徐丽美的手臂，大声安慰着，“不改不改不改！都奔四的人了，改啥改！怎么开心怎么来好嘞！”

“可是，老何说，领导肯定会处理他的。怎么办啊？”徐丽美从激动转为担忧，“阿莺，你一直比我聪明，帮我想想办法吧。”

早已等待这个危机多时的房莺马上通过徐丽美给何其多出了个主意：安

排自己与桂望国去见那位领导，证明何其多作风问题只是空穴来风被人陷害。那位老领导十分重视基层群众意见，对于房莺与桂望国这两名几乎匍匐在最基层的群众意见，肯定会听进去。

听到徐丽美转述的主意，何其多第一次隔着重重级别召见了底层员工房莺。

对何其多喝咖啡需要加几块糖、房事需多久都已经掌握得一清二楚的房莺，终于站在了何其多的眼前。这一站，就是十四年。

与十四年前有天差地别的，除了经济环境，还有房莺与徐丽美两人的身份。当年，徐丽美端坐，而房莺只能一旁伺立。现在正好调转过来，房莺气定神闲地坐着，徐丽美心慌意乱地站着看她脸色，“阿姐，老何、何总他，到底出啥事体啦？需要阿拉做啥？”

“需要你帮何总一个小忙。”房莺淡淡地说，“你坐吧。我们慢慢说。”

# 第十三章

剑齿虎项目重新启动，项目组再次运转。在并不算多的时间内，技术部门要将所有的创意都落实在这部长达一千五百秒的3D片中。为增强游客的身临其境感，项目组在一千五百秒中设置了九个剑齿虎冲出大屏幕向游客扑咬的画面。通过这些画面，游客甚至可以感受到空气拂过剑齿虎毛发带来的飘拂。

又一个加班结束的深夜。为了鼓舞员工士气，蓝祖平请项目组人员宵夜。

“我带你们去一个即将消失的地方。”蓝祖平一脸神秘地问。

“这城市，天天都有老地方在消失。”魏元接道，“这就是金钱的力量。”

蓝祖平笑，“所以要抓紧去，也算是见证历史对不对。那地方全是年轻人，东西也便宜，不过环境不太好，没空调，热得很，也吵。”

甘婧、眉眉和百合连说没关系，众人这才分坐两辆车，一前一后向栖山路驶去。

车行至浦东大道后，突然开始颠簸。不知是路面原因还是施工原因，这条以浦东命名的大道一点也没有发挥出它应当承担的形象与风采。不仅路面时高时低、时窄时宽，还不时会出现一两处破损路面。开车行驶在路上，速度稍快一点，就像是在山上。

蓝祖平的声音被颠得断断续续，几乎让人听不清楚。

“这样开车，才让你对浦东大道印象深刻嘛。低空飞过有啥意思。”魏元笑。

“是的。低空飞过，看到的，只能是最亮的灯火。而那些不亮的，才是构成一座城市最真实的砖石。”甘婧道。

一路嘻嘻哈哈说笑，到达民生路后大转，抵达民生路栖山路，蓝祖平熟门熟路地将车贴住一家大排档档口停下，招呼大家下车。

鼎沸人声随着车门的开启扑面而来。

“这里停车不行吧？”甘婧指着几乎贴着桌椅的车身问道。

“没关系。”蓝祖平笑，“大家都这样停，在他家吃饭就行了。”

坐下前，甘婧向两边望了望，这条夜排档街不过几百米长，但由于人多，显得异常热闹。昏暗的照明灯下，食客多是年轻人。

蓝祖平、魏元、正夫、阿平四个男士分别相隔一个位置坐好，甘婧、百合、眉眉插花坐在四人中间。

“旁边曾经是海运学院？”正夫指指旁边。

“是。这学院搬去临港新校区了。”百合回答，“这块临江地块，已经有开发商接盘，规划也出来了，未来会开发成一片高档住宅小区。”

“好地方都卖给开发商了。天天卖地皮，天天开新盘，可我依然买不起城里一套房。”魏元自嘲。

油亮的小龙虾一盆盆端上，冰啤酒琥珀般注入杯子。眉眉一杯杯给大家分好，自己喝了一口，有些惊讶地说，“我发现这里好像没有城管，很少见哦。”

“是不是没有城管，才有夜排档？”甘婧问。

“夜排档的污染和噪音问题，一直是它存在的最大障碍。”蓝祖平点头。

“可一个没有夜排档的城市基本就等于一座样板房，虽然整洁漂亮，却没人味。”魏元说。

“泰国政府也曾因小贩摆摊带来市容方面的问题出过禁止令。后来，以此为生的小贩们联名去求见国王，国王给出一条建议，小贩可以摆摊，但要保持摊位地面的干净。小贩和市容之间的矛盾就解决了。”正夫用几乎没有语调起伏的声音接话。

“国情不一样。他山之石，未必可以攻玉。”甘婧摇头。

由于开车，蓝祖平没有喝啤酒，他端着一杯王老吉，一边看着大家喝啤酒，一边左顾右盼，“这里好多年轻姑娘，魏元，你对象还偷偷相亲吗？你就在这里再找一个算了。年轻的单纯，没那么多想法。”

“还那样。现在她妈妈又有新花样了，拿个征婚的小牌子在人民公园里静坐。”

百合边剥虾边笑，“哈，那局势岂不是升级了？”

“唉。过一天算一天，她一天不说分手，我也只好装装糊涂。”魏元叹了一口气。

“这年头，相亲像在面试，问工作收入家庭情况，面试像在相亲，问性格爱好星座娱乐。全都不正常。”甘婧想起自己面试时的情景，不由耸耸肩。

众人闻言齐笑。

蓝祖平边笑边摇头，“多亏我到上海来之前就把婚结了，孩子也生了，要不然可能就算结了婚，现在也不敢生孩子，就算生了孩子，可能也养不起孩子。”

“还生孩子，想得美。现在没房子，哪个女孩会嫁给你。”百合瞥了蓝祖平一眼。

“不是说浦东也要盖经济房了吗？到时候你可不可以申请？”蓝祖平问。

魏元摇头，“那是给有上海户籍的人的福利。我们外地来的，想都别想。”喝了一口酒，魏元接着说，“我感觉，经济适用房的建设初衷是好的，但是，范围的划定还是不够准确。你想，不管是哪个城市的原住民，谁家还没套房子？他们再申请房子，一部分人是为改善居住条件，还有一部分人就是为了投资。”

蓝祖平接道，“是。其实真正需要住房的，倒是我们这些不上不下的人。但还真没有人管我们。唉。”

“不是说居住证满七年，就能申请转户口吗，你办个居住证等着不就行了。”甘婧停下剥虾的手，问。

“对了，人事部给你办居住证了吗？”魏元问。

甘婧摇头，“没人提这个事，我也不急，就没问。”

魏元苦笑，“不办也罢。你知道要证明你自己是人才要跑多少地方？”

“不知道。”甘婧老实回答。

“要房东和你一起去房管所开租房证明；要去税务局打印你过去一年的纳税证明；要去人才交流中心去给你的学历办认证；要你的单位提供余期六个月以上的劳动合同；要你的户口原件；还有你前一个单位的退工证明；还要去医院体检拿体检证明；如果你不幸已婚并生育，还要提供你另一半的全套材料，结婚证，再加上你小孩的出生证明，你自己算算要跑多少地方。”

魏元苦笑一下，“这些管理部门并不在一起办公。所以，你要一家一家去跑。每去一个地方，加上路上的时间，基本都要花半天时间。我算过，我拿齐那些手续，正好花了一周时间。还好我们公司是不定时工作制，要是上班打卡的单位，估计一个月的奖金全要被扣完。”

“这么麻烦，那办一次管几年？”甘婧问。

“一年续办一次。”魏元回答。

“续办七年就可以转户口吗？”眉眉问。

“不。居转户还有另外条件。第一，你缴纳社保必须满八十四个月，因为换工作补缴、停缴都不行。这一关就难住了许多人。既然是人才，肯定就有很强的流动性，整整七年不换工作，基本是不可能的事情，所以所谓的八十四个月，往往还要再多加半年甚至一年时间。第二，要有中级职称，且与岗位匹配。这条看起来容易，其实也很难达到，评职称基本是事业单位的事，像我们这种外企或者私企，哪有机会评职称？我观察过，这条件又拦下一批人。再有，要连续三年社保缴纳金额超过上海市平均数两倍还是三倍。这连续两字，再拦下一批人。这其间，不能休长病假、女的最好不要生孩子、千万不要请哺乳假。要不就白费力气，又要从头再来。”

“为什么？”甘婧问。

“因为你一旦长病假、生孩子、或者请哺乳假，工资就会下调。工资下调，个人所得税就会下调。这样，就算你社保达到平均数的倍数，但个人所得税太低不匹配，同样不行。”魏元耐心解释。

甘婧一吐舌头，摇头，“我肯定不是他们需要的人才。我不办了。”

眉眉摇头，“不办？如果你想在上海考驾照、买车、购买上海牌照还有子女入学就医都需要这证的，听说买房子也要。”

“那我就不买车不买房子。”甘婧耸耸肩，“眉眉，你办了？”

眉眉摇摇头，“办那个证有个打分系统，人家最低要本科学历，我是专科毕业，没资格。”

“在外来人口管理这方面，国内本来就没有一条比较规范的路，是我们给管理部门添麻烦了。设置这么复杂的程序，人家得费多少脑细胞。佩服！”蓝祖平举起饮料，“兄弟们，剑齿虎项目让大家跟着我吃苦了，何总说了，项目结束后，按老规矩，该加薪的加薪，该分红的分红。来，为加薪分红干一杯。”

手中单薄的一次性塑料杯碰不出声音，几个年轻人站起来，大叫着配音：“嘭！干杯。”

麻麻辣辣的小龙虾伴着清凉的啤酒入口，有那么一瞬间，甘婧突然有些想家。

“蓝老师，这种地方唐红果儿来过吗？”甘婧小声问道，“像她那样在海外长大的孩子，应该不习惯这种喧闹而又油腻的地方吧？”

“来过。她和赵魏祺都来过。但赵魏祺更喜欢在窗明几净、看得到花草、听得到蓝调音乐的地方吃饭聊天，最好老板娘穿件花样年华的旗袍。他喜欢浦西，中意所谓的老上海腔调。”蓝祖平回答。

“说起来，他们俩个人中，我更喜欢唐红果儿。”魏元小声说，“专业技术能力可以，人也大方，一天到晚笑呵呵的。可惜共事时间太短。”

“你也认识唐红果儿？”甘婧问。

“唐红果儿是谁？”眉眉也问。

“哦，是以前一个女同事。老板的女朋友。”蓝祖平回答。

“别看公司规模不大，可是人员流动还挺频繁，来来去去加起来、也小二三十人了。”魏元说。

“做企业的，都会经历大年小年。这也没啥。你看，今年不是招了眉眉、甘婧和洪杰嘛，能够招人而不是裁人，恰恰说明公司业务越来越好了呀。”蓝祖平接道。

“看报纸上说，现在很多单位不允许自己的员工相互谈恋爱。唐红果儿和赵魏祺恋爱的事情，公司允许吗？”甘婧说。

百合笑，“规定管的都是员工。老板就不一样了呀。”

“他们的感情好吗？”甘婧问。

蓝祖平回忆了一下，“应该还好吧。唐红果儿比较外向，爱说爱笑，赵魏祺一副阳光男孩做派，性格天真遇事爱较真，就是中文水平太差。不过，他们两人还是挺般配的。甘婧，我发现你对唐红果儿的事情特别感兴趣。”蓝祖平疑惑地盯着甘婧，“你认识她？”

“我就是这个性。遇事爱问个究竟。我很小的时候我妈就说我应该去当狗仔队。”甘婧笑。

“我提醒你，两年前，曾经有两个员工因为过于关注公司过往的人事变动，被人事部解除了聘用关系。后来房莺还给我们这些老员工开过会，三番五次申明，严禁老员工在新员工面前谈论公司的人事变动和重大决策，她说妄议大政不利于公司发展和安定团结。”

蓝祖平直视甘婧，“说实话，你这么关心公司的历史，是不是认识赵魏祺，或者认识唐红果儿？”

“为什么这么说？”甘婧感觉后脑头皮一阵阵发紧。

“实话实说，其实我一开始就想问，但因为不太熟悉就没好意思张口，你是不是唐红果儿跟何总打招呼特招进来的？”

“对呀，”百合笑着接过来，“你看，你和眉眉、杰克是前后招进来的，但何总对你好像特别关照，一进来就给你特批了经费，尽管不多，但以前从没有过。”

“要不然，就是何总看上你了。”百合笑起来。

甘婧低下头思考，权衡片刻，决定说一点真话，她抬起头来，语调低沉地说，“我不是唐红果儿介绍进来的。因为她已经去世了。”

“她去世了？”蓝祖平惊叫一声。“什么时候？为什么我们从来也没听说过？”

“快两年了。”甘婧叹了口气。“我也是到这公司工作后，看到公司简介才知道唐红果儿是这家公司的创建人之一。”

“那你怎么知道她去世了？”魏元问。

“我和唐红果儿是同班同学，她去世后，一个老同学在小范围内说过。”甘婧回答，“我也不明白，你们是她的同事，天天在一起工作，却不知道她去世的消息。所以，也不方便挑明。”

“她这么年轻，怎么会——”蓝祖平问。

“警方结论是自杀。”

众人默然。蓝祖平叹了口气，“唉，这一转眼都两年了。我一直以为她和赵魏祺回美国结婚了呢。”

“现在的人好脆弱。说消失，就消失了。”眉眉细声细气地说。

魏元接道，“是，我听我妈说，村里几个留守儿童，夜半三更在村公路上玩，被一辆超速驾驶的轿车全部撞死。五条小命，一眨眼全都没了。现在，天一擦黑，我妈都不敢从村公路上走，说一靠近，就能听到小孩哭喊声。”

“啊？哭喊声？他们喊什么？”百合问。

“好像是喊，娘呀，俺疼呀。娘呀，俺想回家……每个人听到的都不太一样。”魏元回答。

“好可怜。”百合眼中隐隐有了泪气。

“他们好歹还在这世上活过。还有父母为他们讨公道，为他们烧炷香。”眉眉淡淡地说，“在我家乡，有些孩子，刚刚生下来，还没来得及哭一声，就死掉了。岂不更可怜。”

“为什么？”百合问。

同是乡村长大的魏元大概明白七八分，但他不点破，只是闷头喝了口酒。

眉眉语气迟疑地开了口，“都是老里八早的事体，你们真想听？”

“想听。”百合点头。

“嗯。”甘婧也附和。

眉眉放下水杯，思索着讲了一个故事。

“我有个小姨，生在农村，因家境艰苦，十五岁便随乡亲到上海讨生活，赚来的血泪钱，一部分寄回家乡，一部分悄悄留下来做嫁妆。现在，她儿子已经十五岁了。去年的一天，小姨打电话给我，称要我陪她去医院。我问她怎么啦，她回答，怀了双胞胎，两个月前做了流产，因腰酸流血，要去复查。”

第二天见面，眉眉问小姨为何不将这对符合计划生育政策的小孩生下来，小姨摇头，表示有一子足矣。眉眉表示可惜，小姨叹气，也给眉眉讲了个故事。

小姨生在农村，成年后，父母做主嫁给邻村一名青年。青年家有兄长，已结婚，大嫂生肖属虎，四十岁整。虎嫂育有一对儿女，女儿二十岁，儿子十岁。儿女间相隔的十年，虎嫂先后孕育过九个孩子，因九个全部是女孩，都被人为流产。

乡村医疗条件相对较差，鉴定胎儿性别属违法行为，为避免看错性别将儿子杀掉，怀孕后，虎嫂都会在胎儿满七个月时才去私人诊所看性别。

第二个孩子被确定是女孩后，虎嫂主动找到计划生育部门，计生部门免费将这个不符合政策的胎儿进行引产。从生物学角度看，孕周满 28 周的胎儿已经是完整生命，具备了生存能力。碎肉式流产不可行，只能先将其隔着母亲肚皮注射死亡，再进行引产。

第三、四、五个孩子先后到来，都是女孩，与她们的二姐一样，还未来得及长大，便被人为杀死在妈妈的子宫里。第六个孩子来临时，已与大女儿相隔六年，按政策可以生育，可是，又是女孩儿。计生部门拒绝为这个符合政策的胎儿引产。

虎嫂决定自己在家处理。

小姨告诉眉眉，因为没有打针，虎嫂选择用吃药的方式打胎，所以，第六个女孩降生时，是活生生的。她躺在虎嫂家脚盆里，全身赤红，双眼睁开，拳若小球，拼命挥动哭喊。

虎嫂让小姨将女孩淹死后丢掉，小姨掩面摇头表示不敢。虎嫂咬牙从床上爬起来，抓起一个脸盆，用力按在脚盆里，脚盆里传来一阵阵吱吱惨号，半晌才停……

第七个、第八个、第九个女孩子先后被杀死。不知那早夭的九个胎儿是九个不同的女孩，还是同一个女孩勇敢地来了九次，在投胎九次未果后，这女孩终于退缩了。第十次怀孕，虎嫂迎来了她梦寐以求的儿子。

小姨讲，虎嫂属相厉害，平日就是母老虎，事事争强好胜，在生育问题上，态度尤其强硬。虎嫂说，她不信轮回，也不信报应。那是迷信，她只信人死如灯灭，就人死如灯灭。

小姨说，虎嫂虽然不信轮回，但其他村民信。乡下有个不为外人道的方法，说：有想求男丁的人家，若第一胎是女儿，待生下后，就用钢针刺入女儿身体，女儿被扎身死，将其尸骨埋到人流密集路口，任千人踩万人踏，这样，其他女魂因恐惧，再轮回时便不敢来这家投胎，来的是男魂，再生育，自然就是男孩。

眉眉声音细弱，讲得有气无力，众人听得却惊心动魄。情感表露比较直白的百合，更是吓得连泪水都憋回去，脸红到发紫，“真不是人！为什么杀九个，就因为她们是女孩？”

“是。”眉眉点头，“投胎真是重要，一个女孩，如果投胎到上海，便是父疼母爱的宝贝，如果投胎到虎嫂这样的人家，连哭一声的权利都没有。”

“这是你小姨不生二胎的原因？”甘婧问。

“是的。”小姨说，“她也做过同样的事情。她是相信轮回的，她怕被她杀掉的两个女儿又投胎回来找她报仇。”

蓝祖平点头，“她怕的有点道理。佛教认为，灵魂是不灭的，所以人和万物都有前世、今生和来世。一切众生因种种因缘，在六道中轮回往复。也就是说，一个人的福缘苦果，皆与自身所思所为密切相关。今生未了，来世继续。”

甘婧叹口气，“其实这些人是否相信轮回，根本就看他们个人需要。我曾问一个杀人犯是否相信轮回，他与虎嫂一样，表示不信，但因临近死亡，他的面色明显多出许多犹疑。思索一下，”甘婧说，“我感觉，他们其实并非不信，而是不敢相信。万一轮回是真的呢！死后一看，自己身处十八层地狱，而且永不超生，那多可怕。”

“是的，有道理。”眉眉点头。

“我在城市和乡村都生活过。看到一个奇怪现象，相对于乡村，大城市里男女出生比例较为正常，而富贵人家的女孩比例则要略高于男孩，是不是因为这些女婴灵曾遇到过那样惨毒的对待，她们更多地选择投胎在城市或者善良人家？”眉眉问。

“我是信佛！有一点我相信，那些用那样残酷无情手段筛选男女后代的人，得来的除了男孩，一定还有各种报应！”正夫回应。

“我也出生在乡村，也是女孩，上面也有姐姐，感谢我父母，没将我用脚盆挤死，也没在我小时候拿针扎死，而是让我出生，还供我读书。”眉眉眼睛泛红，“我很感激父母，所以我一直告诉自己，我一定要好好生活，能多好就多好。我大专毕业后，就来了上海。未来，我还要出国去看看。”

“这周末，我会去龙华寺诵读九十九遍《地藏经》，为那些早夭的女婴灵们祈祷。”正夫一本正经地说好，又扭过头，专注地望向甘婧，“你既然关心你的亲戚，就与我一同去吧！愿她能脱离苦痛，得到安息。”

甘婧愣了一下，有些迟疑，“可是，我并不信佛教。”

正夫一本正经，“不是信佛教，而是信佛。”

“噢。信佛。”甘婧点头，“让我想想。”

看看时间已过夜半。蓝祖平结了账，与百合一起将各位同事载至民生路路口，看着众人一一钻入出租车内，才发动车辆回家。

甘婧的住处最近，夜深车少，不到十分钟，就回到家中。

虽已入秋，但空气里的热度却丝毫没有消散的意思。人稍稍一动，便是一身热汗。进了房间，甘婧先将空调打开，然后冲入卫生间洗了个冷水澡，这才一身清爽地坐在一楼的客厅内，仔细回想刚刚听到的一切。

从蓝祖平等人的回答看，唐红果儿和赵魏祺的感情并没有果儿向自己描述的那样好。如果两人的感情出现过问题，一时想不开的唐红果儿做出自杀的傻事也有可能。但是，就算唐红果儿是为情所困自杀的，那赵魏祺也没有必要随之消失两年之久。

只要这人仍在世上，以赵闽的人脉及财力，两年里起码能确定他的藏身之处。

可目前赵闽掌握到的，仍然是赵魏祺失踪的消息。

赵闽毕竟是赵魏祺的亲兄长，他从头到尾都不相信弟弟会真正消亡，所以，一直以寻找活人的方式在找。

如果，赵魏祺已经不在这世上了呢？

这个想法一生出，甘婧感觉一阵寒意猛然窜入胸腔。窗口淡绿的纱帘突然起伏，吓得她啊地一声惊叫起来。

眉眉所说的女婴们的凄惨经历，叠加上唐红果儿带来的惊悚，让甘婧无法入眠。她抱膝坐在沙发上，双眼不时望向窗外，一直到淡绿纱帘外的东方天空次第发白，这才爬到二楼卧室，拉出空调被，昏昏沉沉地睡去。

第二天下午一点，仍然显得睡眠不足的甘婧出现在纳士办公室。

经过前段时间的日夜奋战，剑齿虎3D片的制作已经进入倒计时阶段。这期间，甘婧拒绝了佟仁义向她单独发出的海钓邀请，也谢绝了何其多为她安排的杭州休假。她实在很想在第一时间看到这个耗费了她和组员大量时间与精力的片子真正面世。

冲好咖啡，项目组其他同事也陆续到来。大家话不多说，各自投入手中的工作。只能听到键盘敲击声的办公区内，财务室不时传出的轻松谈笑，显得分外响亮。

下午六点，除项目组成员外，其他员工陆续离开。蓝祖平等几个人叫了必胜客外卖，围坐在茶水间吃晚饭。

这公司也怪，正儿八经恋爱的要求其中一人必须辞职，已婚搞婚外恋的倒是无人问津。魏元说，是不是就是因为可以游离于规章之外，所以他们才高兴。

“你们发现没有，这段时间房莺心情好像不太好，屈志华好久没去她那里讲笑话了。”眉眉略带疑惑地说。

甘婧回想了一下，不错，那间财务室，许久没传出过两人的谈笑声了。

甘婧看看眉眉，“你记得可真清楚。”

眉眉笑，“因为我的座位正对着财务室呀。”

眉眉姓华，学名叫华秀眉，她就像一道灰色的影子，从进入纳士起，便一直非常稳定而又安静地在这公司里存在，许多同事只知道她叫眉眉，一直也叫不出她的全名。可这女孩却悄悄将一切观察得清清楚楚，只是不语。

“公司这段时间的经营状况不太理想。你们没看到何总的头发都白了。”甘婧小声说。

“对了，上次何总不是带着你去攻那个新佟董的关吗？怎么样，你感觉他人怎么样？”百合兴致勃勃地问。

“你们全都知道？”甘婧吃惊地问。

“嗯。眉眉点头。”于露说，“何总当时要带你去打高尔夫，房莺和徐丽美都不太高兴呢。房莺当时说，她和佟董见过，而且她的高尔夫打得最好，应该她去。”

想起佟仁义对房莺的评价，甘婧心中一笑。

“听环宇那边的哥们说，这个新佟董人生有两大爱好，一是高尔夫打满十八洞，二是肤白年轻女孩，越白嫩他越喜欢。想必何总也是打听清楚那位财神爷的爱好后，才带着你和他在汤臣高尔夫谈项目的。”阿平笑。

甘婧感觉脸上有些发烧，“他们把我当成什么人啦。”

百合托着腮，凝望着甘婧，一本正经地说，“把你当成什么人啦？把你当成准财神奶奶呀。听说那个佟董是个单身老男人，亲爱的，你一定要抓住这个难得的机会，改变人生命运。”

甘婧问：“单身老男人？什么意思？没老婆？”

百合瞪了甘婧一眼：“真拎不清。老婆、孩子当然送到美国去啦。现在的有钱人有几个会将孩子留在国内呀。全都是自己在国内赚钱，送老婆孩子在国外烧钱。我说真的，如果你真的嫁给那个老男人，你人生可以少奋斗五十年。也许是五百年。就算你在这里打工打五百年不吃不喝，也赚不到他现在的身家。”

甘婧大笑，“你太高看我了吧。就算我愿意，人家财神爷也未必真看得上我呀。现在肤白的年轻女孩太多了，何况我都小三十了。”

眉眉也笑，“百合，你比甘婧还小，也漂亮呀，如果他看上你了，你愿意不？”

“他看不上我的，我黑得跟伏地魔似的。”百合窃笑，“何况我也看不上他，一笑像招财猫似的。”

“百合，那你喜欢什么样的？”甘婧问。

“我没想法，我妈喜欢就行。”百合耸耸肩，“我妈就是电视上天天演的上海岳母娘的标准版，你们都知道的，女儿喜欢不喜欢根本不作数，关键是她喜欢不喜欢。她如果不喜欢，我喜欢也白喜欢。”

“跟我老婆他妈妈一个样。”魏元小声说。

“那你有喜欢的吗？”眉眉问。

“有过。在英国时谈过一个，北京的，回国后就分手了。”百合大方回应。

“回国后再没有合适的？”甘婧问。

“有。条件合适的太多。”百合一皱眉，“所以我妈有点挑花眼了。”

“你妈挑花眼了。”大家不约而同笑起来。“精辟！”甘婧转向眉眉，“眉眉，你男朋友做什么的？”

眉眉慢声细语地说，“他是我同乡。在德国企业做项目经理，一年有半年不在上海。我算半单身状态。”眉眉玩笑道，“百合，有好的男孩子，你妈看不上的，也可以考虑介绍给我，大网捕鱼，我要捞个最最合适的。”

“甘婧，你不会也像眉眉一样，是个假单身状态，另一半藏在老家吧？”百合突然问。

甘婧摇头，“不，我肯定我是全单身状态。没有另一半。”

“小甘你也别太挑，遇到合适的趁早定下来，女的年纪越大，选择余地越小。”蓝祖平说。

甘婧赶紧点头，“就是就是，有合适的，你们也可以介绍给我。”

“对了，我们这边启动了，屈志华那边的情况如何？”魏元插了一句。

两个月前，在剑齿虎项目重新启动的同时，何其多宣布，一个叫做天海度假村的宣传片拍摄项目组也正式组建，由屈志华担任组长，组员也由其他各部门抽调，总人数五人。

“说是由于项目大，时间紧，何总正在寻找合作伙伴共同完成。已经签了一家注册在法国的文化公司，一家成都的文化公司，进展好像还不错。”蓝祖平回答。

“那怎么看不到他们加班呢？”眉眉问。

“你没看到屈志华是负责人吗？有他在，房莺无论如何也不舍得让他们加班的。”百合说。

“那倒不是，他们这个项目以外包为主，项目组主要工作是协调几家公司的合作情况，宣传片的具体操作由成都那家公司进行。和我们情况不太一样。”蓝祖平赶紧解释。

“这也是个办法。”魏元说，“在自有力量不足的情况下，通过外包完成项目，也不错。”

“所以说，接单才是王道。”蓝祖平说。

你一言我一语，吃完晚饭，大家分头继续完成手头的工作。

一个月后。在源深体育馆与百合打羽毛球的甘婧看到了这年秋天最后的落叶。

时间好快，一转眼便是秋天。甘婧在心中暗暗地感叹一声。剑齿虎项目进入收尾阶段，但寻找赵魏祺的事项却陷入停滞状态。不论甘婧如何努力，都无法再从纳士寻找出一点点赵魏祺和唐红果儿的信息。

甘婧心急如焚，却不知如何是好。其间，赵闽打来过几个问候电话，除了惯例问好，便是叮嘱甘婧天已入秋，注意加衣，不要贪靓着凉。对于寻找赵魏祺失踪线索之事，赵闽只字不提。

入冬之时，在龙门架林立的洋山港深水码头，甘婧终于见到了回国巡视公司运营情况的赵闽。

“那是我们的船，想不想上去坐坐？”在一处货柜码头，赵闽指着稍远处一艘身躯庞大的货轮问甘婧。

“那是您的船？”甘婧问。

“是其中一艘。”赵闽笑着说，“相对而言，这一艘比其他船要干净漂亮些，这两天又恰好在，所以才有信心请你上去看看。”

看到甘婧点点头，身着厚外套的赵闽带着她过长长的引桥，踏上那条巨大货船。

“底下几层都是货舱，上面两层可以看看。”赵闽说着，带着甘婧缓步慢行。

一个小时后，两人结束参观，回到甲板咖啡吧。

相对坐定，待服务生端上热咖啡，赵闽这才端详着甘婧微笑着说，“甘婧你好，好久不见，你似乎瘦了一点儿。”

甘婧也回给赵闽一个温暖的笑容，“赵先生您好，时间真快，一转眼已经是冬天了。”

“我有话要对你说。”两人同时说道。

话出了口，两人相互看了一眼，示意对方先说，见对方不开口，又一同说道，“是关于魏祺的。”

“你先说。”赵闽微笑着望向甘婧。

“……我认为，魏祺很有可能已经不在这世上了。”甘婧深吸了一口气，快速说道。

血色迅速从赵闽的脸上褪去。只一瞬间，赵闽的脸色竟然变得惨白。

甘婧不敢看赵闽，她转过头，向大海深处望去。

那一天的日落与星空，就算甘婧老去，亦会如梦如幻地浮现在她眼前：海平面尽头，巨大的红色星球缓缓向海那边坠落。在它接近海面的一刹那，整个海面瞬间被点燃成红色草原。那些在微风下一波波起伏的浪花，像一丛丛喧嚣的草，向着同样的方向整齐摇动。

随着夕阳彻底沉入海底，红色草原渐渐暗去，还原成灰色的夜海。温柔的亮光开始在海平面一点点闪烁，无数星光从刚刚还五彩斑斓的云朵后面升起，在夜空静静闪耀。一艘艘从世界各处驶来的货轮，在星光与洋山港口强光的交相映照下，成为夜幕中一片片二维剪影。

甘婧不说话，赵闽竟然也不说话，两人以同样的姿态默默地对坐。

“赵先生，您不是有话要对我说吗？”甘婧小心地看了看赵闽。

赵闽没有动。又过了半天，才叹了口气，“甘婧，对不起，面对可能失去亲人的恐惧感，希望你能理解。”

甘婧飞快地点头，“是的，我理解。我失去爸爸一年后，还不能接受爸爸已经去世的事实。我总认为他又带着小运动员们去外地比赛，比赛结束就回来了。”

赵闽又叹了口气，“我要说的，也和魏祺失踪有关。”

# 第十四章

赵闽给甘婧带来的，是警方发现的一条线索。

在警方近期破获的一起贩毒案件中，一名一直没被打击过的毒品拆家供出一批从她手中购买过零包毒品的下家。经过警方反复调查核实，这其中竟然有唐红果儿。

“你说果儿生前吸毒?”甘婧几乎叫了起来。

“甘婧，你先别激动。我想问你，你真的了解唐红果儿吗?”赵闽沉声问道。

甘婧有些不甘心地想了半天，才无奈地垂下头。她不了解唐红果儿。甘婧和唐红果儿的旧宅早已变成一片商业楼盘。那个扎着一头小辫子、会跳民族舞的七岁小女孩，也和老家的山山水水一样，成为一段美丽回忆。

二十年的时光，足以凋零一座芝加哥那样的汽车工业老城，也足以繁华一座浦东这样的金融航运新城。更何况一个普通人。

“唐红果儿吸毒，是新型毒品还是海洛因?”甘婧问。

想起初到上海前夜，在长途卧铺大巴上偶遇的那一群惶惶如寒号之鸟的戒毒者，甘婧心中一冷。

“是新型毒品。”赵闽回答。“有一种是专门在 Party 时吃的药丸。”

甘婧皱着眉头，“吸毒？可是警方给出的尸检结果，并没发现她身体内残留有毒品成分。”

“毒品在人体内也有一个代谢时间。她体内没发现毒品成分，也就是说，她自杀前一段时间并没有吸食毒品。"赵闽接道。"这个问题，我回来后也专门问了专家朋友。"

"你在赵魏祺的个人物品中发现过跟毒品相关的物品吗？"甘婧问。

"没有。魏祺每次出门前，都会把家里收拾打扫一下。他们请的清洁工人会在家中没人的情况下，再来打扫第二次。所以他家中一直十分整洁，个人物品放置得也很规整。也因此，他最初失踪时，我和工人都以为他出差或者出去度假了。"赵闽说。

"赵先生，你说，唐红果儿自杀，以及赵魏祺失踪，会不会与吸毒有些关系？"

赵闽扬扬眉毛，示意甘婧说下去。

"我们来做一种最直接的假设，假设赵魏祺发现了果儿吸毒，十分生气，苦劝之后，果儿一直没能戒断，赵魏祺索性提出与她分手。结果，唐红果儿因为受不住分手的打击，加上吸毒导致她心理出现了一些问题，于是跳楼自杀了。得知她跳楼的消息后，赵魏祺十分悔恨，也……在某种情况下殉情了。"

殉情……

赵闽不易觉察地哆嗦了一下。

"以前我们寻找赵魏祺，一直把他当成失踪，总认为他在某处小住散心，等心情平复了就会回来。如果，他真的已经不在人世了呢？那找的方式就不一样了。"

赵闽苦笑了一下，"你的意思是找无名尸体？"

甘婧点点头，"我知道，让你接受这个观点很难，寻找过程更难。"

"不过……"甘婧犹豫了一下。

"什么？"赵闽问。

"这个假设也有个前提，就是唐红果儿自杀在前，赵魏祺失踪在后。"

"这个很难估量。"赵闽回答。

"赵魏祺住的小区里应该有安保监控系统吧？他最后一次出现在摄像头

中是什么时候？”

赵闽略一思索，有些迟疑地回答，“应该在唐红果儿自杀前。我记得当时调看过小区监控录像，最后一次看到魏祺，他还是和唐红果儿在一起，两人去地下车库取了车，一起乘车离开。”

“如果魏祺失踪是在唐红果儿自杀之前，那情况就又有些复杂了……”甘婧自言自语。

“海风凉了，我们上岸吧。”赵闽看看被风吹得脸色发白的甘婧，小声地说。

步行上岸，赵闽的私人助理快步迎过来，“赵先生，晚饭已经准备好。”

赵闽点点头，助理向不远处一招手，一辆黑色奔驰轿车稳稳地开了过来。

“上车吧。”赵闽帮甘婧拉开车门，“去我家里吃顿简餐。”

赵闽的公寓位于南汇临港新城一栋灰色楼房内。楼房外表普通，走进去才能发现里面别有洞天：偌大的楼房有四部电梯，每一层楼只有一户人家，四梯只为一户人家服务。

进得门去，赵闽示意甘婧自己随意看，他去换件衣服。

甘婧没有走动，而是站在原地，四处看了看，像所有时尚杂志上介绍的生在海外、长在海外的富人一样，赵闽家中摆放的全部都是红木家具，客厅里处处可见暗红雕栏、莲花、祥云和低眉敛首淡淡微笑的菩萨。而从可以用辽阔来形容的客厅面积看，赵闽的家堪称是豪宅中的巨宅。

“我很少来这里住，都是助理他们帮我弄的。”换好居家服装的赵闽笑着示意甘婧到餐厅就坐。

看着红木餐桌按顺序一道道摆上的西餐，甘婧轻轻笑了一下。

“在中国明清式家具上吃现代西餐，感觉有点怪是不是？”赵闽准确说出了甘婧心中的想法。

“这是一种进步。”甘婧笑着拿起刀叉，“我不太懂西餐礼仪，如果出错了，纠正我没事的。”

赵闽笑着点头。

两人安静地吃完晚餐，赵闽殷勤地邀请甘婧到露台去小坐，他微笑着说，“助理买这幢房屋时，告诉我说这里是湖景房。坐在家中就可以看到滴水湖。因为一直很忙，我还从没上去看过。一起去看看好吗？”

甘婧点头，“我也没看过滴水湖，一起去看看吧。”

赵闽住宅的露台立体种植着许多在冬季盛开的花草，坐在微微拂动的晚风中，竟有花草的清香一阵阵袭来。

不远处，滴水湖像一面镶嵌在大地中心的圆镜，幽幽地反射着湖边灯光。

“他们说，临港新城的规划方案源于德国一家公司，总设计师假设有一滴来自天上的水滴落入大海，泛起层层涟漪。那个湖是水滴，我们坐的这个地方，就是它所泛起的一道涟漪。”赵闽坐在甘婧身边，轻声向甘婧指点着周围的景观，“这工程算是豪华，你看，那个可以观景、行船、游玩的巨大水滴是个完全用人工开挖得来的人工湖。不过，新近填出的那个湖中岛有些破坏整体景观。”

随着赵闽手臂的起伏，他身上散发出微微的温热气息。一刹那间，甘婧心中竟浮现出一丝恍惚之感。赵闽拉着椅子，从她的旁边移到正对面，温柔地看着她的眼睛，轻声说道，“我们一直在说魏祺和唐红果儿，却从没说说各自的一些事。”

甘婧回答，“那你说吧，我愿意听。”

赵闽摇头，要说，“也是 Say you say me。不是只听我一个人说。”

甘婧想了想，“那你想知道什么，就问我，你问我答。”

赵闽点点头，“好。能否告诉我你结婚了吗？”

甘婧笑，摇头，又点头，又摇头。

赵闽愣了愣，又问，“你家中都有什么亲人呢？”

甘婧回答，“只有我和妈妈。九年前，爸爸为了救一名溺水的小朋友因公牺牲了。”

赵闽又问，“那你有男朋友吗？”

甘婧侧着头想了想，下决心般回答，以前有过，在省直机关工作，副科级公务员，眼镜男，已经领了结婚证，但没办酒席。因为我执意要辞职到上海来，就悄悄把结婚证换成了离婚证。甘婧有些尴尬地说，上海同事都以为我是单身未嫁女子，其实，我不仅结过婚，而且已经离过婚了。

赵闽波澜不惊地点头，“后悔吗？”

甘婧点头，“后悔了。”

“嗯？”赵闽看着甘婧，“后悔离婚吗？”

甘婧苦笑一下，“我后悔和他在一起时，没有对他和他家人好一点。离开武汉的最后半年，因为我的原因，我们一见面就吵，然后就是冷战。再见面又吵，再接着冷战。最后一次见面，他低着头，微微含着胸，脸上是绝望而又无奈的神情。当时没有感觉，可随着时间推移，我越来越感觉对不起他。他是公务员，我可以一走了之，压力和质疑，他要一个人面对。”甘婧叹口气。

赵闽也叹口气，“你选择了另一条人生道路，而他要沿着原来的路线走，结局也只能这样。”

甘婧深深口气，挤出一个笑容，“轮到我问几个问题，可以吗？”

赵闽点头，“好，你问我。”

甘婧问，“你太太为什么不和你一起回来呢？”

赵闽回答，“她要在家里照顾三个孩子的生活和学习，走不开。”

甘婧哦了一声。

赵闽仍然期待地看着甘婧，等她发问。

“我没问题了。”甘婧低下头。“不早了，我要回家了。”

赵闽愣了愣，半晌才重重叹口气，起身让司机备车。

低头上车时，赵闽伸出手，轻轻放在甘婧的头顶。感受到甘婧的僵硬，赵闽抽回手，微笑示意甘婧坐好，自己敏捷地钻入车内，坐到甘婧身边。

赵闽并不知道，他手掌带来的战栗，一直到很久后，才从甘婧的心头散去。

回家的路上，甘婧情绪有些低落。沉默了几分钟后，她才将话题转回到赵魏祺的身上。甘婧没有再谈如何寻找赵魏祺的尸体，而是转换了一个一直困扰她的问题：纳士公司为何要刻意隐瞒唐红果儿死亡和赵魏祺失踪的事实。

“哦，是我不让何其多宣扬的。这毕竟不是什么好事。知道的人总归越少越好。”赵闽回答。

“可是，就在我向一个资深员工打听唐红果儿的事情后不久，那个员工下班回家后就被人打晕抢劫了。而我也被莫名其妙地喂了安眠药，还在医院里住了一天。”

“喂安眠药？怎么回事，你怎么从没有跟我说起过？”赵闽坐直身体，吃惊地瞪大眼睛。

甘婧详细将那晚情况向赵闽描述了一下，末了，吸口气说道，“幸亏那时我还不认识你，手机中没有你的电话，只有一张唐红果儿与赵魏祺的合影，要不然，那晚我挨的可能就不是一记闷棍了。”

赵闽双眉紧锁，思索着什么。

“你认为这两件事都和唐红果儿的死亡有关？后来有人主动问过你唐红果儿的事情吗？”赵闽问。

“有。就是被抢劫的那名员工。叫蓝祖平。我解释了，说我和唐红果儿是同学，我也是到纳士后才知道她曾经在这家公司工作过。还有，我感觉，房莺一直对我有种病态的防备和反感。如果不是我在剑齿虎项目中还有点用，何其多还算需要我，她早就找个借口将我赶走了。”

“怎么会有这种感觉？”赵闽问。

“您看，我到纳士工作快一年了，他们一直连个劳务合同都没和我签，与我一起进入公司的几个员工都签约了。作为一家已经在上海这个法治相对完备地区运作了四五年的合法企业，这是不正常的。”甘婧说，“还有，每次我一和蓝祖平这些老员工走得近点儿，房莺就非常紧张。”

我听何其多说，“房莺是个能干女人。为公司的发展立下过汗马功劳，他离不开她。”赵闽笑笑，“那女人我见过几次，不太像是能用手段吸引男人的类型，我想，应该是工作能力确实很强吧。”

“她是吸引不了男人，但可以按倒男人。”这话到了嘴边，甘婧又咽下去。这话与两人讨论的事情无关，她也不想给赵闽留下一个低俗形象。

“可能，她是出自女人的第六感，对你有着天生的不喜欢吧。青春将逝的女人都有这种第六感。毕竟你年轻漂亮。”赵闽笑着说。

“说到第六感，我倒想起一件事。”甘婧接道。“那还是我刚刚参加工作之时。我和一位曾获得过许多国家荣誉的老刑警聊天，我问他屡破大案的秘诀是什么，他告诉我，主要是靠第六感。他说，在各种摄像头还没布满整个世界的时候，一有大案发生，他们在做完现场勘查后，第一件事就是以最快速度确定侦查方向，特别是追捕方向。下这个判断，就是靠第六感。”

“人的第六感是一种神奇的东西。”赵闽接道，“但是，有时并不准确。”

“是的。对了很好，一旦错了，兄弟们就要多走好多弯路。由于那位老刑警的第六感特别准确，所以错的时候很少。后来我慢慢明白，他所说的这个第六感，是靠知识、经验和敏锐的观察力与判断力综合而来的。”

甘婧顿了顿，看看一脸疑惑的赵闽，沉声说，“房莺的第六感，也绝非老女人对年轻姑娘妒忌这样简单。”

“你认为她有问题？”赵闽问。

“凭我并不经常准的第六感判断，她与唐红果儿的死，一定有着某种关系。我甚至怀疑，当时打晕蓝祖平、给我的水中放安眠药的人，就是她。”

“她这样做的目的是什么？”赵闽问。

“我不知道。”甘婧摇头，“不过，我有办法试探出她到底是不是当时迷晕我并偷走我手机的人。”

“不要。”赵闽断然制止甘婧说下去，“不要做任何事。对她产生怀疑可以，我来想办法。中国是法治社会，我们可以通过法律手段来解决问题。”

甘婧看看赵闽，“您知道中国每年的失踪人口数量有多少吗？中国的警力又有多少吗？警察不可能有那么多精力找回每一名失踪者。我们现在对房莺只是怀疑而已，无凭无据的怀疑，警察也不会采纳的。”

“我有办法处理。总之你太太平平的，不要涉险。”赵闽打断甘婧的话，闷声说道。

甘婧学着赵闽的样子耸耸肩，不再和他争辩。

车行至一半，赵闽电话响起，是行政助理打来，告之赵闽，何其多的小儿子生病入院，这几日返回美国处理家事，可能无法在国内与赵闽见面。公司运营情况，请三位副总向赵闽汇报。

赵闽低声说好，挂了电话。

甘婧脑筋一转，突然想到一个方法，“赵先生，以往您作为大股东来听纳士汇报，都采取什么方式？”

“听汇报、看材料。”赵闽回答，“纳士是魏祺的心血，他在时，我听汇报什么的也只是走走过场，并不真的看和听。”

“我有个小建议。”甘婧说。

“你说。”赵闽看着甘婧。

“您这回听汇报，带一名精通财务的下属去。从审计的角度认真查查纳士的经营情况。”

赵闽笑，“小丫头，你的想法我明白的。但你知道吗，纳士从创立起就有着十分完善的企业财务审计制度，不仅有内审，每年年底，还会请知名会计事务所进行外审。何其多他们给我看的材料中就有非常完善的财务审计报告。就算他们敢造假，负责外审的会计事务所也不会冒着身败名裂的危险帮他们造假的。”

甘婧低头想了想，感觉赵闽的话有理，但又与自己的想法有些差别。

眼见自己的住所已经出现在不远处，她有些焦急地说，“我不是财务人员，不太明白审计到底是怎么回事。但我觉得，国内曾经有不少企业负责人因为经济问题落马，在问题暴露前，他们的企业也一直在进行着不比纳士业余的内审和外审。我不管您用什么方法，反正我希望您利用大股东的身份仔细去查查。房莺这边我查，纳士经营问题，您查。”

说完这句话，甘婧向赵闽一挥手，起身下车。

甘婧还没走上几步，就被赵闽一把拉了回来，他低头盯着甘婧，十分认真地说，“我再重申一次，你不要再做任何事。纳士实际经营情况和房莺的个人情况我都会想办法查。听到了没有？”

甘婧感觉手臂有些疼，便本能地向外拉，一回头，看到赵闽紧绷的脸上全是担忧的神情，眉毛也拧在了一起，不由笑了起来。

看到甘婧的笑容，赵闽的表情也慢慢松弛，他松开手，认真地说，“甘婧，你笑了，就表示你听懂并认同我的意见了。我是个守信的人，我也希望，你信守现在对我的承诺，太太平平上班下班，不要做任何危险的事情。好吗？”

甘婧这次没有笑，而是郑重点点头，再次挥手与赵闽道别，快步跑入小区内。

第二天一早，甘婧一踏入办公室就感觉到气氛异常紧张。看看公司员工大致到齐，人事主管艾米站在办公区中央简短地做了一个公告：“纳士大股东赵先生很看好公司发展前景，准备借大陆大力发展文化产业的东风扩展纳士经营范围，拟向公司再次注资。一周后，赵先生委派的财务顾问将到公司考察经营情况。如有涉及到各部门事宜，请各部门领导、项目组负责人积极配合。”

甘婧面无表情地听完，低头干活儿。

下午上班前，甘婧看到财务部的两个小姑娘从档案室里拉出一手推车的票据，气喘吁吁地进了财务室。

拉出第二车时，叫吕方舟的小姑娘语气中已经有了怨气，“什么狗屁大股东，以前听都没听说过。注资就注资，查个什么账呢。一看就居心不良。”

叫汪甜的小姑娘接道，“查账就查账好了，那个什么赵先生自己还不来，让财务顾问来，明摆着是不信任我们嘛。”

“你不知道，有钱人都是这样的。”吕方舟说。

"有钱了不起呀。有钱就能麻烦别人呀。"汪甜愤愤地说，"于娜也是的，一个人躲在房里孵空调，也不出来帮一下。"

"她不是拍房总马屁拍得好嘛，这种粗笨事情哪里轮得着她干。"

"让你们干点活，你们凑一起聊天，不想干了都给我滚。"吕方舟的语音未落，房莺一脸怒气地出现在办公区。

两个小姑娘吓得脸色苍白，连忙低头拼命拉车。

"房总，您来了就好。徐总这边有份报销单正好要您看一下。她还蛮急的。"听到房莺的声音，屈志华踩着小步从自己办公室迎了出来。

房莺哼了一声。两人一前一后进了财务室。

原本在财务室内整理票据的于娜见状，忙识相地端着水杯送到房莺手中，赶紧出来和汪甜与吕方舟一同搬票据。

光天化日，不太方便关门，两人交谈的声音便一高一低地传出。

屈志华语速慢，说起沪语来甘婧也能听得八九不离十。房莺的话则是半蒙半猜。

"公司经营情况这个样子，徐总还不收敛点。"房莺声音低沉。

"何总不管，您也别管这么多吧。"屈志华慢慢地说，"女人操心太多容易老，下次见面，我儿子就没办法叫你姐姐了。"

财务室内，房莺终于忍不住笑了一声，"小赤佬！"

看看气氛缓和，财务部三个小姑娘这才结伴回到房间。坐在甘婧旁边的蓝祖平叹了口气，低声说，"伴君如伴虎啊。"

甘婧笑了笑，没敢接话。

这天晚上，财务部与行政部破天荒地留下加班到晚上十点钟。

财务室内，屈志华下班后，房莺又恢复了冰冷的表情，三个小姑娘吓得哆哆嗦嗦，大气也不敢出。

行政部内，负责档案管理的行政人员胡粉花将近两年的档案全部摊在自己的办公桌上，一份一份认真审查，缺签字的、少公章的、没日期的、金额不详的全部挑选出来，待房莺过目后，想办法补充完善。

一周后，受大股东委托的财务专员来到纳士公司。因为何其多仍在美国处理家事，纳士的接待和配合工作全部由房莺和桂望国负责。

何其多专用的总经理会议室被临时布置成接待室，听汇报、看材料都放在那里进行。

五名来自全球知名财务公司的年轻人一出现在纳士的办公区，就引来一片小小惊叹声。与纳士员工的随性自然相比，这五名财务专员全都像是从制服广告中走出来的模特，男女均着剪裁合体的深色制服，头发整理得清清爽爽，脖子上挂着印有个人照片的工作证。

待审计工作真正开始后，纳士员工发现，这五人尽管外貌穿着与自己差别很大，但工作性质其实相差不远。他们也要对着那些与计算机代码同样枯燥无味的数字，一坐就是十几个小时。

在茶水间，甘婧听到两名财务审计人员短暂对话，一名外型丰满的女孩细声细气地说，“我这个月又胖了十斤。医生说，男人加班会瘦，但女人却会胖。因为内分泌失调了嘛。”

旁边一名卷发女孩小声说，“胖怕啥呀，我心脏这几天一直老痛咯，刚想去看看，就接了这个Case。侬听说哇，前天，一位师姐过劳死了。说是劳累过度，又没时间休息，最后小感冒转成了脑膜炎。”

“伊拉今年多大？”

“二十六岁。还没结婚。”

“老残酷咯。伊拉爷娘岂不哭惨了！”

“是滴呀，白发人送黑发人，伊拉爷娘花嘎许多银子才将她供养大，还没看着她成家立业，人就走了。”

“所以说，有病一定要看医生，千万不能拖。”

两个女孩子对望一眼，眼神中全是惶恐。

甘婧听得心头一阵发冷，端着茶杯快步走了出去。

这项名为经营情况调研，实则为财务审计的项目没日没夜进行了整整十天。

十天后，房莺与桂望国设宴欢送五人离开。目送五名脸色晦暗、但衣着发型仍然丝毫不乱的年轻人离开，甘婧在心中暗暗祝福，希望胖女孩不要再胖了。那个说心脏一直痛的卷发女孩有时间就去看看医生吧。

房莺和桂望国宴客回来时，甘婧偷窥了一下房莺的表情。她隐藏在眼镜后面的目光闪烁不定。让人看不出她内心的喜忧。

这女人，哭和笑都是一个表情。甘婧在心中暗想。

财务审计人员离开的第二天晚上，赵闽在马来西亚给甘婧打来电话。

“这里和上海有一个小时时差，你休息了没？”手机那端，隐隐传来沉闷的海浪声。

此时，甘婧仍然在办公室加班。听到赵闽的声音，她有些惊喜地说了声还没休息呢，将手机紧紧捂在耳朵上，快步走进消防通道。甘婧来不及客套，先低声将审计人员的工作情况向赵闽描述了一番。

听说审计人员已经离开，赵闽只是淡淡哦了一声，转而轻声问道，“你最近都好吧？”

甘婧回答了一句老样子，接着扭转话题，“他们何时能给你出审计报告呢？”

赵闽说，“大概后天就可以吧。”

甘婧对着电话那头点点头，“如果报告有什么问题，您方便告诉我吗？”

赵闽笑，“当然方便呀。”

说完这句，两人竟然无话。

沉默半晌，甘婧小声说，“没什么事，我就先挂机了。”

赵闽说好，在甘婧挂断电话前，他又追了一句，“有事的话，记得打我电话。不管什么事情都可以。”

甘婧说好，又等了一会儿，见电话那边再无声音，才默默挂断电话。

心情略显复杂的甘婧没发现，就在她接听电话时，有个人影一直站在消防通道门后，悄无声息地注视着她。

# 第十五章

接到赵闽从香港打来的电话，是在一周后。

赵闽简短客气了几句后，慢声细语地告诉甘婧，审计公司已经将审计报告交到他的手中。

“报告给出的结论是什么？”甘婧提着一口气，小心翼翼地问。

赵闽在电话那头笑了一下回答，“纳士公司这两年的运营情况十分正常，尽管利润并不算高，但营业额的增长比例很高，按照业内人士给出的参照数据看，他们的增长率甚至可以用良好来评估。”

“营业额没有问题，那他们财务上也没有问题吗？”甘婧问。

赵闽回答，“至少从审计报告上看，他们的财务方面也没有什么重要问题，有些会计政策设置和运用得不太得当，但这都是小事，略加指点，便可以修正。”

甘婧自言自语，“那屈志华的新房子是哪里来的。就算是董事长兼总经理的秘书，也不至于一年薪水一百多万元吧。”

赵闽回答，“你是说何总的助理？一百万元是没有，但他的薪水是你薪水的五倍倒是有的。如果他太太的薪水和你差不多，那么，他积攒个四五年存款，再加上向银行申请的贷款，是有可能购买一套价值在五百万元左右的房产的。”

甘婧哦了一声。

赵闽接着说，“从审计报告上看，纳士今年的合同金额已经接近一亿元。

目前，成都、武汉、无锡的五家公司已经签约成为纳士的合作单位，他们第一期款项已经到达，加起来，大概两千多万元吧。”

甘婧感觉脑海中嗡嗡作响，“这么说，我的第六感错了？”

赵闽笑，“小姑娘，你的第六感没错。尽管在财务审计上纳士给了我一份非常漂亮的答卷，但是，他们在合作单位的选择上可能有一些问题。我正在请国内的朋友帮忙调查。”

“是什么问题？”甘婧忙问。

“现在还只是怀疑，还没有落实到具体问题上，不过我保证，一个月之内，我肯定会给你一个切实的答案。哦，不是你，而是你和我，是我们。”赵闽语气坚定地说。

“一个月之内？”甘婧问，“我能做什么吗？”

“我下面想说的，就是这个问题，你什么也不要做，就老老实实上班下班。对了，你不是说，你们那个剑齿虎项目下周就要交货了吗？你安心将你的分内事做好。踏踏实实等我消息。”可能是感觉自己的语气急迫了一点儿，赵闽又将声音放轻，“等你全部忙完后，我带你到洛杉矶拉布里亚农场参观。那里是世界上知名的刃齿虎化石遗址。”

甘婧对着电话笑了一声，“我早就在网络上看过拉布里亚农场的那些化石了。”

赵闽的声音转为严肃，“我不是和你开玩笑，我是认真的。”

“好吧。”甘婧回答。

赵闽顿了顿，在电话中轻声说，“你要听话。”然后抢先挂断了电话。

甘婧稍稍愣了一下，将手机拿到眼前，有些不舍地盯着屏幕，看着屏幕的光亮慢慢转为黑暗，这才放入口袋。

剑齿虎项目进行最后调试阶段，按照项目流程，项目组成员要集体前往主题公园所在城市进行安装、调试、指导。这几天，组员们正在手忙脚乱地对资料进行最后核实检查，然后逐一打包。

纳士公司管理层对剑齿虎项目十分重视。连经常见不到人的徐丽美也按部就班出现在自己的办公室内，盯住行政部员工配合项目组做些外围配合工作。

作为创意文案，甘婧的份内工作已经全部完成。她在安装调试阶段的身份是外联协调员。具体说，就是给组内其他人员打打下手、买买盒饭。

在动身前往主题公园的前三天，行政部胡粉花通知全体组员将身份证交到行政部，由她给大家办理剑齿虎主题公园项目的住宿事宜。

百合一边在包包里四处翻找，一边小声说，“真小气，这么远的路也不给坐飞机，还集体开车过去。从东部到西部，这不是要开一整天。累死人了。”

甘婧站在百合的身边等她，小声劝说，“坐汽车也可以的，我们可以一边玩儿一边吃一边走，要不又是机器又是模型，还不得我们自己拎。”

百合摇摇头，“就不能机器搭汽车，我们搭飞机吗？哎呀算了，就是你好说话。”

身份证交给胡粉花后，甘婧信口问了一句，“要多久才能办好？”

多久才能办好？一只手从后来伸来，轻轻拍了拍甘婧肩膀，“格么你对行政部同事的工作不放心喽？”让甘婧吓了一下，回头一看，是副总徐丽美似笑非笑的脸，连忙摇头，“徐总来啦，我只是随便问问，没不放心。”

“这边一办好马上就会通知你的。”徐丽美若有所思地盯着甘婧，突然问了一句，“小甘，你今年多少年纪？”

“二十八岁。”甘婧回答。

“看不出么。小姑娘白皮子，显小。”徐丽美笑了一下，经过行政部进入自己的办公室。

坐在胡粉花对面的艾米收起对徐丽美的笑脸，示意甘婧回座位。经过大半年相处，甘婧感觉，艾米人并不坏，在自己晕倒后，是她安排司机将自己送到医院救治，预交了住院费，并一直守候到转醒才离开。但不知为何，甘婧总感觉她冷冰冰的。就如百合所说，尽管她是做人事的，但一点人气都没有。

在动身前往主题公园的前两天，胡粉花将身份证一一发还大家。组员们拿到身份证后，都感谢了一声放入包中，只有甘婧在心中暗暗盘算一下，办住宿只需要将身份证复印件传过去而已，传几份复印件，不要用一天一夜吧。

在动身前往主题公园所在城市当天，正和同事们奋力将电脑、模型、测试机器搬上中巴车的甘婧被屈志华叫到一边，他通知甘婧，三天后，环宇董事长佟仁义一行将到上海公干，何其多安排徐丽美、桂望国、房莺、甘婧、屈志华和他一起请佟仁义吃晚餐。

“何总从美国回来了？”甘婧问。

“今天下午到浦东机场。”屈志华回答。

“佟董是投资方董事长，他不要去西部现场看看项目实施情况吗？”甘婧问。

屈志华笑了一下，“你也说了，他是投资方，还是董事长，作为投资方领导，具体工作当然是批准投入资金，那个姓成的经理和姓白的主任，才是项目的具体负责人。”

“哦。那他就是不去了？”甘婧皱了皱眉。

“那也不一定。去不去，主要还是看他自己的意向。”

屈志华拍了拍甘婧的手臂，满脸堆笑地说，“以后有什么不懂的地方，尽管来问我。”

甘婧有些吃惊地看了看屈志华，不明白他为何突然对自己这样友善。想了想，又问，“接待好佟董后，我可以去主题公园看看吗？为它辛苦了大半年，我很想看到它正式面世的那一刻。”

屈志华眨了眨眼睛，“那你要问问何总。要不这样，我先帮你问问房总，房总同意的事情，何总一般来说都不会反对。”

甘婧连忙点头道谢，心中依然在暗暗诧异，屈志华为何会突然对自己如此友好。

“以后有机会，多在大大 Boss 面前替我美言几句。”屈志华说完这句话，笑嘻嘻转身离开。

什么大大 Boss？还未等甘婧细想，百合气喘吁吁地跑了过来，“听他们说你不去了？”

甘婧点头，“屈志华刚才过来说，三天后佟董会来上海视察，让我也参加接待工作。”

“那我怎么办？我们本来说好在住一间房的。我连面膜都带了两人份的。”百合气恼地说。

甘婧也是一肚子不情愿，但还是强撑出一张笑脸，“你们在那里最少要半个月呢。我这边接待完了，就向何总申请到那边去和你们会合。面膜你给我先留着。”

百合叹了口气，“只能先这样了，你到时候别忘了向何总申请啊。我们都盼着你一起去呢。”

上午九点，满载着人和物品的中巴车缓缓驶离纳士公司。甘婧跟在车子的屁股后头，拼命挥手道别。蓝祖平从车窗内伸出头大叫道，“甘婧，如果能请下假来，一定过来看看。我们吃着火锅等你来唱歌。”

甘婧大声回答，“你们一定等我。”

一直目送汽车消失在道路尽头，甘婧才没精打采地回到办公室。

一下子走了七个人，办公室明显空旷安静许多。甘婧打开电脑，随意点开一些动漫网站，有一搭没一搭地浏览着。一边写着项目总结报告，一边等着下班。

不知不觉，已是严冬。

剑齿虎项目最后阶段，甘婧逐渐从夜夜加班恢复为朝九晚五的工作时间。将脑海中的时差调整过来后，感觉体力明显变差的甘婧开始坚持清晨慢跑。

这天清晨，一走出公寓楼，甘婧就被扑面而来的冷风刺激得打了一个喷嚏。

甘婧搓了搓脸，边小步跑动边拉起运动衫拉链。

这是甘婧在上海经历的第二个冬季。

真正经历了上海的春夏秋冬后，甘婧感觉，冬季的天空其实有着夏春秋无法比拟的空灵之美。与春季和秋季澄清碧蓝的天空相比，上海夏季的天空总像是在碧蓝中掺杂着牙白色底子。在夏季极热的午后，连云朵也被拉扯成一丝一丝的碎絮。那惨淡的白，其实是杀气腾腾的暑热之气。而在极冷的冬季，辽远的天空中则有一点点略带轻灰的牙白，这点牙白却让透明的阳光变得冷而脆，让天空也变得很空灵。

跑至明月路那家私人会所之时，甘婧突然想起一年前在此初遇赵闽时的情景：赵闽一脸忧郁地抬腿跨入车内，她凭着对赵魏祺的面部印象在后面一路狂追。

上天在做每一件事时，其实都为当事人后面的生活埋下伏笔，如果不是他们兄弟的面部特征极为相似，甘婧怎么能在对赵魏祺的人生基本一无所知的情况从茫茫人海中认出他的兄长，又一步一步走进他与唐红果儿的人生？

耳中塞着耳机，脑海中念头翻滚，不知不觉中，已经跑到赵魏祺在碧云社区的别墅区。甘婧停下脚步，习惯性地打量了一下周边环境，原路跑回。

再次路过明月路时，看着那家私人会所的红衣保安，再次想到赵闽，甘婧突然想起一桩小事：从赵闽最后一次打来电话至今已经过去十天了，不知为何，上次在电话中提醒要一直保持联系的赵闽都没再与她联系。

不仅赵闽没与她联系，这十天中，她的手机一直静悄悄的，似乎连条短信都没有。

曾有一个在噩梦中醒来的夜晚，一头冷汗的甘婧突然很想和赵闽说说话，但手指已经放到键盘上，看看时间，一时计算不出大洋那边是白天的哪个时段，又打消了念头。

想到这里，甘婧停下跑动，拿出手机看了看，想拨个电话，却又怕打扰到赵闽，只好又放回到口袋中。

# 第十六章

浦东下沙烧卖馆内一张简陋的木桌旁，何其多、房莺、徐丽美、桂望国四人两两对坐。桂望国先给几人倒好水，这才搓着被寒风吹得冰冷的双手快步走到灶前，催促正在包烧卖的两名阿姨动作快一点。

阿姨一边手法娴熟的将拳头大的烧卖放入手边蒸笼，一边热情应和，“好了好了，马上就好。”

桂望国没动，直到盯住阿姨将两笼刚刚出锅的烧卖端过来，这才回到桌边坐下，笑说，“何总，趁热吃。这烧卖和上海市区的不一样，馅是冬笋和肉，不放糯米，味道又鲜又脆。”

“听说有人还给吾伲下沙烧卖申请了浦东非物质文化遗产。”送烧卖的阿姨笑，“挺好，原先烧卖两元一只，基本上只有吾伲本地人吃，现在卖三元还供不应求，都是浦西过来尝鲜的。如果再评个上海的奖，价佃还会涨。”

何其多敷衍地笑笑，“现在，只要和文化搭上边，价格就会上去，不管是牛腩，还是烧卖。”

“现在人都营养超标，普遍血脂高血压高，啥人欢喜天天吃这个，都是大肉，吃也消化不了。”桂望国说。

“也不是这样说。”何其多停下筷子，若有所思地说，“我就很喜欢吃。可是家里穷，小时候，一年到头也吃不上一顿。”

房莺点头，“小时候能吃一顿肉，真是要开心许久。”

何其多转向房莺，一口流利沪语，“房总，侬生长在上海，是城里人，小辰光条件再差，也总有口饭吃，想象不出阿拉这种出生在山里的孩子有多苦。”

房莺恭敬地回答，“何总您不容易。”

何其多无所谓地笑笑，“房总你也不容易。”

徐丽美插了一句，“老何，你从老家到上海有三十年了吧？”

何其多凝神算了一下，一笑，“可不，整整三十年了。时间真快，一转眼已经是老头子了。”

“三十年前的上海，也与其他地方差不多。”徐丽美回应，“吃喝住行全要凭票证。不过当时大家贫富都差不多，人心还没有像现在这样浮躁，所以幸福感反倒比较强。”

“从古到今，都是不患寡，而患不均。”何其多点头。

“老何，我记得你说过，你小辰光是在皖北乡下长大的，那地方条件现在好些没？”徐丽美问。

桂望国接过话题，“比三十年前要强些。穷的人家草层换砖房了，富的人家就草屋换楼房。不过没什么人住。年轻点的都到外面打工去了。一年到头，就过年辰光热闹些。”

“你怎么知道？”房莺问。

桂望国笑一下，“上个月岳母娘病了，我陪腊妹回了一趟乡下。阿哥晓得的。”

何其多赞许地点点头，“阿桂比我这个当儿子的强。”

桂望国赶紧起身，恭恭敬敬地说，“阿哥您讲什么呢，我这一切都是应该的做的。”

何其多抬手做个下压动作，示意桂望国坐下。

桂望国坐下，突然笑了一下，“想当初，我与腊妹结婚，我姆妈还要死要活的反对。现在，她吃的穿的用的，全都是我给的。我的，也都是阿哥给的呀。”

“可以理解。当时阿拉太穷。”何其多淡淡接道。

徐丽美看出何其多的神不守舍，体贴地转换话题，“老何，很少听你讲你小辰光额事体，讲些来听好吧？”

何其多端起随身携带的茶杯，轻轻喝了一口，“有调查说，喜欢回忆往事，是衰老的标志。”还未等三人接话，他将目光投向小店外面的马路，“想起来，那都是几十年前的事体喽。”

房莺、徐丽美、桂望国都停下筷子，静候何其多的下文。

何其多第一次踏上上海的土地，是在三十年前。

当时，中国刚刚宣布向世界打开国门不久。上海也失去曾经光耀远东的大都市光环多时，与国内大多数城市一样，过着计划经济下的紧巴日子。但是，当二十岁的何其多第一次走在上海街头时，还是被堪称壮观的自行车流和远远超出他想象的时髦观感所震撼。

何其多家乡在皖北大山深处，地薄、人多，家家户户都在温饱线上下挣扎，许多人家只能负担子女勉强读完小学，便再无能为力帮助孩子进入更高一级学校继续读书。何其多的学习成绩并不是村里最高的，也不是惟一一个考上大学的孩子，却是惟一一个能走出大山、来到上海读大学的孩子。

作为家中六个子女中惟一一个男孩，何其多身上不仅仅寄托着父母改变人生境遇的梦想，也担负着三个姐姐和两个妹妹走出大山、过好日子的期望。

因为路费太贵，父母没有送何其多到大学里报到，用省下的路费为他在县城买了一件体面衣服。

穿着这件全村最贵的衣服，何其多一路走，一路打听，走进学校，成为大学一年级新生。二十岁的何其多又瘦又干，巴掌大的脸上常常露出营养不良的青灰颜色，因为家境贫寒，又来自偏僻乡村，他一直很自卑，极少与同班同学交往。

为了节省开支，何其多寒暑假都在上海打零工。大三那一年，电影《少林寺》风靡全国，瘦小自卑的何其多被电影中的高超武功所震撼，他拿着从饭费里省下的钱独自一人去了河南少林寺。

少林寺没有收留何其多，但何其多自己找到一条习武之路，留在少林寺旁边一家学校学习棍法。九月，何其多回到学校。大四学期一开学，他就在学校的公告栏里贴出一张手写的公告：招募热爱武术的同学，一同筹建建校以来的第一个武术社团。社团成立后，何其多被团员们一致推选为团长。大学武术社团团长的经历改变了何其多的性格，他渐渐由自闭变得开朗。出于热爱，还自费购买了一套太极拳教材，自学了陈氏太极拳。

转眼大四毕业，何其多被分配到上海一家中学当数学老师。在这所位于闵行区的中学里，何其多当了三年中学教师。在同龄的本地人还住在父母家中好吃好喝谈恋爱劈情操之时，何其多已经开始负担老家亲人的生计。他明白，自己能在异地他乡拥有一份固定薪水、一份工作，是牺牲了其他几个兄弟姐妹前途的结果。

因三个姐姐都已经在家乡成家，何其多决定先将两个未婚妹妹带到上海，如果妹妹们能在上海结婚成家，就等于何家在上海有了三个家庭。三个家庭，也是三个接待站。到时候，老家如果还有其他人想来上海讨口饭吃，不仅他自己的接待负担会小许多，帮老家人解决问题的机会也多了三倍。

这年暑假回乡，何其多买了半只黑毛猪，让两个妹妹与他一起回到上海。

学校食堂管理员收下何其多的半只黑毛猪，将何腊娣、何腊妹两人安排在食堂做杂工。

何其多的父母都很俊秀，六个孩子天生相貌好，只是后天太过寒苦，所以看着粗糙。何腊妹、何腊娣两姐妹在学校食堂工作半年后，彻底改变了原来又黑又瘦的相貌。年纪最小的何腊娣甚至可以讲几句洋泾浜上海话出来。

何腊妹比何其多小三岁，在家乡时，两人的感情也最深，对何其多更是言听计从。两年后，在何其多的撮合下，何腊妹同意了一个校工的求婚。校工名叫桂望国，初中文化，在学校筹建时，作为征地安置对象招进学校，起初是做杂工。拿到汽车驾驶执照后，成为后勤部门的一名兼职司机。

何腊妹丰满漂亮，人也开朗，迷得处于荷尔蒙高峰阶段的桂望国神魂颠倒，同居后，日日恨不得粘在媳妇身上永不起床。桂望国的贱骨头样子，让屋里老娘很不开心，她操着一口南京话，拒绝了小两口在弄堂老屋举办婚礼的要求，不仅不能在老屋结婚，连亲戚也不要参加，每当有街坊问起，老太太都是一副牙疼表情："格小赤佬骨头太轻，娶个乡下女人有啥开心。"

因为积蓄有限，桂望国与何腊妹的婚礼举行得很简陋。结婚当天，拉着妹夫的手，何其多动情地说，"阿国，婚礼好不好无所谓，都只是形式，两口子感情好最重要。没关系。以后我们就是一家人，我不仅把我大妹托付给你，小妹的幸福，也交到你手上了。你多留心，帮小妹找个上海老公。"

"阿哥，侬放心，腊妹是我媳妇，腊娣就是我亲妹妹。"桂望国将胸脯拍得啪啪响。

两个妹妹，一个嫁了，一个正在挑挑拣拣，何其多算是放下心。就在这时，"文革"后的第一波出国潮在国内涌起，一心想出去看看的何其多也悄悄加入考托福的行列中。苦读两年后，他被美国一所大学金融专业录取。

二十七岁的何其多没有丝毫犹豫，他背着比当年从乡村走出时大不了多少的行李，挥手告别前来送别的妹妹、妹夫，走进上海虹桥机场，坐上飞往美国的航班。

没出过国的同胞都以为美国是天堂。出去过又回来的，对真实情况又一致保持缄默。何其多苦笑，其实，决定你在美国到底是生活在天堂还是地狱的，基本不是学历和能力。而是你在国内攒了多少 money。换句话说，你在国内是谁，在国外依然如故。

尽管曾经有过极为亲密的关系，但徐丽美亦未听何其多讲过美国的详细经历。她好奇地问，"老何，听说第一批出去的留学生，都要刷盘子洗马桶才能生活，是真的吗？"

"差不多吧。"何其多点头，"第一批出去的留学生背后，是刚刚开放的大陆，经济尚未搞活，大家能掌控的钱都不多，不管是明星还是学者，刚刚出去时，都要做一段时间的钟点工才能维持生活。”

徐丽美点头，“在美国这种工业比较发达的国家，人工比较贵，又能及时拿薪，所以许多人要做这一行。”

“阿美这些年的国，没有白出。”房莺伸出一根大拇指。

徐丽美听出房莺的讥讽，笑一下，没有接话。

“我阿哥真是不容易。”桂望国叹，“伊是家里的独生儿子，在家里，连袜子都由姐姐妹妹洗，每次回村里，都被看得像神一样，吃饭能坐村长家的饭桌。就这样，还能在美国做苦工。我常和我儿子说，要像舅舅那样，吃得苦中苦，才能做人上人。”

初到美国的何其多，的确打过很多零工，洗过盘子、送过报纸、修剪过草坪，还种过树。不过，何其多没有在这条路上走到黑。在美国捱过最为艰难的第一年后，头脑灵活的他发现了一条独特的生财之道：教老外学功夫。

最初一段时间，每天早晨，何其多都会身着对襟白衫，手提一条长棍，在晨练人数最多的街心公园操练棍法。渐渐地，他的身后聚集起一些对他感兴趣的洋人，跟着他一起比划。看人数差不多可以凑成一个班后，何其多在学校体育馆租了一块场地，正式开班授课，教 China Gongfu。

因为何其多是本校留学生，对于他这种无证授课的行为，校方采取了眼开眼闭的方式，暗示他别出事情，没为难过他。靠着大三时在少林寺旁边武术学校学来的几脚功夫，何其多顺利完成学业、成为金融专业硕士，还支撑他渡过了长达一年的失业期。

失业期间，因为没有开班授课资格，何其多无法再靠教洋学生学习武术赚钱。而他以外国人身份拿到的文凭，很难进入美国主流金融企业。

就在何其多四处求职碰壁、积蓄即将花费殆尽之际，他才在一家规模很小的贸易公司找到一份工作，随后申请到绿卡留在美国。

何其多当年的身份地位很难真正融入到美国主流社会，他交往的主要圈子还是与他一样从国内出来的留学生或者华人。渐渐地，何其多结识了一批华人朋友，并在朋友的介绍下偶尔带带从国内来美国观光考察的旅行团。

在一次带团过程中，何其多结识了大陆一位领导。当时，浦东刚刚开发开放不久，急需各类人才参与筹划与建设，特别是精通发达国家企业经营模式的金融人才与管理人才。看了何其多提供的个人履历后，这位领导表示，愿意将他作为海外人才引进，推荐给国内企业。

何其多此时已在美国生活了五年，因为收入菲薄，他连一间产权属于自己的公寓都没有，除了偶尔同居的女友，连老婆也讨不起。尽管已经能说一口流利的英语、对各种金融贸易名词也能信手拈来，但自知仅靠一份在小贸易公司打工赚来的菲薄薪水很难在美国实现优渥生活的何其多开始认真思考自己未来的发展方向。

何其多听回国创业的师兄讲，为了鼓励留学人员回国，浦东新区专门制订了一系列优惠政策。留学人员申办高新技术企业，其增值税的地方部分、营业税和所得税可以三年免税五年减半。对于像何其多这样持有绿卡、准备加入美国国籍的留学人员，如决定在浦东任职，可以在出入境、居留方面享受便利。

师兄所说的其他情况何其多没有记住。但是，师兄身上无意中散发出的创业激情让他印象尤为深刻。经过简单的思考后，何其多决定回国。

“年轻时虽然不富裕，但心里还是充实的。”何其多叹口气，“阿桂，陪我到门口抽支烟，抽好阿拉就回去。”

见两个男人一前一后离开，房莺转向徐丽美。“阿美，新手机买好了没？”

买好了。徐丽美从腿上的名贵皮包中拿出一只崭新手机，递给房莺，皱眉说道，“这小姑娘警惕心很强，我身份证迟还了一天，其他人都没发觉，只有她专门跑到行政部来问东问西。”

“别小看她。她以前可是警察。”房莺哼了一声，停了停，又问，“她发现你换了她的手机卡吗？”

“应该没有。我试了试，她的这个号码一直能打通。”徐丽美回答。

“这几天有什么重要信息吗？”房莺满意地点点头，随口问道。

仿佛为回应房莺的问题，新手机传来一声巨大的短信息提示音，房莺点开，脸色突然变得青白。

半晌，她才抬起头，“何总，您和佟总约在哪一天见面？”

何其多回答，一周后。

房莺急迫地说，“您和他说，改到明天晚上，实在不行后天。”

徐丽美疑惑道，“做啥要这样急？”

房莺没有理她，而是将目光锁紧何其多。

何其多略一迟疑，说道，“好吧。我试试联系他。”

两天后。佟仁义一行人应何其多之邀提前光临上海。

为表示对佟仁义及何其多的尊重，一早出门前，衣着一直十分随意也极少化妆的甘婧对着镜子认真选了一条漂亮裙子穿上，又化了细致的妆容，这才出门上班。

甘婧眉眼清秀，身型苗条，淡雅的气质很适合穿淑女感觉的小洋装。因此，当她一改往日的休闲装束、身着裙装出现在纳士办公区时，艾米和胡粉花原本漫不经心的眼神不由自主地直了一下。

“哟，你今天穿格套倒老灵咯。”艾米走过来，捏捏甘婧衣袖。

“就是，甘婧你应该试着改改风格，你走淑女路线其实蛮对路的。”胡粉花也凑了过来，盯着甘婧看，“现在许多小年轻都喜欢穿休闲装。我感觉，那些衣服只适合身型高大的鬼佬，我们中国人本来就瘦小，肤色又黄中带黑，穿上宽大的休闲装，不仅不休闲，反而像没休息好，透着一股子疲惫和脸脏的感觉。”

甘婧赔着笑脸，“那我以后多试试穿裙子。”

三个女人叽叽喳喳聊了一会儿，房莺与屈志华并肩走了进来。出乎甘婧意料，房莺没有对她示以冷脸，而是一反常态地走过来，夸奖她裙子漂亮。

甘婧受宠若惊地连声说着谢谢，正在讷于应答之时，房莺办公室的电话恰好响起，几人心照不宣地散开。

下午四时三十分，甘婧随同何其多、房莺、徐丽美和屈志华一同前往香格里拉酒店去迎接。

佟仁义和他的总经理助理司非利同乘一车，何其多与甘婧陪同。其他人乘坐另外两辆车。

站在曾数次出现在英国皇室重大活动中的黑色劳斯莱斯幻影旁边，甘婧惊叹了一句，这车好别致，后车门与前车门是对开的。

佟仁义双手一摊，肚子一挺，哈哈一笑，“甘小姐这么美，与这车正好配成一对。上车上车。”

个头与甘婧相差无几的司非利瘦得如同排骨精一般，坐下去很节省空间，由他陪同佟仁义坐在后排，何其多打着哈哈说自己胖，坐进副驾驶位。剩下甘婧和佟仁义，甘婧二话没说，主动坐到后排佟仁义的旁边。

三辆车组成一个临时小车队，在如织的车流中穿行。隔着车窗，甘婧不时能看到行人或者驾驶员向他们的车投来的好奇目光。

“这车要多少钱？”甘婧问。

司非利回答，“杂七杂八加起来，这车大概要人民币七百多万吧。”

何其多回头笑言，“人家说汽车是主人可以移动的房屋，佟董这车可以称之为可以移动的别墅吧。”

“唉，什么别墅不别墅的。一起玩儿的兄弟们都有，我就凑热闹买了一辆，平时也不开，放在上海的家里，像甘婧这样的美女来了我才开开。”佟仁义笑哈哈地说。他每笑一声，就拍一拍甘婧的大腿，狭小的空间内，甘婧躲也不是，不躲也不是，只好尽力将身体靠近自己那侧的车窗，掩饰性地望向车窗外。

冬至已过，白日正在慢慢拉长，尽管这样，华灯还是在夜幕并未完全降临之时全部点亮。

佟仁义顺着甘婧的目光向外望去，看着窗外几乎堪称移步换景的豪华景致，忍不住赞叹了一声，“前几年的世博会，让浦东的城市建设起码提速二十年。”

司非利接道，“上海经济情况好呀！有钱。”

"现在地价这么贵，我看新闻，国内没几天就会出现一个所谓的'地王'，应该说很多地方政府都有钱，就看他们想往哪个地方花了。"何其多说。

佟仁义摇头，"你看看现在能当'地王'的，有几家是私企。做房地产的水太深，地价贵、资金盘子也大，像我们这种靠房地产起家的私企都承受不起转行了。"

何其多笑，"佟董您也未必当不起'地王'，只不过要看您愿意不愿意当。"

司非利接道，"佟董倒不是转行，而是扩大经营，文化产业是政府重点发展产业，前景肯定好。"

"那倒是。就拿动漫产业来说，我记得前些年一打开电视，里面播的就是外国的动画片，现在你看看，那么多电视台，还有几家在播外国动画片？这明摆着政府让我们这些国内做动漫的赚点钱嘛。"何其多笑，"不过，就是看动画的国内孩子可怜点儿，因为有些国产动漫内容明显比他们还幼稚。"

"严格地说，何总你也不是国内的，你是出口转内销产品。"佟仁义拍拍甘婧，凑到她耳边笑着说，"像我们这位小美女才是正宗国产自用品牌，对吧？"

何其多和司非利哈哈大笑，甘婧也跟着笑。

"你觉得小孩子送到美国去怎么样？"佟仁义问何其多，"我小儿子最近吵着要去美国读书。"

"他在国内读书成绩怎么样？"何其多问。

"就是不怎么样，才想着出去。"佟仁义苦恼地一笑，"这小子是我老婆年纪大了后生的，四肢发达，头脑简单，我觉得他先天智力发育就他妈不太良。"

"哦。那很适合去美国。"何其多回答。

"嗯？"佟仁义疑问。

"因为美国本身就是一个四肢发达、头脑简单的家伙。没啥文化，天天梦想着拯救人类、拯救地球、拯救宇宙。大傻子一群。"

佟仁义似笑非笑，“老何，你这是变着法骂我，我可听懂了啊。”

甘婧跟着补台，“何总这是把真相剖析给您听呢，佟董。”

佟仁义点头，“也是。这世界上真正心眼多的，还就是我们中国人。不过这点心眼都用在占小便宜上了。没办法，从小穷怕了。”

说话间，车行至正大广场，甘婧扭过头，笑着对佟仁义说，“佟董，您天南海北走了很多地方，今天我们请您尝尝上海本邦菜。”

何其多接话，“是呀，这家店是甘婧精心给您挑选的，既要本邦菜，又要味道好，还要环境好，又要和佟董您的家乡菜口味相差不能太大，她很是花费了一点心思的。”

甘婧很识相地接过何其多话题，“2004 年克林顿访华时曾到老城隍庙那里的绿波廊就餐，我们今天要去的‘廊亦舫’就是绿波廊的管理公司开设的新店。”

“好。好。浙沪的菜系有许多都是相通的，美女选的菜，我一定爱吃，美女选的地点，我一定喜欢。”佟仁义笑不拢口。

一行人走进装修古香古色的包房，迎面而来的便是一大扇落地窗。窗外，黄浦江在两岸高楼的夹伺中默默向东而去。

已先一步到达的房莺见到四人进来，连忙巴结地为佟仁义拉开座位，“佟董，您坐在这里，可以看到浦江夜景。”

“好。”佟仁义坐下后，一指旁边的位置，“美女，你就坐这吧。”

房莺瞄了一眼甘婧。

甘婧不敢坐，征询地看看何其多，何其多点点头，“你坐吧。”

甘婧这才坐下。

“甘婧酒量很好，过下让她好好陪您喝几杯。”房莺迅速换上一副笑脸，一手搭着佟仁义，一手搭着甘婧，非常亲昵地对佟仁义笑言。

佟仁义大笑着说好。

房莺倒没有食言。菜品还未上齐之时，落地窗外的景致已在甘婧眼中变得模糊。房莺和何其多花样百出的劝酒方式让她以极快速度喝下大量白酒。

情知已经醉酒的甘婧想趁意识尚且清晰时将胃中还未完全吸收的酒吐出来。她借口去洗手间洗手，站起身来向包房外走去。

坐着还好，猛一起身，甘婧感觉酒气一下子涌上头顶，双眼竟然开始模糊，她扶着门框站好，摇摇头努力甩掉些酒气，可眼前的景物依然不甚清楚。

“我陪你去。”佟仁义也跟着站起身来。

“你扶着我吧。”佟仁义伸出胖胖的胳膊，示意甘婧扶着自己。

甘婧本想拒绝，可又一阵恶心泛来，她低声说了句谢谢，双手扶着佟仁义的胖胳膊，像盲人一般，闭着眼向卫生间走去。

冲进卫生间，甘婧反手锁上门，趴在马桶上翻江倒海地狂吐起来。

直到胃中已经空空荡荡，她才站起身，冲好马桶，走到洗手池旁洗脸。

因呕吐过于用力，甘婧的眼底皮肤较薄处浮现出一粒粒充血点，在她酒红褪去的脸上，显得格外刺目。

连洗了几把脸，甘婧感觉清醒了许多，她又重新梳了梳头发，这才走出卫生间。

卫生间门口，佟仁义双手叉在裤袋中，像只企鹅般挺着肥肚子，焦急地等着她。

“好些没？”见甘婧走出来，佟仁义问道。

甘婧哑声说了句谢谢，给了佟仁义一个感激的笑脸。

“去那边稍微坐一会儿吧。让我把酒气散散，一会儿进去肯定还要喝。”甘婧指指一旁的沙发。

佟仁义点头说好。

坐下后，佟仁义看到甘婧拿出手机来，有些迟疑地问道，“美女，你的手机号码换过吗？”

“没有啊。在上海工作后，一直用的都是这个手机号码。”甘婧回答。

“这几天我一直在打你的电话，也发了短信，可你一直不肯接听，也没回信。我以为你手机号码换了呢。”佟仁义说。

“这几天您打过我电话？我没接到过您的电话呀。”甘婧吃惊地说。

“不可能吧。”佟仁义摇头，“美女不想见我很正常，可说没接到我的电话就不正常了。”

“是不是我手机停机了……”甘婧沉思了一下，“要不您再打一下试试看？”

说着，她将手机放到两人中间，示意佟仁义拨打一下看看她有没有说谎。

佟仁义有些不相信地看看甘婧，真的开始拨打手机，片刻，他将手机递到甘婧耳边，手机听筒中传来接通的声音，可甘婧的手机却寂静无声。

甘婧疑惑地看看自己一直拿在手中的手机，心里想，也许是佟仁义将自己手机号码按错了，于是，她自己一个数字、一个数字在佟仁义的手机上输入自己的手机号码，再次按下拨号键。

听筒里再次传来接通的声音，可她的手机依然寂静无声。她又拿起自己的手机拨打佟仁义的电话，听筒中，只有空旷的电流声。

“这是怎么回事？”她一脸茫然地看着佟仁义。

“你真的没换号？”佟仁义狐疑地看着甘婧。

甘婧摇头，她想了想，借来佟仁义的手机拨打中国移动的人工服务台。

接听电话的男士在一一核对甘婧的登记情况后，给出一个让人出乎意料的答案：“甘婧女士，十日前，您曾到位于浦东迎春路的中国移动营业厅办理过号码挂失，用的是您本人的身份证。在新 SIM 卡生效后，您挂失的旧 SIM 卡同时停止使用。”

甘婧目瞪口呆。

怎么样？服务台怎么说？一直在一旁等消息的佟仁义追问。

“哦，”甘婧平复了一下情绪，轻描淡写地说，“他们说我的手机 SIM 卡坏掉了，让我赶紧去换一个。”

“怪不得嘛。”佟仁义恢复了笑脸。

“哈，我们到处找，原来你们俩人躲在这里。”房莺一边大声说着，一边向两人走来。在众人注视中，她一手一个，将佟仁义与甘婧一同拉回到包房内。

包房内，新一轮劝酒接着上演。

佟仁义出身贫苦，十二岁跟着同村的师傅学木工手艺，一步步走出小乡村，走向广阔世界。他能从小木工成为小包工头，再从小包工头成为小房地产商，再从小房地产商成为大老板，三十多年没少在酒桌上拼杀，酒量自是操练得十分了得。在纳士几人的轮番轰炸下，仍然能保持半醒状态。

在向何其多回敬时，借酒盖脸的佟仁义半开玩笑半认真地说，“何总，甘婧这个小丫头我很喜欢，你帮我想想办法，需要什么条件才能把这个美女吸引到我们公司来？”

何其多一端酒杯，“条件很简单，再干三杯酒。”

佟仁义摇头，“去你妈的再干三杯，他妈的你净说瞎话，不是你舍不得吧？”

何其多脸上滑过一丝不易觉察的苦笑，“以前我可能会舍不得，现在我哪他妈有资格舍不得呀？你想要人，自己对她说。我这里没问题，全力配合。”

甘婧见战火又烧到自己这里，连忙装作又要去洗手间，被徐丽美一把拉回，“美女，房间里就有洗手间，你先和佟董喝了这三杯，然后就在这里洗手，不用专门跑出去。”

众人哄堂大笑。

三杯下肚，甘婧感觉刚刚有些清醒的意识再次模糊起来。她本能地推开不知是谁举到她面前的酒杯，大声说着不能再喝了。可还是硬被灌进了几杯酒。

这一次，甘婧彻底醉了。她强睁着双眼，小声说我先趴一会儿，你们聊，便推开面前的杯碗碟筷，一头趴了下去。

原本想着能与美女有进一步接触的佟仁义又抵挡了一阵后，也不胜酒力醉倒在座位上。

见主宾都已醉倒，何其多宣布散席，大家改日再聚。随后，何其多、徐丽美和桂望国同乘一车离开。离开前，他反复叮嘱房莺和屈志华要将甘婧安全送回家后，两人再回家休息。

因为屈志华和房莺也喝了酒，何其多让自己的司机给三人叫了一辆出租车进入正大广场地下车库的电梯旁等候。

已提前从公司人力资源部得到甘婧住宅地址的房莺没有过多推脱，与屈志华合力扶着甘婧坐进出租车后，熟门熟路地报出了甘婧的住址。

屈志华也喝了不少酒，对于房莺这个反常举动，并没有深想。

十五分钟后，出租车停在甘婧小区的门口。

看着浑身瘫软的甘婧，屈志华想下车帮房莺将她一起扶上楼。

“哪能？人家小姑娘屋里你也想去白相？滚你自己屋里困觉去！”房莺吃力地将甘婧拖下车后，狠狠瞪了屈志华一眼。

“我不是怕侬辛苦嘛。”屈志华讪笑着解释着，将已经伸出车外的脚缩回到车内，示意司机开车。

目送屈志华乘坐的出租车消失在街角，房莺拦腰扶着甘婧又走到街边，挥手拦下另一辆出租车。

路，远得好像没有尽头般。残存着一丝意识的甘婧不停地呻吟着头好痛，司机看看房莺，再看看甘婧，疑惑地问，“阿姨，是不是侬女儿老酒吃多了？”房莺用沪语回答，“不是，伊是阿拉屋里厢小阿姨，和同乡鬼混喝多了，我好心把伊接回去。”

司机连声称赞房莺心地善良，顺带着斥责小保姆的不懂事和不自重。

一路上喋喋不休的出租车司机在将两人送至目的地，又主动下车帮助房莺将甘婧背进保姆房安顿好，这才收了车费离开。

刚开始，甘婧还能感觉到汽车疾驰带来的眩晕，努力压抑着自己翻滚欲出的呕吐。等身体彻底放平，紧绷的神经猛然放松下来，才感觉到酒意的阵阵翻涌。“谢谢你们送我回家。”她含糊不清地说完一整句话，脑海中先是一片空白，接着堕入无意识之海，沉浮几下后，彻底失去了意识。

# 第十七章

浦东金桥公寓门口。房莺拖着醉酒的甘婧刚刚钻入出租车，一辆黑色奔驰轿车从杨高中路路口转了进来，稳稳地停在出租车后面。

车辆停稳，戴白手套的司机下车拉开后车门，赵闽走下来。出租车喷出一股烟，向碧云路方向行驶而去。赵闽伸手挥去出租车留下的气流，举步向公寓内走去。

一楼大堂，赵闽停下脚步，“我找一下四楼的甘婧小姐，您能帮我呼叫一下吗？”

保安上下打量一下赵闽，说句稍等，察看一下房间号后，拨通手边的楼内呼叫电话。半晌，才放下，“甘小姐不在，应该是没有回来。”

“她经常晚归吗？”赵闽问。

因吃不准赵闽的身份，保安小心翼翼地回答，“公寓里往来的客人太多了，我没留意。”

“那可以告诉我甘小姐今天离开的时间吗？”赵闽向后做了个手势，驾驶员小步走过来，将几张百元钞票卷成一卷，飞快地塞入保安口袋中。

保安满面笑容，“您稍等，我帮您看看闭路电视。”

“哦，有了。甘小姐最近一次出门，是今天上午，您看，这不是吗？”

赵闽凑近电脑屏幕细看，电梯内，甘婧穿着一身合身的连衣裙站在电梯厢后部，身姿俏丽，长发披肩。

赵闽叹口气，点头向保安致谢。

三天中，赵闽曾数次拨打甘婧的手机，不知为何，手机线路是通的，但一直无人接听。

步出金桥公寓，坐进轿车，赵闽思索片刻，拨通何其多手机号码。电话接通，听筒内传出一个刻板女声，“对不起，您拨打的手机已经关机。”

赵闽眉头微蹙，靠在椅背上，久久没有说话。

夜色中，黑色轿车犹如一艘抛锚的小舟，静静泊在路灯的海洋中。

四个小时后。甘婧在剧烈的头痛中醒来。如以往的宿醉一样，甘婧醒来的第一个念头是想喝水。

半醉半醒之间，甘婧习惯地往右手边的床头柜摸去，平日放水杯的地方空空如也。

甘婧翻了个身，睁开眼睛，眼前不仅没有水杯，连她平日熟悉的天花板和八角型的顶灯也没有看到。

这是哪里？

甘婧摇摇欲裂的头，向四周张望了一下。这个房间不大，布置得也十分简洁。除了她身下这张床，屋内只有简单的一桌一椅，桌旁一架落地灯，幽幽地亮着。

甘婧抬起手看表，凌晨三时。

凌晨三时，在一个不是自己的房间醒来！这念头一出，甘婧吓得猛然从床上坐起，彻底从宿醉中清醒过来。她迅速从床上翻身坐起，检视了一下自己周身的衣物，看看一切都在，这才慢慢下了床。

出了房间后，甘婧才发现自己住的是个别墅房，她站的地方是二楼，在她旁边，一架没有上漆的原木楼梯盘旋着通向一楼。

这是谁的房子？甘婧四处打量了一下，墙上、桌上都没有发现普通人家惯常摆放的照片。

“你醒了？”一个声音突然在楼下响起。

甘婧顺着声音看去，惊讶溢于言表，“房总，是您？我是睡在您的家？”

房莺打量了一下甘婧，示意她下楼来。

甘婧点点头，用手指将头发理了理，赶紧跑下楼。

房莺也穿着昨夜吃饭时的衣服，一身酒气地坐在一楼的沙发上，好像一夜未睡。

“房总，昨天是您把我弄上楼去的？真是麻烦您了。”甘婧站在房莺面前，一脸的不自在。

房莺不说话，只是用眼角瞄着甘婧。

“这是您家里呀？昨天回来，是不是吵到您家里人了？”甘婧问。

“您家布置得真有特色，好像是简单装修吧？不过很有特色，蛮好的，简洁，还挺大方。”甘婧说。

“佟董、何总他们都回去啦？他们喝多了没？”甘婧堆着一脸笑，没话找话。

“他们没你喝得多。”房莺总算回答了一句。

“呵呵，我太失礼了……谢谢您收留我一晚，我先回家了。我想洗个澡，再换件衣服。”甘婧笑着往外走。

走到门口甘婧才想起，现在是冬夜的凌晨四点，正是一天中最黑暗的时刻。

“您家附近应该有出租车吧？”甘婧说着伸手去开门。

门并没有应声而开。

甘婧用力扭了扭，门锁纹丝不动。

门用钥匙锁了。房莺淡淡地说，“你打不开的。”

甘婧笑着转身，“那麻烦您用钥匙帮我开一下好吗？”

房莺指指对面的沙发，“你坐，我想和你聊聊。”

甘婧没有动，仍然站在门边等着。

“你不是一直在打听唐红果儿的事情吗？你坐，我来告诉你。”房莺轻声说。

甘婧感觉冷风在耳后泛起，她努力笑眯眯地看着房莺，“房总，我们改天聊，我现在困极了，要回家换件衣服再洗个澡。”

房莺直视着甘婧的双眼，轻声说道，“怎么，你不想听唐红果儿的事情了？你千里迢迢从武汉到上海，不就是为了寻找唐红果儿的死因吗？对了，还有赵魏祺。”

房莺突然诡异地笑了起来。

甘婧紧张地看着房莺，被酒精浸泡了一整晚的大脑开始飞速运转。她不知道房莺到底知道多少，是诈她还是哄骗她，于是谨慎地看着房莺，没有接话。

“过来。”房莺指指对面。

甘婧背靠房屋大门，站着没动。

“过来！”房莺突然大吼一声。

甘婧吓得一哆嗦，手伸到衣服口袋里紧紧抓住那只根本拨打不出去的手机，想，如果房莺动手，就用手机砸她。

“你和唐红果儿什么关系？”

“是小时候的同学。”为了打消房莺的敌意，甘婧努力挤出一个干涩的笑容，“我们老家在一个地方，小时候是同学。”

“远房亲戚？”房莺摇头笑了笑，“你去骗骗蓝祖平那样的傻瓜还可以，一个小时候的同学会让你放下好好的工作和生活到一个陌生地方打工？”

“我是到公司工作后才知道唐红果儿也在这家公司上过班。我们平日没有联系。”甘婧小心地为自己辩解。

“没有联系？你的手机中怎么会有她和赵魏祺的合影呢？”房莺盯着甘婧，轻声问道，“你能回答我吗？”

“是唐红果儿的妈妈发给我妈，我妈再转发给我的。”甘婧快速答道。

“这么说，你根本不认识赵魏祺？”房莺嘲弄地看着甘婧，声音略略提高。

“不认识。”甘婧这次倒是实话实说。

“那你怎么会认识赵魏祺的哥哥？”房莺突然一拍桌子，猛地吼了一声。

甘婧感觉脑海中轰一声响。

“说啊！”房莺叫道。

甘婧慢慢抬起头，直视房莺，“房总，您为什么说我认识赵魏祺的哥哥？”

房莺冷笑了一声，“我想以你的智商，你应该已经知道你的手机被停机了吧！很简单，用身份证可以将手机挂失，再重新申请手机卡，重置密码，然后，可以打出你以往的通话单。”

甘婧吃惊地盯着房莺，“原来是你偷我的身份证将我的手机申请停机了。你这是犯罪你知道吗？”

房莺反问，“犯罪？你有证据吗？”

甘婧冷静了一下思绪，沉声说道，“信不信由你，我和赵先生是在酒吧里喝酒认识的。一开始我也不知道他是赵魏祺的哥哥。”

房莺问，“哦，竟然这么巧。你碰巧和唐红果儿是同学，又碰巧在酒吧里认识了赵魏祺的哥哥，碰巧他哥哥认识你后，就开始对公司明察暗访，那么，他调查公司的运营情况，也是你碰巧给他出的主意吧？”

甘婧摇头，“不是。我没这么大的影响力。”

“那么，赵闽发给你的‘为何不接电话？房有可疑，速回电’，是怎么回事？”

甘婧紧捏着手机，克制着自己被揭穿这一刻的恐惧和微微的颤抖。

“这么说，公司的经营情况的确有问题？”甘婧问道。

“烂污女人，你知道什么经营情况？你懂什么叫经营情况？”房莺怒吼了一声，突然抓起手边的玻璃杯向甘婧脸上砸去。

来不及躲闪的甘婧被砸得额角一阵剧痛，用手一摸，手掌都是血。

“你干嘛砸我？”甘婧一边捂着额角一边向前跨了一步。她手臂肌肉因高度紧张不由自主地轻微地抖动着，准备伺机上前，将房莺扑倒。

“你还装可怜。你还装可爱。你以为我是谁？我能吃你这一套？怪不得你看不上佟仁义。你比当时的唐红果儿可高明多了。她还只是勾搭一个富豪的家人，你直接就搭上富豪了。”房莺也跳了起来。

“你说话不要这么难听。什么叫我搭上富豪了。”甘婧辩解，“再说，我搭上谁和你有什么关系？”

“你搭上谁是和我没关系，但是你过于关心赵魏祺的死因就和我有关系！”房莺恢复平淡语气。

“哦？你是说赵魏祺真的死了？”甘婧捂着额头的伤口，吃惊地问，“你是说赵魏祺不是失踪了，而是真的死了？你怎么知道？”甘婧盯着房莺。

房间陷入寂静。

渐渐地，房莺的双眼变得血红。她腮边的两条肌肉在脸颊上不停抽搐，声音开始尖利，“从你第一天面试开始，我一看你那双狐狸眼睛，就和何其多说过你不是个好东西，让他早点把你赶走，可是他一直不听我的，说你眼睛里有故事，很像他大学时暗恋过的一个女孩。还说我过于紧张，是神经过敏。我真没想到，这公司最后真的会毁在你的手里。”

甘婧看着房莺，平静地说道：“房莺，我并不是您想象中的那种人。我想，您可能对我有点误解。没关系，等您醒酒后我们再谈。”说着，甘婧向房莺伸出手，小心翼翼地又向前跨进一步，“钥匙。”

房莺的脸色变得更加阴沉，“听说你当过警察？不知道反应能力怎么样。”就在甘婧的手即将搭住房莺之际，房莺突然站起身来，迅速抓起立在沙发边的高尔夫球杆横手胸前。

甘婧盯住房莺，“你想干什么？”

房莺扭腰，抬臂，微微转身，大叫一声，用力向甘婧挥去。

甘婧本能地举手抵挡，手臂上重重挨了一下，尽管穿着厚厚的冬衣，但疼痛仍然迅速传全身。

“你住手。”甘婧负痛将手中唯一可以作为防身武器的手机向房莺头上砸去。

房莺一偏头，手机砸在房莺右肩，“咚”地掉到地上。

“小 × 养的，你竟然敢打我！”房莺怒吼着挥出第二杆。

“你这个狐狸精！跟男人上床不要钱的下贱女人！竟然敢打我！竟然敢打我！！”房莺一边叫骂一边挥出第三杆、第四杆、第五杆、第六杆……

甘婧没有机会反抗，只能曲身抱头在地上左右翻滚，尽管保护头部不被击中。

“房莺是我看到的惟一可以打完十八洞的女人。这女人的体力比许多男人都强。”

失去意识前，甘婧脑海中突然响起何其多略带美国腔的清朗声音。她尽力滚到沙发旁，将头部努力挤到高尔夫球杆挥不到的两张沙发的夹缝处，晕死过去。

看到甘婧晕厥，房莺又冲上去狠狠打了几下，这才怒气冲冲地扔掉球杆，到厨房的地上拿起一罐啤酒，拉开拉环，坐到椅子上喝了一口。

“小婊子，自以为搭上大老板就可以登天了，做你妈的美梦。”她气呼呼地骂道。

扔下啤酒，房莺站起身来，拖住甘婧的手臂，将她拉到厨房楼梯间，从疼痛中醒来的甘婧反手抓住房莺，哑声叫道，“你想干什么？”

“干什么？”房莺居高临下地低下头，阴森森地说，“你和你姘头不是一直想找到赵魏祺吗？今天我就满足你的要求，让你去那边找他。”

“赵魏祺真是你杀的？”甘婧从底下盯着房莺不住翻动的鼻孔，哑声问道。

房莺冷笑了一声，甩开甘婧的抓着自己的手，后退一步，然后飞起一脚，甘婧一声惨叫，顺着楼梯滚落下去，重重撞到地下储藏室的铁门上，再次昏死过去。

房莺慢步走下楼梯，伸手扭开地下储藏室的铁门，将甘婧拖进铁门内，用力拉上房门，返身上楼。片刻，她拿了一串钥匙下来，将铁门反锁，又从外面将储藏室的灯关闭，这才回到一楼客厅，坐在沙发上大口喘息。

四年前，敏感觉察到上海房地产可能会迎来下一波升值高潮的房莺买下这处别墅。因为购买意图是投资，她只将别墅进行了最为简单的装修。除了偶尔会与屈志华来此偷情之外，平日极少过来。别墅区内与房莺想法相同的房主很多。因此，这片位于浦东南郊的别墅区除了有些房屋偶尔亮起的孤单灯火之外，绝大多数时间，都犹如一座豪华死城。

有些别墅的小院内，已经荒草萋萋。

房莺再喝掉一罐啤酒后，起身打扫卫生。她将沾染着甘婧血迹的沙发套全部拆下装入垃圾袋，将地上的血迹擦洗干净，茶几上被打倒的东西扶正，沾血的高尔夫球用水冲洗干净，又楼上楼下检查了一圈，这才拎起垃圾袋，关灯锁门。

车灯剪开黑暗，向小区外的公路疾驶而去。

不知过了多久，浑身是血的甘婧在疼痛中醒来。她没有马上翻动身体，而是小心地睁开眼睛，想看看房莺是否还在。

储藏室内四壁无灯无窗，漆黑一片，什么也看不见。

甘婧咬咬牙，用力撑起身体想坐起来，挣扎了两次，都没有成功。腰部的剧痛已经转为冰冷麻木，她心中一紧，那女人不会把我的腰打断了吧?

想到这里，她不敢用蛮力，勉强翻过身来先趴在粗糙的地面上，借助手臂力量，一点一点向墙边爬。

爬到墙壁边，甘婧喘息了一下，开始沿着墙壁摸索，寻找房门。

可能是选错了方向，足足爬了半圈后，甘婧才摸到冰凉的铁门。她努力伸长手臂，拉了拉门把手，门纹丝不动。已经从外面用钥匙锁死。

甘婧伏在手臂上喘息片刻，将耳朵贴到门缝处用心听外面的动静。

门口静悄悄的，没有人的走动声。但有冷风一阵阵从门缝处钻入。

房莺不在门口。而且，储藏室并不是完全密封，暂时不会有缺氧的危险。

甘婧暗暗松口气。精神略有放松，头部伤口的剧痛便猛烈袭来。她轻轻用手摸了一下，脑右侧一块骨头似乎被敲裂了，软组织肿得如小山一样。

甘婧又惊又痛又怕，竟然再次晕了过去。

两个小时后，甘婧再次醒来。她拉着门把手，借助手臂的力量将自己拉起，克制住内心恐惧，跪在地上缓慢地在储藏室里仔细摸索了一遍。

这间地下储藏室大概有十五个平方米左右，除了靠墙堆放的一堆水泥砖石外，室内空空如也，没灯光、没电话、没暖气、没食物，连一瓶水都没有。

五个小时后，被死亡恐惧笼罩着的甘婧克服了对房莺的害怕，用力拍打着储藏室的铁门，嘶声叫着救命。

没有人。厚实的地面吸收了甘婧的喊叫和恐惧，别墅犹如一座水泥坟墓，掩盖了所有的生命气息。

又冷、又痛、又渴、又饿，浑身是血的甘婧再次晕了过去。

又是几个小时后，求生欲望再次让甘婧从寒冷中醒来。

她感觉口渴，如火烧一般的口渴似乎要把她烤干焚毁。

躺在冰冷的地面上，甘婧明白了房莺的想法，这应该是房莺的私人别墅，平时没有人来。也没有人知道她曾经带甘婧来过这里。房莺想将她神不知鬼不觉地饿死、冻死、困死在这里。

流了很多血，身体又缺少水分，浑身冰冷的甘婧渐渐陷入一种迷幻状态。她看到自己躺在武汉的家中，看着阳台上晒着的粉底白花的床单，看着风从床单上经过掀起的一波波细纹，看着淡白的花在粉色的光线中摇曳。看着自己躺在床上辗转反侧，最后，她看到了爸爸。

甘毅然仍是离开那年的样子，一身合体的运动装，一把银亮的教练哨挂在胸前。他面色温和地走到女儿身边，轻轻地拍拍她的脸，“毛毛，太阳都爬过山了，还赖着不起床。快起来。”

甘婧的眼泪一下子奔涌而出，她像小时候那样向上方伸出双手，“爸爸，爸爸呀，有个女人打我。我害怕。”

“我知道，我知道。”甘毅然一边说，一边举起胸前的教练哨，温和地望着甘婧，“毛毛，要不要和爸爸一起做个游戏？”

甘婧擦擦眼泪，“什么游戏？”

“记得你小时候，每次你妈妈发脾气要打你，我都会数一二三，吹一下口哨，你就跑，你妈妈就打不到你了，我们再玩一次，好吗？你从这里，跑到门口。”

甘婧摇头，“爸爸，我不是小毛毛了。”

甘毅然摸摸女儿的脸，温和地说，“你长多大，也是爸爸心中的小毛毛。甘婧同学，准备好了，听我指令，一，二，三，跑！”一声尖利的口哨声在耳边炸响，甘婧跳下床就往门口跑，三步并做两步跑到门口，回头笑道，“爸爸，我到了。”

甘毅然温和地望着女儿，轻轻说了句，“甘婧，跑出去。”

“爸爸——”甘婧不解地叫了一声，一阵剧痛从头顶传来，原本麻木的痛感如潮水般漫回身体。她费力地张开眼，并没有爸爸。什么也没有，天地间只是一片漆黑。

再见。爸爸。我一定会活着跑出去！甘婧在心中艰难地说。她用力按了一下自己可能已经断掉的左臂，用疼痛逼迫自己清醒。然后艰难地爬到装修废料边，拿起一块地砖，用肩膀推动着，调头爬回到房门旁，拉着门把手坐直身体后，摸索着门锁的位置，用力砸去，“一，二，三，爸爸，加油！”空洞的声音在地下室回响，一下，一下，一下……

一块地砖碎裂，甘婧再爬回去挪来另一块。黑暗中，她闭着眼，如失去灵魂的躯壳，一遍一遍，机械地重复着手中的动作。

在门外新鲜空气涌入地下室那一刻，甘婧的手掌已经血肉模糊。

甘婧从地下室一级级爬到一楼楼梯间，再爬到一楼客厅。别墅的落地窗外，已经可以看到铅灰色的落日余晖。

在微弱的光线中，甘婧披头散发，浑身血污，面目肿胀，她爬到沙发旁时，抓起昨天打晕她的高尔夫球杆，用力撑起身体，摇晃着走到别墅的落地窗旁，用力挥动球杆。

玻璃应声而碎。

甘婧拖着那根高尔夫球杆，毫不犹豫地从犬牙交错的碎玻璃中爬了出去。

# 第十八章

甘婧看到赵闽时，已经是被送入南汇中心医院的第三天。

为了让甘婧能更好地休息，主治医生在静脉注射药物中加了安眠成分，最初三天，甘婧都是在半梦半醒中煎熬。

在疼痛难忍之时，甘婧不停地喊着爸爸妈妈，可意识稍稍清醒，她便拼命阻止要给她妈妈打电话的护士，“我妈有心脏病，不能受惊吓，你们给我请个好点儿的护工就好了，我大小便可以自理，不用麻烦人，请个护工帮我看着药水瓶，帮我打个饭就好。”

赵闽看到甘婧时，她头脸上伤口缝合处的肿胀仍未消退，左手臂骨折处打着厚厚的石膏，眼神也有气无力。

“婧婧，你受苦了。”赵闽看着甘婧的眼睛，难过地说，“我来晚了。”

甘婧示意护工帮她将床摇起一些，让自己半坐着，待护工出去后，甘婧才有些困难地笑着说，“你来啦。医生说长头发会影响伤口治疗，就将我的头发剪成现在这个样子……我现在很丑吧。”

赵闽微微摇头，“对不起，婧婧，让你吃苦了。”

甘婧回答，“医生说我额头上可能会留下伤疤，以后好了只能留长流海遮一下了。”喘了口气，甘婧急迫地问，“你去过公安局了吧？他们把房莺抓了吗？如果她不认，她家地上、沙发上、地下室都有我的血，可以验 DNA。警察来了好多次，可他们只是问我情况，却没人告诉我他们的进展如何。”

赵闽坐在甘婧的床头，仔细看了看甘婧头上的伤口，小声说，“放心，检察院已经以涉嫌故意伤害罪批准逮捕了房莺。”

甘婧长吁出一口气，点点头，“那就好。”

停顿片刻，甘婧小声说，“在我被她关进地下室之前，那个女人对我说，赵魏祺已经死了。”

赵闽叹口气，“警方又重新调查了当年曾和魏祺有过接触的纳士员工，他们都证明说最后一次看到魏祺时，唐红果儿还和他在一起。而在魏祺失踪前后那段时间，房莺陪何其多在外地谈项目，并不在上海。”

甘婧想了想，“那何其多怎么说？”

“他说当时他的确与房莺在外地谈项目。他还说，他小孩又病了，要回美国去处理家事。”

甘婧一下子瞪圆了双眼，“他走了？他不能走。”赵闽笑了笑，“放心，他现在被警方以配合调查为由暂时限制出境。来，你累了，先躺一下。”赵闽走到床尾，动手将甘婧的床慢慢摇下。

“对了，你上次说的发现了纳士经营方面的问题，是怎么回事？”甘婧慢慢躺下，小声问。

赵闽摇摇头，“这是小事，等你好些我们再聊。”

甘婧叹了口气，“上次你就说纳士经营方面的问题是小事，等有结果再告诉我，结果我差点和你永远地告别了。”说着，甘婧拉赵闽衣袖，“还是告诉我一点吧，好吗？”

赵闽笑了笑，细心地给甘婧牵了牵被子，这才缓声说，“纳士的经营情况如何，说真的，我一点都不放在心上。我现在挂心的，是你的身体。”

甘婧睁着青肿未消的眼睛，有些吃惊地看着赵闽，“是不是医院告诉你说，我除了破相之外，还残疾了？”

赵闽忙换上一副笑容，小声安慰道，“别紧张，你身体正在好转。我的意思是，医生说啊，那个女人下手太狠，让你的肾脏也有了问题。不过，为了最大可能减小因康复所带来的伤害，他们要观察一段时间才能确定是否要做手术。”

说到这里，赵闽的脸色微变，“上帝保佑。幸亏你身体素质不错，普通人流了那么多血，再被关在零度左右的地下室内30多个小时，早就支持不住了。”

甘婧看看二十四小时悬挂在头顶的输液袋，叹了口气，她想起在半梦半醒中，右肾脏的确一直剧烈疼痛，但因为全身的伤处都在痛，她并没有多想。

“我已经将你的一整套病历和这边的治疗方案传送到我美国一位医生朋友那里，刚刚他来过电话说，你年轻，修复力强，如果自我修复好了就不用摘除。明天他就亲自飞过来，再给你诊疗一下。所以你要好好休息，配合治疗。”

“美国的医生也能到中国来诊病？”甘婧问，“医院同意吗？”

“同意的。医院的大门，在面对复杂疾病时，是对所有医生开放的。”赵闽看看甘婧青肿的脸，突然苦笑了一下，“你真是个傻丫头，从别墅里逃出来时就剩下半条命了，还没忘记把房莺的作案凶器也带出来。警察说，他们接到保安的电话赶到案发地时，你已经深度昏迷了，可还死死地握着那根高尔夫球杆，急救医生和护士两个人都掰不开你的手。”

“我主要是为了防身，我被打怕了。”甘婧不好意思地笑。

“你睡吧，我静静陪你一会儿。”赵闽有些心酸，他将手轻轻放在甘婧的眼睛上，让她休息。

甘婧闭上眼睛，听赵闽的声音缓缓在耳边响起，“我给你申请了一个新的手机号码，顺带着换了一部新手机，那里面已经存了我的电话号码。其他你想要的电话号码，等你好些后自己导进去。不想再联系的人，就忘记他们吧。”

甘婧想睁眼睛回应，被赵闽轻轻按住，“不要动，好好休息。”

甘婧吃力地笑了一下，表示感谢。

赵闽声音低低地，“魏祺失踪这两年多，我一直认为他是去了某个我们找不到的地方创作或者是散心，从没怀疑过他会遭遇不幸，更没怀疑过他身边的人。谢谢你，给我指了一条正确的路……”

赵闽的声音很低，手心很暖，在难得的平静中，甘婧感觉血液中的安眠成分慢慢腾腾发散开来，不知不觉，竟然睡去。

一个月后。感觉自己恢复得已经相当不错，甘婧打电话通知了妈妈。

接到电话从武汉赶到上海，黄淑兰还没坐稳，就被查房换药的刘护士说了两句，“你是21床的妈妈？我们还以为她是孤儿。”

甘婧忙坐起，用已经基本恢复正常的右手臂挽住刘护士的胳膊，笑嘻嘻地解释，“刘姐姐，我妈不知道我住院的事啦！我怕她着急，就没告诉她。”

黄淑兰显然没料到女儿竟然会伤得这样重。接到甘婧的电话时，她还以为甘婧只是跌了一下，可能会伤到筋骨，因此，但当她看到甘婧吊在胸前的左手臂和头顶仍然留有伤疤的嫩红色伤口时，吓得一把捂住嘴，没哭出声音。

看着甘婧妈妈哭了，责任护士哼了一声，叮嘱甘婧要定期复诊，端起小托盘出了病房门。甘婧伸手从房头小柜上抽出几张纸巾递给妈妈，又向她旁边的男人问了声好，“张叔，你也来啦。”

被称为张叔的男人点点头。

甘婧父亲去世五年后，黄淑兰和这个同样丧妻的男同事登记结婚。对于这个瘦小、苍白的继父，成年后的甘婧一直保持着最大程度的礼貌，却无法建立父女之情。

“你坐一下吵，我把东西收拾一下，再和你张叔去办理出院手续。”哭了几分钟后，甘婧妈妈去病房内的洗手间洗了把脸，红肿着双眼扶起甘婧，让她在医院走廊的长椅上坐好，又返回病房给甘婧收拾个人物品。

“这花还要不要？”甘婧妈妈指指床头柜上的漂亮花瓶，扬声问门外的甘婧。

自从赵闽来过后，每天清晨，他在上海的助手都会安排鲜花公司给甘婧送来一小束带着露珠儿的鲜花。甘婧想了想，起身回到床房，从花瓶里摘了一朵尚未开放的粉玫瑰花苞握在手心，指指剩余的花朵说，“就让它们留在这里吧，送花的人看到它们，就知道我已经病愈出院了。”

甘婧妈妈点点头，将甘婧的个人物品归置好，又将甘婧扶到长廊长椅上坐好，这才拉着丈夫向走廊另一头的电梯走去。

甘婧的妈妈接近一米七零，与甘婧高大健壮的爸爸站在一起很般配，可是与身边这个瘦小男人相比，却显得有些高胖。在武汉街头，常常会看到这样的中年夫妻并肩走在一起，留给人温馨但又略显突兀的背影。

看着一高一低、一胖一瘦两个背影消失在电梯中，甘婧微笑了一下，将目光投向窗外。在病痛中盘桓了一个多月，不知不觉，上海的春天已经来了。入院时还光秃秃的枝干，如今已经萌出婴儿牙齿般的瓷白小芽。

一周前。外部伤势已经明显减轻的甘婧正在病床上半躺着望向窗外发呆，刚刚得知到她入院消息的百合、蓝祖平、魏元、正夫、洪杰和眉眉一起来探望她。看着几乎与床单混然一色的甘婧，众人一时不知道说什么才好。

为了打破尴尬气氛，甘婧道，“我看着不是不很吓人？我们再编一部僵尸大战剑齿虎的脚本，我可以本色出演怪兽。”

“艾玛！快别提剑齿虎了。”洪杰叹了口气，摇头说道，“咱们费的那些心血，可能要浪费了。”

“怎么了？你们不是已经去西部园区进行过现场安装与调试了吗？”甘婧不解地问，“技术方面又有新问题了？还是对方认为故事脚本还要改动？”

蓝祖平轻咳了一声，面色晦暗地说，“都不是。那个，甘婧，你还不知道吧，你知道了也别放在心上。剑齿虎主题公园又延迟开园了。啥时候能重新再开还是个未知数。”

“为什么？”甘婧问。

蓝祖平回答，“听说是两方的项目负责人都涉嫌经济问题。环宇那边的哥们儿说，去年前任佟董跳楼自杀后，剑齿虎项目本来已经被新佟董叫停，是我们何总给了项目负责人白小姐一笔巨额活动经费，白小姐才游说佟仁义重新启动这个项目。佟仁义不爱钱，惟一的喜好就是肤白女孩，白小姐和何其多联手给他奉送了好几个白雪公主才打动他。”

“甘婧，我估计白小姐和何其多当时也想把你当成炸弹去炸佟仁义的，佟仁义对你也蛮喜欢。幸亏你没上钩。”眉眉小说声，“要知道，面对一个又有豪车又有豪宅还有豪气的男人，很少会有女人不动心的。”

“那倒是。”百合笑了一下，“甘婧，说实话，那佟仁义对你又是豪车接送、又是共进晚餐的，你真没动心？”

甘婧瞪了百合一眼。

“那你出事后，他来看过你吗？”百合又问。

甘婧摇摇头，伸手去拿水。可能是动作太大，她腹中突然一阵疼痛，情不自禁地捂着肚子露出痛苦表情。

“怎么了？”百合弯下腰，担心地问。

“医生说房莺把我的肾脏打伤了。”甘婧吸了口气，又努力笑了一下，“不过，医生说我身体好，不用动手术什么的，自己可以慢慢痊愈。现在好多了，只是偶尔会痛一下。”

“真看不出，房莺这女人这么狠。”魏元摇摇头，倒吸一口冷气。

“是呀，你第二天没来上班，艾米说你突然辞职回老家了，还让行政部将你的东西收拾好放进小会议室，将你的位置空出来。”蓝祖平接到，“那天正好是我们从西部回到上海的第二天。我当时还追问你为什么会突然辞职，艾米说她也不清楚，你是向何总直接提出辞职的。”

“我们想打电话问问你情况，如果是真的，就给你举行个告别会，可你也不接电话。”眉眉接着蓝祖平的话说。

“后来再打，你手机就一直关机。”百合说。

“那之前十多天，我的电话就被他们偷偷给停机了，你们打的其实不是我的手机。而是他们重新申请的卡号。”看众人面露不解之色，甘婧解释了一下，“在我们准备去西部出差前，估计房莺通过行政部拿到了我的身份证，将我手机办了停机，然后重新申请了一张卡。这样，我的手机和卡都在，但其实已经没有用了。你们打电话时接通的是她手里的那张新卡。”

说到这里，甘婧自己都感觉程序太复杂，自己打断了话题，“嗨！这个过程挺复杂，等以后我慢慢再跟你们解释。还是你们告诉我一些公司的情况吧。”

众人沉默地听着甘婧的解释，看到甘婧期待眼神，这才反应过来，百合推推魏元，“当时你在场，你和甘婧说。”

“好吧。”魏元扶扶眼镜，低声说，“大概在听说你辞职的第三天，两名警察来到公司，说要找房莺了解一点情况。”

在接到甘婧报警当天，警方便对房莺南郊别墅进行了初步勘察，并在第一时间来到纳士公司，找房莺调查核实甘婧被囚及受伤情况。

看到警察这么快找到自己，房莺非常震惊。因为不知道别墅那边到底发生了什么情况，甘婧是死是活，所以一开始，她只是装出很吃惊的样子，想听警察给自己进一步描述一下发现甘婧时的情况。当听到警察说“一个叫甘婧的女青年在她别墅里受了点儿伤”，想请她一起回公安局配合调查时，她知道一切都完了。甘婧没有按照她预先安排的那样死去。而只是“受了点伤”。

“这是告知书，没什么问题的话，你先在这里签个字。”女警察小声招呼着房莺。

房莺低头看看女警察手中那张纸，又看看她肩头闪亮的警徽，一股绝望之情瞬间弥漫全身。被警察抓回去，结局就一个，房莺心知肚明。

机械地在告知书上签下名字，房莺听话地跟着两人往外走去，等走到办公区门口时，她突然一把将女警察推倒在地，向走廊敞开的玻璃窗冲去。窗台很高，房莺也很敏捷，几乎没费多大力气，就攀了上去。可当她俯身向下，准备一跳了事之际，眼前突然出现的高度让她猛吃一惊：那扑面而来的地面就像灰色冰面，让她还没撞击而上，就感觉到彻骨的惊恐和痛楚。而就在房莺犹豫不决之际，男警察已经追到她身边抱住她的腿，想将她从窗外拉回来。

“真的，我从没见过一个女人体力这么好。”并不了解前因，仅在现场目睹房莺跳楼拒捕的魏元说到这里，声音都不由从低转高。

听到魏元的大嗓门，甘婧邻床患肾衰竭的张阿姨重重地水杯“咚”在台桌上，“乡下人。吵死人啦。”她嘟囔了一句。

甘婧住的是间条件不错的病房，只并排放着两张床位。甘婧最初入院时，另一张床上住的是一名做肾结石手术的郁姓报社编辑。最初半个月，甘婧因为浑身是伤，在疼痛难忍之时，会在半夜低声哭泣。这位姓郁的阿姨并不嫌弃她吵了自己休息，相反在甘婧神志比较清醒时，她还会隔着两人之间的布帘低声和甘婧小声聊天，讲自己小时候在淮海路生活时的一些趣事和父辈认识的一些旧上海名人。

待甘婧的伤势好转后，这位郁编辑病愈出院。当天下午，姓张的阿姨住了进来。与郁阿姨相比，年纪相仿的张阿姨明显难以相处，而且冷漠。

甘婧连忙向布帘那边赔着笑脸说，“张阿姨，对不起，我们吵到您了。他们是我同事，说几句就走。”

张阿姨哼了一声，不再说话。

被张阿姨一哼，魏元停了下来，将声音调低，“那个男警察伸手抱住房莺的腿，想把她拉回来，房莺发了疯似地拼命踢男警察，男警察一边喝令她老实点一边往下拉她，可硬是拉不动，还被她踢了好几下。看到这种情况，男警察大声喊我们男同事过来帮忙，可——”

“你们不敢去？”甘婧问。

魏元点点头。“幸好女警察冲上去帮忙，两人才将房莺从窗台上扯了下来。房莺双脚一落到地上，就开始打男警察。男警察可能看她是个女的，又众目睽睽的，不太好意思和她动手，稳住身形后掏出手铐想将她和自己铐在一起，可两个人撕扯了足足一分钟，他硬是按不住房莺，还被抓伤了脸。最后还是女警察捉住她另一条胳膊，男警察才勉强给她戴上手铐。”

蓝祖平也吸了口冷气，“当时我们都看傻眼了，现在想想，她可真他妈有劲儿。”

“房莺的确太狠了。看你头上的伤，都一个月了，还没长好。”眉眉轻轻摸了摸甘婧的头上的纱布。

甘婧叹了口气，问，“对了，何总现在怎么样了？”

蓝祖平、魏元几个对视一眼，没有说话。

“何总也被警察带走了吗？”见众人都不说话，甘婧又问了一遍。

“哦。是这样，从房莺被公安带走后，我们也一直没见他。不过估计也凶多吉少。”蓝祖平小声说，“听说当时房莺是从宴请佟仁义的酒席上将你带走的，何总也在，他们关系那么好，应该也是知情者吧。”

“对了，警察不是经常来找你了解情况吗？他们怎么说？”魏元问。

“警察只问我问题，从不回答我问题。”甘婧苦笑。

“警察倒是找我了，”蓝祖平接过话题，“他们找我核实当时我被人抢劫的情况。”

“哦？没听你说过呀。”百合看着蓝祖平。

“不是前天刚找嘛！公司都快解散了，我上哪去找你说呀！”蓝祖平回答。

“公司解散了？”甘婧吃惊地问。

“房莺被公安带走后的第二周，大股东派了一个代表来，说是要各位员工正常上班，工资薪水全部正常支付。”魏元叹了口气，“大股东话说得好听，其实意思就是一个，花钱养着我们，配合公安和检察院的调查。你说他们的调查一结束，那我们还能有什么结局？连老总都进去了，肯定要解散的。我们都在四处面试，找工作。”

“那你找到了吗？”甘婧问。

魏元说，“找到了，我们都是靠专业吃饭的，总有地方要的。下周我就去正式报到了，那家公司也在张江，是家浙江老板开的私企。”

“哦。那也挺好的。”甘婧点点头，心中突然有些伤感。

“先别说公司的事吧。蓝老师，警察找你，不会是告诉你，你也是被房莺打倒的吧？你好歹是个男人呀！”百合好奇地看着蓝祖平，“人家甘婧是个小姑娘，身子弱力气小，你尽管有点瘦，但好歹是个男人，和她一对一对都打不过她？”

蓝祖平面不改色地说，“丫从背后下黑砖，我没机会跟丫对打。再说了，警察都打不过丫，我被丫打倒也不丢脸吧。”

百合疑惑地问，“这女人以前是做什么的？怎么这么大力气？”

“房莺是高尔夫俱乐部金卡会员，还以业余选手的身份参加过亚洲杯高尔夫球赛，房莺曾经炫耀说，她手臂的爆发力很强，一般男人都赶不上的。”甘婧一字一句地说。苦笑一下，她转向蓝祖平，“蓝老师，房莺为什么要袭击你呢？”

“还记不记得，那时候你刚来公司不久，有一天我和你一起去吃午饭，我不是和你说了挺多关于唐红果儿和赵总的事情嘛。知道了你的事情后，我反思，那天房莺可能听到了我和你的对话，然后对我产生了一些怀疑。她砸我，一是想警告我，二可能是怕我电脑里有唐红果儿或者赵魏祺的资料，索性抢走了事。我算是两朝元老了。以前公司有活动，照片基本都是我拍的。”

甘婧看看手上连接的点滴管，说，“好在她已经被公安抓了。不管她愿意不愿意，她所做过的一切，很快都会水落石出。”

九人又和甘婧闲聊了一会，一起向甘婧说再见。蓝祖平迟疑片刻，小声说，“你们先走，我想和甘婧再说几句。”

甘婧看了看蓝祖平，微笑着点点头，挥手向其他几名同事再见。

几人离开后，蓝祖平一脸严肃地站在甘婧床边，用更加微弱的声音说道，“甘婧，我和你说个一直压在我心上的秘密。我挨打后，房莺曾经到家里来看过我，给我包了个一万块钱的红包，还说了挺多关心体贴的话。我一感动，就将你和我的对话全部都告诉了她。后来，我们在栖山路宵夜时说的你和唐红果儿是同学的话，我也找个机会对她说了。”

甘婧平静地看着蓝祖平，莹白如纸的脸上没有一丝表情。

“我一直认为她只是热衷于打探下属的隐私，从没想过她竟然会对你下毒手。上周得知你差点被房莺打死的消息后，我愧疚得一直睡不着觉。”蓝祖平低下头，认真地说，“甘婧，对不起了。”

甘婧慢慢地从床上坐起来，拉住蓝祖平的胳膊，小声说道，“蓝老师，谢谢你告诉我这些。一切都过去了。”

蓝祖平摇摇头，从包里掏出一个银行现金袋，塞到甘婧手心，“甘婧，这里是一万块钱。不多。我知道公司没和你签合同，你也没有医疗保险，这点钱，就算一点医药费吧。”

甘婧将那包钱拼命向蓝祖平手里推。蓝祖平一边说收下吧，一边避开甘婧的手将现金袋放到甘婧的枕边，如释重负地叹口气，转身向外跑走。

等甘婧慢腾腾地站起来，拿着那个现金袋、穿鞋走到门口时，那里早已没有蓝祖平身影。

看着手里的白色现金袋，甘婧突然升起一个古怪想法，如果那天自己意志崩溃，或者说此前没有阴差阳错地天天跑步健身，那么蓝祖平他们今天来看的，会不会是一个摆在殡仪馆存放室的小盒子？看到自己化成了灰，心怀愧疚的蓝祖平一定会在夜静更深之时，偷偷找一块僻静之地，将一叠冥币烧给自己。那时候，已经站在另一个世界的自己，也会像这样捏着一叠钱，无声地望着他的背影吗？

那个世界，会有唐红果儿吗？会有爸爸吗？也会像这里一样，喝口水都要用钱买吗？想到这里，甘婧悄悄笑了起来。

“甘婧，你笑什么？”在甘婧走神之际，黄淑兰已经办好出院手续，与丈夫一起回到甘婧身边。

甘婧吓一跳，忙摇头，“没事，想到马上出院了，挺开心。”

“医院说，你入院后你们单位存了一笔钱在财务室，结账后还有多的，我给你拿回来了，给，总共一万块钱。”张叔递给甘婧一叠有零有整的钞票。

又是一万块钱！甘婧一愣，然后默默笑起来。半晌，她示意妈妈将钱替自己收好，自己站起身来，一步一步，慢慢离开自己住了一个多月的医院，出院回家。

回到熟悉的家中，看着去接待佟仁义那晚匆忙试穿的几条裙子依然在沙发上保持着自己出门时的状态，看着茶几上剩下的半包零食，看着绿色纱帘仍然在窗前没心没肺地轻轻拂动，看着穿衣镜中自己苍白如纸的皮肤，本来心情一直晴朗的甘婧，突然生出一种再世为人的桑沧感。

人在身处灾难中心时，并不会特别害怕。相反，当一切都过去，抽身事外冷静观看时，才感觉恐惧。

“姆妈，前段时间你去我武汉的屋里看过冇?”甘婧问。

“看过。你连被子都冇叠，衣服还挂在阳台高头。我都给你收起来了。”黄淑兰回答。

“知道我为什么不叠被吗?”甘婧问。

“为什么?”黄淑兰摇头。

“我是听老同事说啊，房子不能老空着，会惹东西。特别是床铺，一定要铺着，不然，就会有无家可归的鬼魂来睡的。”甘婧神秘兮兮地放低声音，“他们来睡了，我不就没地方睡了嘛。”

黄淑兰有些吃惊地看看甘婧:“你吓老子滴，真的假的，你莫吓我啊!”

看到妈妈被自己吓到了，甘婧笑得前仰后合，心中却暗暗酸楚，也许，常常出现在自己梦中的另一个果儿，这回真的不会再来了。

待黄淑兰熟悉好住宅环境并张罗完午饭和晚饭后，已经到了睡觉时间。

因为甘婧的腿还不能频繁上下楼梯，在她的坚持下，妈妈和张叔住她二楼的卧室，她住一楼客厅沙发。

甘婧的房间布局并不适合成年的一家三口居住。有时，黄淑兰夜半醒来，会趴在二楼的栏杆上悄悄看着甘婧抹眼泪。甘婧几次想将自己在濒临死亡时见到爸爸甘毅然的情景告诉妈妈，但一见继父一副蹑手蹑脚的样子，便没有说出口。

夫妻纵是情深似海，说散了也就散了，但血缘不一样，从生到死，牢牢跟随。父母肉体死了，音容笑貌依然活在子女的脑海里，随着子女也老去，愈来愈固执地显现在子女的肉体上，一代一代，永不断绝。

半个月后，甘婧执意让黄淑兰回家。

送走黄淑兰，甘婧将家里简单收拾了一下，第一次主动拨通赵闽的电话，“我现在有足够的精力、体力和你见面了，你这几天在哪里？方便见我吗？”电话中，她小心翼翼地问道。

“好的，后天下午三点，在你家小区门口见。”赵闽回答得十分爽快。

# 第十九章

第三天下午三点，赵闽独自一人出现在甘婧小区门口。

他如同古装片中的隐士一般，背对甘婧，负手站在微微的春风中。

甘婧没有立刻上前打招呼，而是站在赵闽背后，悄悄打量了一下这个既熟悉又陌生的男人。

赵闽个子不高，与他这个年纪的男人对比，身材还略显瘦削。不过，他站立时笔直的腰背和结实的肩膀，让人看起来，有一种强烈的力量感和有别于年轻人的挺拔。这一瞬间，甘婧突然明白为何一直看着赵闽眼熟，他有几分像香港演员刘松仁。

不过，赵魏祺的失踪显然给赵闽的身体留下了不浅印迹，甘婧站在他的背后，能清楚地看到从他发根处新钻出的根根白发。

听到甘婧的脚步声，赵闽缓缓转身。

看到甘婧生气勃勃地站在自己面前，赵闽显得十分开心，他笑着拍拍甘婧的脸，用少有的音量大声笑道，“甘婧，你来啦。从脸色上看，恢复还不错啊。”

“昨天去医院复诊，结果表明，一切正常。”甘婧直视赵闽的双眼，微笑着问，“您一个人站在这里？您的司机呢？”

“我让司机先回去了。怎么，你不请我去你家坐坐吗？我带了今年新出的碧螺春，一起尝尝。”赵闽扬扬手中的一个精致小铁盒。

甘婧为难地说，“到我家里啊。我家很小的，也没收拾。”

赵闽微笑，“我也不检查清洁，有张椅子给我坐坐就好。”停了停，见甘婧仍然在犹豫，赵闽笑了，“小丫头，别紧张，我只是想看看你生活的地方。我们已经是这么熟悉的朋友了。让朋友去家里坐坐也是应该的。”

甘婧点点头，“好吧！反正你已经住惯了大宅大院，看看我们普通人住的小地方也好。”

说完，她接过赵闽手中的茶，示意他跟自己进大厅。

在大厅前台保安的注视下，两人一起跨进电梯，上楼，开门，进屋。

甘婧去过赵闽的公寓，知道在有着足够空间与足够数量仆役的他的家中，是不用一进门就换鞋的。所以，她将房门关好后，并没有给赵闽拿拖鞋，而是带着他径直往客厅里走。

倒是赵闽看到门口摆放的小花拖鞋时，自己停下了往里面走的脚步，小声说，“这是你的拖鞋吧？也给我一双，我也要换鞋。”

甘婧想说不用，看到赵闽已经主动脱了鞋，金鸡独立地站在门口等自己给他拿鞋，便说了一句稍等，从客厅鞋柜里拿出张叔穿过的一双半新拖鞋，放在赵闽脚下。

看着赵闽穿好，将他带到沙发前坐下，为他打开电视，甘婧又起身去烧水泡茶。

眼看甘婧一脸严肃地忙来忙去，赵闽一把拉住甘婧笑道，“你坐吧，别忙着招呼我。严格意义上说，你还是个大病初愈的病人。你想做什么，吩咐我，我来做。”

甘婧笑着说没事没事，示意赵闽坐着，自己将茶泡好就好。

两分钟后，热水器中的水显示烧开，甘婧拿过两人茶杯，先注入开水，待水温稍降，用小勺拨入赵闽带来的茶叶。

碧螺春身披厚实白毛，纵身跳入水中，旋及沉入杯底，刹那间，杯内白汽翻滚，水色染绿，淡雅香气徐徐而至。

“可惜，这美太娇嫩，只肯停留一分钟便全部散去了。”甘婧看着水色由碧绿渐渐变为微黄，笑着对赵闽感叹一句，拉了只餐桌配套的小圆凳，坐在他对面。

“我想告诉你的是，上周三，何其多因涉嫌你们大陆法律中的合同诈骗罪和包庇罪，也被检察院正式批准逮捕了。”赵闽端起茶杯轻轻嗅了一下，淡淡说道。

“真的？”甘婧坐直了身体。

“听公安的朋友说，何其多虚构了两份与国际度假区相关的合同，然后以共同投资拍摄、演出为由，与武汉、成都、无锡的五家公司签订了《投资合作协议书》《投资合作补充协议书》和《借款合同》，骗取了六千多万元资金。”

“怪不得我一直感觉那两份合同有问题。我和同事很早就听说公司签了两个大单，可一直都没看到任何与项目有关的活动，连公司成立的项目组也从来没有运作过。”甘婧思索着说，原来何其多是想用这两份合同去诈骗。

赵闽点头回答，“是。”

“他要这么多钱干嘛？”甘婧问。

“据他自己供述，主要是用于公司经营运作。”赵闽想想，轻描淡写地回答，“也可以这样理解，他骗取的钱大部分都用来偿还公司以前欠下的债务，一小部分用在公司当下的运营上，可到目前为止，纳士还亏损五千多万元。”

“他为什么会欠那么多钱？”甘婧疑惑地说，“公司运营尽管不算好，但一直有活儿干。我们在做剑齿虎项目时，其他同事也在接一些小单子做。”

“其实纳士公司成立两年后，就因为经营方向错误出现了大额亏损。何其多也意识到了这一点，一直在想办法补救。后来，为了维持公司正常运转，何其多甚至去地下钱庄借过高利贷。听律师说，这三年中，仅高利贷的利息他就付了六千多万。”

甘婧纳闷地问，“大额亏损？公司不是每年都花高价请专业的审计公司来审计吗？这么明显的问题难道查不出？”

赵闽想了想，微笑着说，“这个问题说起来复杂，其实也很简单，还记得当时你说让我请一家审计公司查一下纳士的财务状况，我说很可能查不出问题，你还不太相信的。”

甘婧点点头，“我记得。”蓦地，她抬起头，疑惑地看着赵闽的双眼，“难道你一开始就知道查不出问题？”

赵闽笑，“做公司的都知道，财务审计负责的是纸面上的数字而不是合同。说得具体些，审计部门需要确定的是会计问题，而不是业务问题，一般审计师只会关注会计处理是否得当，会计政策是否有错误，从来没想过被审计单位会在业务上造假；因为审计师一般不受训看业务，而是看财务报告、纸面数据和文件，他们被训练成看数字的专家。像合同、公章这种纸面上的东西，审计人员就很难分辨真假。”

甘婧点点头，“我懂了，何其多和房莺下手的地方，恰恰是虚构并不存在的假合同，所以审计单位看不出问题。”

“差不多。”赵闽笑了一下，“美国有一家私人注册的公司，专门调查在美国纳斯达克上市的中国企业的造假行为，还真揪出好几家公司。当公众质疑为何这几家公司可以安全通过美国近乎严苛的上市审核时，他们给的结论，就是上面这段话。”

甘婧回忆，“对啊，我曾经在网络上看到过类似的新闻。他们说，尽管了解中国企业运作的业内人士都明白极少数中国企业有造假的行为，但是，能明确指出虚构合同、公章等具体行为的还是这家公司的创始人。”

“你知道这件事？”赵闽看看甘婧，“何其多和房莺用来欺骗董事会和合作方的，差不多也是这个手段。”

甘婧略略思考了一下，摇头，“我明白上面的道理，但是，要说他们真的能高明到完全骗过审计公司，我也不太相信。”

“哦？”赵闽看着甘婧，小声问，“为什么？”

“我曾经亲眼见过您请来的那家审计公司的工作状态。且不说他们的专业能力如何，仅从他们工作时的认真程度而言，我不信，在一连串的造假面前，他们会一点问题都看不出。”

赵闽笑着端起茶杯，轻轻喝了一口，有些赞许地说道，“甘婧，你比我想象中还要聪明。不错，在前年的财务审计中，审计公司的确发现过纳士公司财务状况的异常。”

“那当时为什么没有及时处理？”甘婧问。

赵闽摇摇头，“因为房莺是财务部经理，又是分管财务的副总经理，审计公司在发现财务方面的异常状况后，理所当然地将相关报告交到了她手中。你说，结果会怎样？”

甘婧看着赵闽，没有说话。

“为了蒙混过关，后来，房莺还利用自己从事财务工作的便利私刻了好几个政府部门的公章。”赵闽摇摇头，“为了钱，她可谓是胆大包天，费尽心机。”

甘婧低头想了想，突然轻笑了一声，“说到钱，我倒想起一个故事来。”

“什么故事？”赵闽问。

甘婧笑着说，“传说中国晋朝时期，有一个叫王衍的人，无论在怎样的场合，他都绝口不提一个钱字。有一天，他夫人想和他开个玩笑，便趁他熟睡之际，用钱把他的睡榻团团围住。心想他要起床，必然会唤人把钱搬走，不然他就下不了床。那样，他一开口就一定会说到‘钱’字。不料，第二天他醒来以后仍然不提钱字，只唤仆人道，快把‘阿堵物’搬走。”

“阿堵物？就是钱？”赵闽问。

甘婧叹口气，“是啊。阿堵物阿堵物，这名字真是取得好。从古到今，堵了无数人的路，让无数人最后走投无路。”

赵闽点点头，“为了钱失去理智的人和事我见过很多。比她更过分的我也见过。不过，有一件事我一直想不通，”赵闽的眉头皱了起来，“她为什么会对你那么凶残？你只不过是个女孩子。就算你可能挡住了她的财路，但也不至于为了这个将你杀死吧。看到你躺在床上的样子，当时，我真是连弄死她的心都有。”赵闽的表情转为冰冷。

“这个，我倒是可以理解。”甘婧给赵闽的杯子续了一点水，平静地说。

“你能理解？”赵闽不解地看着甘婧，“为什么？”

"您自小就生长在富贵有礼的环境，对于贫穷人群的心理，知道是知道，但并不一定真正理解。"甘婧停了停，思索着说，"我们都知道，房莺要背景没背景、要相貌没相貌、要学历没学历，她之所以能过上现在这种要钱有钱、要尊重有尊重、要男人有男人的体面生活，一方面是因为何其多，另一方面，就是因为她聪明胆大。"

甘婧认真地组织着语言，"房莺非常聪明，而且有自知之明。她知道，以她的资历和外在条件，想要靠自己的努力过上现在这种生活，简直是白日做梦。也就是说，她没有让人生重头再来一次的资本和胆量。所以，对于现在拥有的一切，她格外在乎。谁敢破坏她的富贵，她就毫不迟疑地毁灭谁。说难听点儿，"甘婧皱起了眉头，"这情形就如在饿狗嘴里夺食，结果不是你死，就是它亡。"

赵闽点了点头，接着甘婧的话说道，"你的分析，倒是和她的个人情况对上了。"

"什么个人情况？"甘婧问。

"前几天，一位朋友给我大概说了说房莺的个人情况。"赵闽回答。

哦？甘婧好奇地看着赵闽。

"稍等。"赵闽说着，拿过放在旁边的手包，打开，从里面拿出一个装帧精美的文件夹来，"这是他们交给我的调查报告，你看看。"

甘婧接过，随手翻开，几张明显带着时代特点的黑白照片出现在纸页上，她仔细一看，照片上一个梳着刷子头的姑娘，正是年轻的房莺。再一翻，是一张手写的档案表格，还有一张居民户口簿的复印件，后面几页，是六套不同房子的照片。

这是一份由专业人员出具的非常翔实且专业的调查报告。甘婧知道，在大陆目前的法律体系内，对于收费跟踪调查他人的这种行为，并不支持。

甘婧将文件合上，探询地看看赵闽，"这个，是不是涉及到人家的隐私权了？"

赵闽笑了一下，"我也没想到他们会调查得这么细。没关系的，这份调查报告除了你，阅读者只有我和我的律师，不会外传的。你收着，慢慢看，不急。”

打量一下甘婧的身体，赵闽试探着说，“其实，今天我来，还有另外一个目的。”

“什么？”甘婧问。

“想请你陪我去听一场唐音法会。”赵闽回答。

“唐音法会？”甘婧不解，“是什么？”

赵闽轻声回答，“得知你受伤入院后，我心中十分焦急。为了给你祈福，专程去了一次普陀山。”

甘婧仔细聆听。

“在普陀山，当地朋友帮我引见了慧济禅寺的智宗师父。临别时，智宗师父询问我，心中是否还有疑惑，想起你曾告诉我，你很喜欢唐诗，也喜欢宋辞，很想听听用宋音吟唱的宋辞。便问师父，哪里可以听到唱的宋辞。

智宗师父回答，汉唐古音目前大陆已经失传。见我失望，师父话锋一转，虽然大陆已经失传，但日本寺庙却将这些古韵律原汁原味保存下来。那里唐代所建寺庙颂经用的便是唐音，宋庙便是宋音。他建议，可以去日本听听古音诵读的经文。我当时便想，待你身体好转，我要带你去日本，走走，看看，一起听听来自唐宋的声音。”

甘婧听得有些呆了，只是望住赵闽，不知如何接口。

赵闽微笑了一下，“就在昨天下午，我的秘书突然拿给我两张邀请函，说，浦东的法华学问寺今晚要举办一场佛教文化节，请来日本僧人唱经。”

看看甘婧不解的样子，赵闽解释，“那些日本僧人来自日本的唐庙，唱的正是唐音。”

甘婧哦了一声，表示明白了，“今天晚上吗？”

赵闽点头，“吃个晚饭，我们便去法华学问寺。”

甘婧连忙起身去二楼卧室换衣。

为示虔诚，赵闽让秘书安排了一处素食餐厅，简单吃好晚饭，两人踏着夜色前往。

法华学问寺位于浦东中环边上，进得门去，大大小小的私家车已经将寺庙的院子塞得密不透风。赵闽和甘婧下车，并肩而行。橙色路灯下，两名身着黑色僧衣的日本小和尚悄悄从两人身边经过，走得很远了，依然可以看到两双纤尘不染的白芒鞋在青石板路上轻快地跳跃。

这场法会不公开售票，是凭邀请函入场。邀请函的发放范围，也并不算大。坐下后，赵闽小声说。

甘婧环顾四周，会场设在学问寺正殿前的院子，院子大，有亭台流水和长长的回廊。回廊上，每隔一米便放置一朵莲花灯，加上被射灯照耀得金碧辉煌的正殿，整个会场看起来俨然便是个巨大秀场。容纳近千人的会场里处处衣香鬓影，三三两两低声交谈者众，大声喧哗者无。奢侈品 Logo 不动声色地跳跃在男女来宾的拎包衣角丝巾上。

甘婧收回目光，心中暗暗忖度，豪车接送、私房菜馆、不公开售票的法会，我这算是进入成功人士的生活圈了？就在甘婧胡思乱想之际，演出开始。来自日本唐庙的僧众们在吟诵中列队入场。

来自大唐的韵音随着僧众的吟诵，如月光一般笼罩住每个人的身心，那声音……直！高亢！细听还有些许苍凉！在巨大法螺的催动下，诵经声并非想象中的如绵绵细雨打湿大地，而是挟裹着雷霆万钧的力量，迎头砸下。让闻者感觉到一阵阵由内而外的钝痛。

甘婧感觉身上、头顶、甚至肾脏的伤疤，都随着诵经声发出一阵阵震颤。须眉皆白的日本住持一丝不苟地念诵完八段经文后，甘婧悄然四望，竟发现不少观者如她一般面色发青。

赵闽感受到甘婧的不安，轻轻握了握她的手掌。

南音艺术家王心心接着颂唱《心经》。

“用《红楼梦》中语，如果《金刚经》是匣，那《心经》便是这匣的胆。是唐玄奘法师将 5000 多字的梵文心经缩减成今天的 261 个字，让普罗大众基本都能读写。”甘婧附在赵闽耳边，轻轻解读。

等王心心空灵的歌声淡去，赵闽低声说，“当日，在普陀山，舟山市一位朋友说了一段话，我一直记着。他说，佛教是什么，千百年来，立场不同，角度不同，每个人的定义都不同。习总书记给出的答案最符合目前国情，佛教，就是一门哲学。哲学存在的价值是什么？它可以让人找到生活的目的。”

甘婧点头，“我有个同事，是日本人，叫正夫，他是很虔诚的佛教徒，我出事前，他曾建议我和他一起去寺庙为果儿颂经，我当时拒绝了，说我不信那些虚无缥缈的东西，我只信我亲眼看到的东西。现在想想，真是浅薄无知。”

赵闽微笑，“你长大了。”

在如丝绸般华美的南音中，佛法交流会结束。人流扰动了各色香水香气，檀香暂时被挤压到会场的边缘。

仰望，是一轮圆月。圆得让人孤单。

不知是圆月还是唐音，扰动了甘婧的睡眠。是夜，甘婧失眠。在等待黎明的深夜中，她耐心地观看着各色念头如瀑布般在心头流转，一个未去，一个又来。始终都未消散的南音一直在耳边回旋：舍利子，色不异空，空不异色；色即是空，空即是色。受想行识，亦复如是……

我终于放下了。甘婧望着窗外发白的天际，喃喃自语，如释重负。

# 第二十章

接到徐丽美的电话时，甘婧小小吃了一惊，沉默片刻，她淡淡问道："找我有事？"

徐丽美明显赔着小心，低声说道，"甘婧，我想和你聊聊。我现在就在你小区门口，你能出来一下吗？"

"有这个必要吗？"甘婧问。

"有。"徐丽美回答得十分干脆，"我有些事想和你说，我想，你也一定会感兴趣。"

"那好吧。半个小时后，小区旁边的夜半涂鸦咖啡馆见。"甘婧说完，挂断电话。住院期间，蓝祖平的道歉至今仍让她记忆犹新。她想，徐丽美也可能是为了放下心头负担才会来找她。还有一点私心甘婧不好意思面对，她很想知道，在徐丽美眼中，何其多是个什么样子。

及至两人真正对座，却发现不知从何说起。虽然同事一载有余，但徐丽美一直活跃在领导层，又极少上班。她与甘婧交流的内容，仅仅是在几次员工会议上。

"你，伤口好些没？"徐丽美双手捏着咖啡杯，指节因用力变得有些发白。

"好些了。"甘婧回答。她快速从徐丽美面上扫过，两个月不见，这个原本丰腴白皙的女人瘦了不少，两颊下陷，竟显出几份老相。

"我与阿莺是小姐妹，这你已经知道了吧。"徐丽美沉默半响，终于开了口。

甘婧点头，“知道一点。”

“阿桂是何总的妹夫，你也知道吧？”徐丽美又问。

甘婧摇头，不知道，不过想想，也不奇怪。

“我知道你想什么。”徐丽美叹口气，“老何是个好人，凡是与他搭一点边的，他都愿意一路拉扯着，能帮就帮。”

“徐总，您今天找我，是想谈何总的事吗？”甘婧问。

“有。”徐丽美回答，“我这次见你，一是向你道歉，同时呢，也想给你讲讲何总的经历。希望你能原谅他。”

甘婧点头，好。

徐丽美眯了下眼睛，似乎在回忆什么。片刻，她缓缓开口，“我知道你恨阿莺。我代她向你道歉。因为，阿莺之所以能得到何总的信任，最初，就是因为我。”

看到甘婧吃惊的表情，徐丽美苦笑一下，“不好意思，都是老里八早额事体。我想想，要从哪里讲起。”

甘婧点点头。

“阿莺和我，曾在何总工作的一家国企工作，我和她都是下属物业公司的普通员工。她之所以能得到何总的赏识，是因为一封举报信。”说到这里，徐丽美的脸色略略有些尴尬，“那举报信说，说我和老何有不正当男女关系。”

甘婧努力做到面部表情波澜不惊，双目平视着徐丽美，仿佛并不是在听一件隐私，而是一件衣服的样式。

徐丽美低头想了片刻，下决心般说道，“也不怕你小姑娘笑话我。实话说吧，我和老何年轻时，的确是那种关系。不过一切都过去了。”

“当年，为了取得最初引荐老何回国的那位老领导的信任，老何安排阿莺以基层员工的身份向领导反映情况。阿莺很聪明，她说，老何和我是清白的，就因为在国企改革过程中得罪了一些既得利益者，所以才被那些人抹黑。阿莺说得情真意切，老领导对传闻开始半信半疑，关于老何作风问题的调查也暂时被搁置下来。

渡过难关后，老何立即回报了阿莺的帮忙。

当时，我和阿莺都只是企业中的普通员工，我是物业公司客服部接线员，她是出纳员，想要按程序和规定全都提拔起来，十分困难。是老何直接下达了总经理人事令，将我和阿莺提拔为物业公司的中层干部。

老何说，通过那件事后，他深刻地感到，不管是工作和生活，都一定要有'自己人'。'自己人'不仅可以帮助自己更好工作，在碰到问题时，还可以帮自己排忧解难。此时，他妹夫桂望国也因企业效益不好下岗待业。老何便将阿桂也招到企业中，担任自己的驾驶员。

可是，尽管老领导力保老何，绯闻还是影响了他的前途。在阿桂进入我们企业一年后，老何被调任到一家成立不久的科技公司担任总经理。这家科技公司比我们原来的企业小，而且穷。得知这个消息，老何很不开心，但也没有办法。

阿桂是司机，他第一个跟着老何去了新公司。我和阿莺半年后才过去。过去后，老何要我们到商学院去'镀金'，他则想办法从公司的教育基金里报销。

我喜欢购物，就去了香港一所名头很大的学院进修。阿桂望国喜欢交朋友，老何让他去了北京，因为财务方面离不开阿莺，就没走远，在浦东一所知名商学院参加周末班，一边工作一边进修。

有了证书，我们也算是高层次人才了。老何让我担任总经理办公室主任，让阿桂做了采购部经理。阿莺比我们强些，直接担任了公司财务总监。

然后，就又被本公司一名中层干部举报了。"

徐丽美苦笑一下："他说，何其多涉嫌收受贿赂，并与多名女同事有不正当男女关系的情况。"

甘婧啊了一声，追问道，"多名？你是说，何总除了你还有别的女人？"

徐丽美看了看甘婧，清冷地一笑，"是的。那时候，我与老何已经不在一起了。我开始老了，他更喜欢年轻女孩子。”

说到这里，徐丽美叹口气，“后面的事情，你也知道了，就是上次何其多在会上给大家讲的情况，他因被内部人举报，应聘去了一家刚刚成立的文化传播公司。

老何在这家文化传播公司当了四年老总，直到副总经理朱天骄的到来。朱天骄是业务干部，她很有经验，有条有理地列出老何的三条问题。”

“第一呢，私设小金库供自己开销。二呢，在公司内任人唯亲，和多名女下属有不正当男女关系。三呢，将项目低于成本价转包，导致国有资产流失。”甘婧随口接到。

“你怎么知道？”徐丽美惊讶地问。“朱天骄写了十几条，但主要内容差不多就是这三点。”

“所有举报信差不多都是这三点。”甘婧耸耸肩，“中国特色。”

“当时，我们都很紧张，也很愤怒，但老何很淡定，他说，朱总是下派挂职干部，只要用个‘拖’字诀，拖到朱天骄期满离开，举报中那些如果不请专业人士来审查就无法确定的举报事情就会随着举报人的离开而不了了之。并叮嘱我们对朱天骄一定要万分客气。

可是，在朱天骄下派时间结束离开文化传播公司的送别宴上，老何还能保持礼貌，我和阿莺却一直无法笑出来。

对了，阿莺就是在那段时间认识志华的。那时候，志华刚刚大学毕业，在公司做会计，是阿莺的直属部下。”徐丽美喝口水，突然插道。

甘婧笑笑，接道，“哦，是不是朱天骄成为你们公司的主管领导了？”

徐丽美点头，“是的。你也猜到了。”

甘婧不语。因这段经历距离现在比较近，赵闵的律师最先了解到的，就是何其多的这段历史。

“就在这时，在浦东一次海外归国人员的联谊会上，老何结识了刚刚从美国到内地创业的 Austin Zhao，也就是赵魏祺。以后的事情，你都知道了。”徐丽美吸口气，苦笑着说，“我说了这么多，是想告诉你，老何不容易，阿莺也不容易。尽管成立纳士公司是无奈之举，但是他们两个的确是绞尽脑汁要将纳士公司做好。”

“然后呢？”甘婧已经大致猜出徐丽美要讲的话，便收起面上笑容，盯住她的眼睛。

“希望你能高抬贵手，老何原本对你就高看一眼，你心里明白的。阿莺的出发点也不是恶意，也希望你能原谅她。”徐丽美抓住甘婧放在桌面上的手，急迫地说，她的脸越来越红。血液仿佛要涨破皮肤喷涌出来。

“能和警察说的，我都已经一五一十说了。而且事实就在那摆着，也不是我想改变就能改变的。我想，我帮不了你多少。”甘婧摇摇头。

“我的意思是，”徐丽美下决心般说道，“我想请你和赵闽先生求个情，我知道他很重视你的意见。”

甘婧愣住了，“你怎么知道我认识赵先生？”

徐丽美笑笑，“我们都是女人，有些事，不用多说。”

甘婧不依不饶，“你怎么知道我认识赵先生？”

徐丽美笑笑，“如果你答应向赵先生求情，我就告诉你。”

甘婧低头想了片刻，点头，“好，我答应你。”

徐丽美叹口气，“还记得三个月前那次财务审计吗？那天晚上，你在消防通道里接电话时，志华正好在楼梯口抽烟。他听到你跟对方汇报审计人员的工作情况，然后又叫对方赵先生。志华感觉有些奇怪，就告诉了阿莺。过了几天，阿莺专程把我叫到她家，告诉我说，她通过朋友查了，你通话的赵先生，就是我们公司的大股东赵闽。”

原来如此！甘婧恍然大悟，“怪不得房莺对我的行踪了如指掌。原来她早就知道我和赵先生有联系。”

“我说过，要想人不知，除非己莫为。”徐丽美接道。

“我在公司加班，后来被人打晕的事情，你知道是谁干的吗？”甘婧不动声色地扭转话题。

“这个我倒不知道。我听说你是低血糖晕倒的，怎么会是被人打晕的？”

徐丽美的表情有些疑惑，“怪不得行政部的人都暗暗说你为人古怪，从来不吃已经开封的食物，也不喝公司的水，吃的喝的都自己从家里带来。原来你是因为这个。”

甘婧仔细观察徐丽美的表情，看起来，并不像在说谎。

“谢谢你对我说了这么多事。也让我明白了一些百思不得其解的东西。我会向赵先生求情，但检察院和法院能认可到什么程度，就要看他们自己到底做了些什么了。”甘婧说完，将杯中已经冷掉的咖啡饮尽，探询地看着徐丽美。

徐丽美低头盯住桌面上的桌布，良久良久，才缓声说道，“我知道，你恨我们。我说什么也打动不了你。但我还是想说，相处久了你就会明白，老何性格简单，说穿了就是胆小怕事。以他的胆量，别说杀人，就是打人都未必敢伸手。他一定不敢主动伤害你或者你的朋友。那些事，都是阿莺自作主张。”

眼看着巨大的泪珠从徐丽美已经不再年轻的脸庞滚落下来，甘婧突然有一丝心酸。她抽出几张纸巾，轻轻递到徐丽美手中。徐丽美接过来，将眼睛埋在纸巾中，许久，才抬起头来，瓮声瓮气地说，“看在老何三个孩子都没成年的前提下，你原谅他吧！不管你要钱还是要人，哪怕要我的命，我都答应给你。”

甘婧叹口气，低声说道，“我明白。”

窗外是一角淡蓝的天。窗内是一片阴郁的灰。两个女人相对枯坐半晌。徐丽美默默站起身来，拎起放在桌面上的名牌包，低头向门外走去。

目送徐丽美走远，甘婧并未马上离开。她缓口气，打开手机，进入图片库，调出一张偷拍照片。照片上，赵闽负手而立，目视远方。

偷拍一张男人照片，在无人时偷看，这在甘婧此前的人生中从未经历过。

眼睛盯住照片，甘婧心中暗暗思忖，作为女人，徐丽美算是有情有义。在如此敏感时期，其他人都避之唯恐不及，她却肯抛却自尊，俯身求自己谅解何其多。可见爱情真是个奇怪的东西。

甘婧拿起电话，想打给百合，与她一起八卦一下，思前想后，没有出手，按照常规，警察此时仍在按部就班地展开调查，为避免道听途说引起不必要麻烦，甘婧决定将事情先装进肚子里，待下次见到赵闽，再和他一起聊聊。

晚饭结束时，甘婧接到一位阮姓警官打来的电话，要甘婧第二天上午十左右到浦东分局刑侦支队走一趟，有案情要她配合调查。

与此同时，刚刚返回美国的赵闽接到上海警方电话。警方告之赵闽，赵魏祺失踪案件有了重大突破，请他迅速回国配合调查。

坐在刑侦支队接待室，甘婧十分好奇地东张西望，与自己原来工作的公安分局相比，浦东分局面积要大一些，不过，内部装饰都大同小异，连气味都基本一样。用唐红果儿的话说，不用看，一闻就知道，你们是公安嘛！

收回目光，甘婧听阮警察介绍情况。根据甘婧提供的线索，警方推测赵魏祺的失踪地点可能与房莺持有的南郊别墅有关，在房莺被批捕后，警方对房莺的别墅进行了数次搜查，还挖开别墅前后院的草地翻找，但是，一直没有发现与赵魏祺失踪有关的线索。

看守所内，对房莺的审讯也不太顺利。

最开始，房莺对于当天殴打甘婧的事实还一把鼻涕一把眼泪地为自己辩解，说两个人是醉酒失去理智后才动手互殴，是甘婧先用杯子砸自己，然后又拿起高尔夫球杆打自己，自己才夺过球杆还手的。由于自己手劲比较大，才失手将甘婧打伤。

“你们看，我也受伤了。”说着说着，房莺还激动地解开衣扣让警察验伤。可是，当警方问及两年前赵魏祺失踪案之时，房莺便是一问三不知。如果再问，她便将两年前警方来调查时所说过的话再复述一遍。其复述的精准程度，连换气的间隙都分毫不差。

“你再想想，那天晚上，房莺当时还说过什么话？”阮警官期待地看着甘婧。

“她当时说，赵魏祺就在这别墅里，还要我下去给他陪葬。不像是随便说说的。”甘婧皱紧眉头，陷入思考。

阮警官拿起笔，“这样吧，我再问一些问题，你来回答，我们边说边回忆。”

“好。”甘婧点头。

事无巨细的问答足足进行了一个多小时，送甘婧离开时，阮警官提醒，如果突然想起什么，不管什么时间，都可以打电话给他。

好。甘婧点头，楼梯走到一半，当日在地下室的场景突然扑面而来，她回过头，迟迟疑疑地说，“阮警官，我记得房莺家地下室有好些砖，因为黑，我也没看清是什么砖。你说，房莺会不会把赵魏祺杀死后，用砖砌到墙里面去了？”

阮警官不动声色地回复，“没有结案前，任何情况，都有可能。”

送走甘婧，阮警官推开大队长的办公室房门，“李队，对于128案件，我们是不是可以申请警犬支队配合一下，让受过专业训练的寻尸警犬去现场试试？”

李大队长略一思索，点头应允，“可以试试。你去打个报告，走个流程，时间就定在后天上午八点钟。”

第三天上午八时，专案组携警犬来到房莺的涉案别墅。警犬得到指示后，十分谨慎地在一楼和二楼转了一大圈，然后摇摇尾巴，表示没有收获。随后，领犬员带着警犬来到别墅院子，示意警犬仔细查找。身披警犬马甲的警犬轻轻吠了一声，又尽职尽责地低头工作。稍后，又踩着小步跑回领犬员脚下，摇摇尾巴，表示仍然没有收获。

接着，在领犬员的示意下，警犬进入地下储藏室。尽管已经有一段时日，但是地下室内扑鼻而来的血腥还是让警犬猝不及防地低吼一声。在紫外线灯光下的照射下，甘婧当日留在地面上的血液呈现出一种迥异于红或者黑的奇怪颜色，而是一种骇人的暗蓝。那些暗蓝的线条，以甘婧当日的身体为笔，深深浅浅涂抹于砖块与铁门之间的地面，因那夜爬行次数过于频密，竟然让血具有了一定厚度。

现场的血腥一定程度扰乱了警犬工作。它低着头，一小步一小步地向前蹭着走，边走边嗅。

经过长时间的迟疑后，它试探着趴在了水泥地靠近墙壁的一角。

现场警员向上级领导请示后，从工程队借来专业工具挖开水泥地面与墙砖。在距离地面半米左右的地方，一个有些残破的皮夹出现在众人视线中。扩大深挖，却再无收获。

我有个想法。李大队长思考了一下，吩咐道，“除皮夹外，你们采集些现场的土样回去，看看，这土里有没有我们想找的东西。”

# 第二十一章

十天后。赵闽在美国接到浦东警方电话，“赵魏琪人口失踪案”有重大突破，请他速到浦东配合案件侦查。

飞抵浦东，赵闽第一个电话便打给甘婧，要她收拾一下，一个小时后，接她一起到公安分局聆听调查进展。两人在公安分局上次的接待室内坐定，端起热茶，阮警官严肃地开了口，警方通知赵闽归国，有两件事，一是请他辨认死者的遗物，再有，就是让他做一个 DNA 比对。

“你们找到魏琪尸体了？”赵闽小心地问。

“没有。不过，我们疑似案发现场找到了这个，”阮警官说着，将桌上的一个检材袋向赵闽推去，“这是一个钱夹，你看看，有印象吗？”

看着钱夹，赵闽表现得有些迟疑。直到这一刻，他仍然本能抗拒弟弟可能已经离开人世的事实，平静了一下情绪，赵闽谨慎地说，“我弟弟六年前就离开美国到大陆生活了，对于他日常使用的物品，我不是十分了解。”

“还有，我们通过技术手段，在现场的土壤及砖块中，发现了人类身体组织，已经分离出 DNA，我们请您来，想请您配合我们做个检验。”

“我明白了。”赵闽低下头，片刻，又艰难地抬起头，问道，“请问，是什么人体组织？皮肤？牙齿？头发？”

“是人类肝脏。”阮警察平静地回答。

离开公安局时，一向儒雅的赵闽瞬间老了十几岁。

甘婧暗自心痛，她默默上前搀住赵闽的手臂，扶他上车。

赵闽倚靠在座位上，一声不吭。甘婧坐在赵闽旁边，措辞谨慎地说，“我明白你的感受。如果永远找不到魏祺的遗体，那么，他会永远活在我们的记忆中。”

看到赵闽闷闷不语，甘婧重重叹了口气，“对不起。我也没想到，我们要面对的，竟然是这样一个伤心的结局。”

赵闽叹了口气，转向甘婧，“你放心，不管是什么结局，我都已经有了心理准备。现在，我就等警方给我一个结论。”

由于担心赵闽难以承受打击，这天晚上，甘婧没回家，赵闽也没回家，两人一同来到赵魏祺空关的公寓里。

两年多过去，这里所有的一切仍保持着赵魏祺和唐红果儿离去那一刻的状态。卫生间里，两支漱口杯亲昵地依偎着，两块同样花型、一深一浅的擦手巾也紧紧地搭在一根晾衣架上，连门口的拖鞋，也是恩恩爱爱的一大一小两对。

赵闽抬起手，轻轻摸了摸挂在客厅衣架上的男式羊绒围巾，又触电般弹开。

见到赵闽失神的双眼，甘婧叹了口气，不知如何出口安慰。赵闽觉察到甘婧的紧张和担心，感激地拍拍甘婧，轻声说，“走，我们去阳台坐坐。”

甘婧点点头，“好。我烧点水，马上就来。”

赵闽坐在沙发上，默默等待。

在厨房里，甘婧盯着迅速沸腾的水面，一时有些神伤。

三年前，这样的场景一定经常在这幢房屋内上演。只不过，那时候弥漫于赵魏祺与唐红果儿之间的，是温馨，而现在，却是凝重。

端着两杯清水，甘婧跟随赵闽来到阳台。

一轮碧青色月亮，斜斜挂在偏南夜空。

“甘婧，你看月亮有多大？”

“嗯？”甘婧不解地看着赵闽。

赵闽没有看甘婧，而是眯着眼，沉静地抬头望着夜空，“我看呐，有盘子那么大。”

“我看，有小碗的碗口那么大吧。”甘婧虽然不太理解赵闽的做法，还是顺从他，善解人意地将目光投向了天空。

“再过几年，在我眼里的月亮，肯定就会有面盆那么大了。”赵闽叹了口气。

“为什么？”甘婧小声问。

“小时候，家里请来一个安徽芜湖的娘姨照看我。这位娘姨姓何，出去前，是一个国民党军官的姨太太，到美国后被大太太赶出家门，就到了我们家。那时候的她，大概五十多岁的样子，比我现在大不了多少。吃好晚餐后，她很喜欢带我在花园里散步看月亮，那时候，她常常说一句话，人大眼大，人小眼小。她说，她看到的月亮，有面盆那么大。”

“那你呢？”甘婧问。

“我？当时我只有四岁，我记得，我看到的月亮只有一元硬币那么大，圆圆的，小小的，还透着丝丝铁腥气。”赵闽沉默下来。

甘婧无言地看着赵闽。半晌，赵闽收回望向天空的目光，向甘婧转过头来，以从未有过的沧桑声音说，“甘婧，我老了。不管我愿意不愿意，我都老了。”

甘婧看着赵闽，轻轻说，“人都会老的。我也会。”

赵闽苦笑了一下，“不对。不是每个人都会老。起码魏祺就不会。他永远都没有机会老了。”

夜露渐渐从脚下升上来。甘婧看看赵闽，再看看越来越迷蒙的夜色，突然感觉，那夜露，仿佛是从月宫中飘散而出的。它从天上一路飘呀飘呀，飘到了人的须发上，人便一下子老去了。有时是一瞬间，有时是一百年。可不管是一瞬间还是一百年，它总归会飘来，任是谁，也逃不了。

甘婧有些惊恐地捂住脸，仿佛这样，便能抵挡那无孔不入的夜露，和飞速流去的时光。

二十天后。警方经过检验确定，在房莺南郊别墅挖出的人体组织 DNA

就是失踪两年多的赵魏祺。对于这个早已被自己默认的结果，赵闽表现得十分平静。

从公安分局去浦东国际机场的路上，赵闽对律师提出一个要求，将纳士成立这四年半以来的真实运营情况写一份调查报告，一个月后交给自己。

“为什么一定要一个月？”甘婧问。

“一个月后，我和家人会再到中国来，带魏祺回家。这报告，是给魏祺的一个交代。”赵闽淡淡说道，“他委委屈屈地走了两年，一定很想知道，这一切，到底是怎么发生的。”

甘婧点点头，“是的。果儿一定也想知道。”

赵闽叹口气，“我能带回去的，其实，只是地下室那一堆土。公安说，真正的魏祺，极可能被嫌疑人切成碎块，分批一点点丢入黄浦江了。”

“确定了吗？是房莺交代的？”甘婧有些发抖。

“是的。她可能懂一点点法律，以为这样做，就可以死无对证。”赵闽叹口气。

“余下的事，请赵先生放心，我们会尽力而为。”坐在前排的余律师回过头，沉稳地安慰道。

送别赵闽，甘婧的心，仿佛缺失了一个角。她拒绝了司机送她回家的好意，独自一人搭乘地铁 2 号线到世纪大道，换乘 6 号线后，步行返回金桥。

临行前，赵闽留下一笔钱，要甘婧有空逛逛街、买买衣服，把日子过得舒服点，耐心等他回来。甘婧前思后想，觉得一个人实在做不来逛街这种事，便打电话给百合和眉眉，请她们到国金 IFC 一起喝下午茶。

IFC 的装修风格，处处透露着富丽堂皇。可甘婧却再无初次与赵闽登上国际金融中心顶楼咖啡厅时的惊喜，她面色沉静地坐在咖啡馆内，等待两个小姐妹的到来。

“大难不死，必有后福。”百合坐下，笑嘻嘻开了口。

“甘婧，你的伤口愈合得不错，再过一个冬春，疤痕就不大看得出来了。”眉眉仔细端详甘婧后，也笑呵呵地说。

“你们找到新工作了吗？”甘婧也笑着开了口。

“找了，但工作环境不喜欢，我们正夫正想着怎么辞职。”百合说。

“你和正夫，”甘婧的“工作”两字还未出口，百合便快速接到，“是的。我和正夫在一起了。我姆妈也见过他了，还算是满意吧。”

甘婧吸了口气，惊笑道，“天！你们什么时候开始的？”

“还记得我们在栖山路吃消夜那晚，正夫邀请你一起去龙华寺上香吗？你没去，我感觉得好奇，后来就约他一起去了。然后就开始了。”百合笑。

“他们两人其实很配。一个严谨内向，一个开朗外向，一个外国人，一个中国人，又都喜欢动漫，天造地设。”眉眉插嘴。

“我感觉，正夫最早喜欢的人，应该是甘婧，但甘婧一直没有回应，他才转向我。”百合皱着眉头，喝了口咖啡。

“别扯上我。”甘婧认真道，“你们以后会去日本生活吗？我可舍不得你走呢。”

“我姆妈想让我们去日本定居，说日本空气好，环境也好，我们暂时还没这个想法。”百合回答，“所以我们一直在结伴找工作。”

眉眉喝了口果汁，抬头问道，“甘婧，我听说，你和纳士的大股东关系很好。是吗？”

“认识而已。”甘婧回答。

“听说，他有意将公司经营下去？”眉眉又问。

“嗯，倒没听他说过关掉公司。”甘婧想了想，问，“怎么，你还想继续留在纳士工作？”

眉眉反问，“你不想吗？做生不如做熟。纳士的工资也不算低，又是项目负责制，每做一个项目，大家还有分红，挺好的。”

甘婧点点头，“是的，我也有点舍不得。”

“舍不得，你就跟大股东商量，把公司留下来嘛，你来负责。百合笑道，到时候，我们都回来帮你。”

甘婧吓得一惊，“我经营？我何德何能？何总那么能干，都落得今天这样下场。我可没这个本事。”

“你也没必要吓成这样。唐红果儿是你同学吧？她五年前就当这个公司的副总了。比你现在年轻多了。”百合耸耸，“有些事，不试试，怎么知道自己不行。”

“是呀，洪杰也说了，现在地下资源越来越少，传统行业赚钱越来越难。煤老板们也在谋划企业转型。如果纳士不关闭，他爸也愿意给纳士投资。”眉眉接道。

甘婧喝了一口咖啡，没再接话，心里，却在紧锣密鼓地思量起来。

三个女孩各怀心事，又东拉西扯说了些闲话，约好下次将正夫、蓝祖平、魏元这些老伙伴都约来一起吃饭，才各自散去回家。

跨国律师事务所的工作能力完全超乎甘婧想象。一个月后，正与赵闽在滴水湖家中喝茶的甘婧，见到了由律师事务所提交的这份调查报告。

与房莺那份一样，这报告中英文各一份，以时间为轴，配以图表，插入照片，十分简洁，并且详实。

赵闽接到手上，匆匆翻看一遍，递给甘婧，“你看吧。看完讲给我听。我眼睛开始老花了，看这么长的东西，有点累。”

甘婧嗯了一声，接过来，一目十行地看了起来。

据何其多说，说话语速很慢、双眼澄澈透明的赵魏祺就如一个身背宝物独自行走在江湖的天真稚童，就算自己不吃他，也总会有人吃死他。在当时一触即发的劣势中，最好的方案，就是迅速将赵魏祺的钱变成自己的钱，让自己的事业打开另一番天地。

何其多开始有意识地约请赵魏祺到自己的公司座客，并有节奏、有次序地将自己以往获得的各种荣誉一步步向赵魏祺展露。

在一次聊天中，何其多情真意切地告诉赵魏祺，他已经厌倦了按部就班的国企生活，像他这种上头没人又没关系、仅凭本事吃饭的海归人员，根本无法适应国企那种复杂的人际关系。他想用参与创业的方式圆小儿子的梦想："我的小儿子患有先天性心脏病，我想为这个可怜的孩子成立一家全中国最大的动漫公司，拍摄世界上最好看的动画片。您愿意和我一起实现这个梦想吗？"

听到何其多泪光闪闪的自述，为动漫事业不惜放弃参与家族生意管理的赵魏祺也激动得两眼发亮，但是，他并没有贸然答应与何其多共同创业的要求，而是凭借自己的力量，去查了查何其多的个人简历。

何其多的问题虽然很多，可都是在体制内发生。知晓的人仅仅限于极少数领导。赵魏祺从互联网上搜索到的何其多，是一个拥有光鲜履历的学者、创业者和领导者。这位领导者经历丰富，得奖无数，仅国家级重点项目调研就参加过八次。

像这样的学者型领导者，正是赵魏祺和其他急于在大陆创业的海归们梦寐以求而不得的。赵魏祺兴致勃勃地回到美国向家族几名年长者汇报后，带着美金返回大陆，着手建立自己的动漫公司。他拿着一千万元人民币作为邀请函，郑重其事地邀请何其多与自己一起创立事业。

因为已经大致知道赵魏祺的家族财力背景，对于这个毛头小子拿来的一千万元启动资金，见多了大场面的何其多在内心深处是极其不屑以及失望的。一千万元，只不过是他此前经手的一个中小型项目的流动资金，现在，却要他为这一千万元屈就到一家前途未卜的小公司工作。但不管他如何不情愿，为了躲避高悬于脖子上的法律利剑，他的万全之策，就是接受赵魏祺的邀请。

在国企工作了十年，何其多深谙其中一些隐性规则，只要当事人能全身而退，继任者很少愿意再去揭开那已经随着当事人离开而密封的盖子。谁都不知道当事人这一根针上面到底穿着多少条明线甚至暗线。线的那头又牵扯着哪位神仙。谁都怕麻烦，更怕惹自己一身灰尘。

查勘了十余处办公楼后，赵魏祺定将纳士的办公地点选在祖冲之路一幢灰色的独幢办公楼内。纳士公司成立后，何其多正式走马上任，成为外资企业纳士动漫科技有限公司的总经理。赵魏祺告诉何其多，纳士动漫公司此后要走的是科技与文化结合之路，这幢具有现代科技感的楼房正好适合。

办公地点确定后，纳士动漫科技有限公司在上海张江正式挂牌营业。公司注册资金一千万元人民币，由赵魏祺代表的大股东全额出资。作为共同创建人，何其多和唐红果儿各自拿出五十万元入股。在公司运营正常后，赵魏祺又将这五十万分别返还给两人。

当时，唐红果儿只有二十三岁。在三十二岁的赵魏祺心中，这个在美国动漫产业论坛活动中认识的小姑娘就像一缕阳光，令他忍不住要去追逐。在网络聊天中得知唐红果儿有意回中国工作后，赵魏祺一直力邀她到上海加盟自己的公司做点事情。

在纳士公司成立半年后，赵魏祺和唐红果儿由同事变成情侣。

赵魏祺和唐红果儿虽然都是华裔，但自小在美国成长，两人都有一肚子的激情和梦想，在这片他们并不熟悉的土地上，两人对如何将梦想付诸实践都是一片茫然。因此，纳士公司成立后，最初的对外协调和经营活动基本都由何其多负责。

尽管在三家公司当过总经理，但何其多都是由相关公司的主管单位直接任命上岗，并没有创立公司的经验。那段时间，已经在国企养尊处优惯了的何其多整整瘦了一大圈。

何其多的卖力工作得到赵魏祺和唐红果儿的信任，公司运营渐渐步入正轨后，两人干脆将公司的内外管理大权全部交由何其多，自己集中精力专心创作动漫作品。

对于这个倾注了自己大量精力和时间的小公司，何其多十分珍惜，也尽了自己的最大努力去经营，因为赵魏祺是大股东，执意要求每进一名员工都要经过他的首肯，所以，一直等到公司成立一年以后，何其多才有机会将房莺招聘到纳士任职。

已经在纳士公司担任了三年总经理的何其多仍然对自己的能力有着充足信心，但是，赵魏祺却从他几次经营项目的失败中发觉出一些问题。

赵魏祺发现，在三家国企担任过重要职务的何其多似乎并不懂得什么是真正的市场运作，他所说的以往那些成功案例，全都是由上级单位发包下来的项目。换句话说，在此前的工作生涯中，何其多就像一只圈养的名贵鸟，一直处于被上头喂食的状态，根本没有能力自己飞到大自然中寻找食物。

用三年才觉察到自己当年选择的合伙人有误，赵魏祺在暗暗检讨自己识人能力不佳的同时，开始一步步稀释何其多的权力。他放下创作，亲自过问纳士的经营管理工作。在此期间，为维持公司的正常运转，赵魏祺又先后几次注资，累计金额达三千多万元。

为了使自己的心血不至于付诸流水，赵魏祺在自己亲自参与纳士经营工作同时，也悄悄在朋友圈内寻找真正有管理外企经验的职业经理人。就在此时，感觉自己又将处于失业危机中的何其多开始自救行为。在一次与朋友的聊天时，何其多得知浦东有大力发展旅游业的意向。他主动在纳士的高层会议上提出拍摄一部卡通版浦东旅游宣传片出售给相关部门。

赵魏祺听后表示要在调研后再做定夺。急于翻身的何其多决定绕开赵魏祺，先将项目开展起来。启动项目需要大笔资金。存心想在赵魏祺面前挽回面子的何其多无法通过正常渠道取得资金，他自作主张以公司的名义向地下钱庄借款。项目启动后，心存疑虑的赵魏祺几次询问何其多启动资金来自何方，何其多都回答，是购买方付的订金。

这项风险投资并未取得何其多想象中的回报。因为制作出来后一直无人购买，那部主人公叫东升的卡通宣传片一直被放在仓库中。事过境迁后更加无人问津。

资金无法按计划回笼，地下钱庄的追债脚步却越来越近。富有讨债经验的放贷者深深了解鸡飞蛋打的道理，所以，他们一直没有惊动何其多身边的人，也没有将他的欠债行为在纳士公司里宣扬，只是在肉体上对何其多进行了一些警示式的惩罚：打耳光。

何其多从记事起，就没挨过那么多耳光。那些耳光打到脸上，只是痛，但既不肿也不流血，一夜睡醒后便看不出一点点痕迹，能让他如常见人、上班。可是，它们在他心里造成的恐惧和羞辱，却经过多少夜晚都无法抹去。

何其多卖掉一套房产后，暂时缓解了追债者的脚步。为了不让本息叠加高利贷越滚越多，何其多决定开源节流，再赌一把，乘 3D 片《阿凡达》在国内外热播的东风，自己投资拍摄一部 3D 动漫电影。

地下钱庄的追讨手段何其多已经见识过，他不敢再采用这种饮鸩止渴的借款方式，他想到了在纳士财务部担任部门经理的房莺。

在房莺的操作下，两人瞒着赵魏祺，动用纳士的所有流动资金购买了拍摄、制作 3D 电影所需要的器材。待赵魏祺发现时，木已经成舟。

百般无奈之下，赵魏祺只好配合何其多的工作，向社会招募了一批有相关工作经验的员工，开始运作这个项目。这部取材自中国《山海经》的 3D 动漫电影制作很精良，但因为找错了影片发行公司，依然没能取得市场价值。

两笔重大投资的失败，严重影响了纳士公司的运作。

两年前。为了维持公司正常运营，赵魏祺将自己账户中的最后一千万元打入公司账户。一直碍于面子不愿与何其多摊牌的他决定在新职业经理人没有到任前，暂时停止何其多行使总经理权力，所有文件、决议都必须由自己看过后再做决定。何其多不敢当面争辩，他将一肚子的委屈都说给了房莺，并透露出辞职之意。

三年前经历过一次下岗待业的房莺很有自知之明，她知道，如果贸然离开纳士，以她的资历和能力，很难再找到一家待遇如此优厚的公司让她可以摆派头、当领导、拿高薪。因此，对于何其多的抱怨，她只是倾听、劝解，却并未予以回应。

就在何其多的权力被架空期间，一名上门讨要高利贷利息的地下钱庄工作人员竟然误打误撞找到了赵魏祺办公室。直到这时，赵魏祺才得知何其多竟然以公司名义向这家地下钱庄借款的事实。

赵魏祺了解到何其多借款是为了项目运营后，并没有责怪痛哭流涕的何其多，而是劝说他与自己一起向大股东做出解释，并适时申请大股东注资，从地下钱庄手中赎回公司。

“这件事是我不对。但我也是为了纳士的发展。”何其多解释。

“就因为知道你是为了纳士发展才做出这种违法的事，我才没有选择向你们的公安局报警。”赵魏祺皱着眉毛解释，“我可以不向公安举报你这种违法行为，但是，你必须要对公司的大股东面陈全部事实。”

何其多叹了口气，“如果大股东执意要通过法律程序解决这个问题呢？”

赵魏祺回答，“大股东是我的长兄，我会极力劝说他在最小范围内解决这个问题。但是，作为一名职业经理人，必须要对自己的投资人负责，对自己的职务负责。你放心，所有的责任，我都会和你一起承担。”

“再给我一次机会。”何其多抓住赵魏祺的袖子，一脸乞求地说，“我三个孩子都还小，老婆也没有工作。美国生活费那么高，我真的不能失业！”

赵魏祺拉开何其多的手，用英文回应道，“作为成年人，你我都应该知道什么叫做种什么因得什么果。每个人都应该对自己的行为负起责任。”

何其多慢慢松开拉扯赵魏祺的手，垂头不语。

赵魏祺以为自己已经说服了他，便拍拍他的肩膀，示意他回去等候消息，“我大哥下周将到香港处理生意上的事，到时候，我和你一同飞香港和他见面。”

何其多看看再说也无法转变赵魏祺的心意，只好叹口气转身离开。

何其多明白，只要公司有重大失误或者亏损，大股东就有权要求解除他的总经理职务。如果得知他竟然以公司名义向地下钱庄借贷，就算赵魏祺肯，大股东也肯定不会再给他任何留职机会。

在上海的外企圈子中，纳士公司不算特别成功的企业，但已经有了一定的影响和知名度。外企圈子和国企不同，从业者转来转去就那么一群人，许多高层不仅认识，还是朋友。如果一个高层管理人员出了什么问题，一夜之间就可能传遍整个圈子。换句话说，如果何其多曾向地下钱庄借款的事情传出去，就算没有司法部门找他麻烦，他也将失去此后在上海任何一家企业从事高层管理工作的机会。

在去香港的前一晚，何其多将房莺约到自己家中，一脸无奈地将自己与赵魏祺对话的内容全盘托出。“如果我离开了纳士公司，新老总估计也不会留你。财务经理与老总永远一条心，这个你也明白。”何其多叹了口气，“我准备回美国和家人团聚，你也考虑考虑，看哪家公司需要招人，如果待遇差不多，就去试试吧。”

房莺静静听完何其多的述说，没有接话，而是若有所思地拿出手机。

“你要干嘛？”何其多问。

“打电话给唐红果儿。”房莺回答，“这丫头欠我一个人情，我先让她留住赵魏祺明天不去香港，余下的事情，我们慢慢再商量。”

“你说唐总欠你一个人情？什么人情？”何其多问。

房莺诡秘地笑了一下，“她有一个只有我和她知道的秘密，这个秘密，保证能让她听从我们的安排。”

“你掌握着那丫头的什么秘密？”何其多问房莺。

“那丫头有洋妞作风，胆子也大。去年去酒吧喝酒时，有人过来推销摇头丸，别人都拒绝了，只有她满不在乎地接了过来。听她说，吸了这个东西后，精力旺盛，可以一夜不睡地工作，第二天都不感觉累。为了和她拉关系，我还帮她找了一个本地拆家，定期给她供货。”

何其多吃惊地看着房莺，“她是吸毒，你是贩毒，是犯罪吧。”

房莺哼了一声，“当然，要不然她怎么会听我的话。”

房莺没有吹嘘，唐红果儿果真听从她的安排，以自己突发急病为借口留住了正准备出门的赵魏祺。在送唐红果儿去医院的路上，赵魏祺给何其多打来电话，告诉他去香港的事情延期，待自己将私事处理好再议。

职场死亡倒计时突然停止，何其多长长地嘘出一口浊气。可他明白，这只是缓期执行，他总要面对走上审判席、然后声名狼藉那一刻。在房莺位于浦东南郊的别墅中，何其多抱着脑袋，坐困愁城。

“有一个办法可以断绝后患。”房莺打开一听啤酒，喝下一口。

“什么办法？”何其多问。

“你别问了。到时候，你只要宣布赵魏祺回国了就行。”房莺轻声说道。

何其多心中大致明白房莺的潜台词是什么，但什么也没说，只是用力拍拍房莺的肩膀，开车离开。在国内过了十几年呼风唤雨的人上人生活，无论如何，他也不愿意身败名裂灰溜溜地回到美国，再去过小贸易公司底层职员的紧巴日子。

一周后。唐红果儿接到房莺的电话，要她带着赵魏祺到自己刚刚装修好的郊区别墅开派对。

“对不起，我那天刚好有安排。”唐红果儿隐约明白房莺与何其多的特殊关系，并不想与房莺走得太近。

“怎么，不舒服吗？要不我把丸仔送到你家去？赵总在家吗？我感觉，碰上他，也不太好。”房莺笑着说。

“他在家。我不想让他知道这事。”唐红果儿快速回答。

“那你们就一起来喽。房莺笑着说，“我保证不让他知道那事。还保证你们来了会玩得开心。”

“为什么一定要我们一起来？”唐红果儿声音沉了下来。

“因为你们一个是老总，一个是副总。新房子装修好请同事来暖房是本地习俗，你们两个老总都不来，不是明摆着不让我好看。”房莺言辞恳切地解释。

“那……还有谁？”唐红果儿问房莺。

“何总、露丝、迪迪、徐老师，还有新来的小蓝和魏元他们，大概有二十多人吧。”房莺热情地回答。末了，又半开玩笑半认真地说，“如果你想要丸仔，我这里也有噢。”

唐红果儿沉默了一分钟，“那好吧。我们来，但只坐一下就走。你也知道，魏祺最近和何总之间有些问题。魏祺不想看到他。”

“没问题。我给你们准备了特别礼物，为了效果，你先别告诉他是到我这里来，就说明天是双休日，想和他出去旅游两天。”房莺叮嘱。

“好吧。”唐红果儿答应了一声，放下电话。

周五晚六点，准时下班的赵魏祺与唐红果儿乘坐出租车来到房莺的郊区别墅。

当赵魏祺和唐红果儿一起走进别墅大门，看到还是毛坯房的客厅中只端坐着房莺一个人时，两人十分吃惊。

房莺热情地拉着两人坐下，说其他同事马上就来，让两人先吃点东西，等等大家。

“你们家真的装修过了？”唐红果儿没有落座，而是环顾四周吃惊地问。

房莺笑，刚要回答，感觉有些不对劲的赵魏祺用眼神制止了唐红果儿，转向房莺说，“房经理，我突然想起来，我们的贺礼放在车上了，你等一下，我和果儿去拿过来。”

“啊？贺礼？”唐红果儿看着赵魏祺，“什么贺礼？”

“你看了就知道了。走！”赵魏祺说着，拉起唐红果儿就往外走。

就在这时，房莺向正伸手去拉房门的赵魏祺挥出第一杆。

血，从赵魏祺的后脑飞溅到唐红果儿的脸上。她惊叫一声，转过去看，赵魏祺的后脑部位已经被高尔夫球杆砸出一个月牙形状的伤口，正在向外渗出鲜血。

唐红果儿尖叫着扑向房莺，被她一杆砸倒在地上。赵魏祺摇摇晃晃想过来扶唐红果儿，房莺对准他的太阳穴又是一杆。这一杆的力道极大，砸得赵魏祺扑通一声倒在地上。

“果儿，快……逃！”头骨已经变形的赵魏祺吃力地抬起头，声音嘶哑地叫道。房莺闻言抡起高尔夫球杆，照着他的头部又是一下。

赵魏祺头一歪，晕死过去。

在唐红果儿的尖叫中，房莺又狠狠打了赵魏祺几杆，这才走到唐红果儿身边，她一杆打落唐红果儿手中的手机，冷笑着说，“我最尊敬的唐总，您还想打电话报警吗？别忘了，如果不是您欺骗他到这里来，他也不会死。警察来了您也脱不了干系。”房莺说着说着笑起来，“他是因为你死的，你个小×养的也是共犯！”

唐红果儿惊恐地说不出话来，只是指着房莺哆嗦着，“杀人！你杀人！为什么，为什么……”又惊又怕的唐红果儿也昏死过去。

半小时后，唐红果儿突然从昏迷状态中醒来。她有些茫然地支起滴着水的身体，红肿着双眼四处观看。在正对墙角处，竟然出现了一架支在三角架上的摄像机。摄像机旁边，房莺提着一个还在滴水的水盆，冷冷地看着她。

“如果不想死，就按我说的做。”房莺扔掉水盆，从地上拎起一把菜刀，朝唐红果儿做了一个劈砍的动作。

唐红果儿恐惧地看着房莺，“你要我做什么？”

房莺用下巴向墙角一指，“把他埋了。”

唐红果儿顺着房莺所指方向爬去一看，人型大小的深坑内，赵魏祺的身体以一种十分扭曲的姿态俯卧在那里。

唐红果儿撕心裂地惨叫起来。

“你是想躺在那里和他到那边团聚，还是把他埋了？”房莺说着，慢慢走到唐红果儿身边，举起菜刀，在她脖颈处一前一后地比划着，“这样横着割下去，虽然疼，但你不会马上就死。不过，血管和气管都会破。你一挣扎，血就会倒流呛入气管。但你仍然不会马上就死。因为你的血还没放光，除非我发发善心，再这样，划几刀！”随着划动力度的增加，房莺的表情也愈来愈狰狞。

唐红果儿吓得发不出声，热热的尿液，顺着她的裙边漫漫洇开。

摄像机内，浑身是水、披头散发的唐红果儿在房莺的指挥下，机械地将堆在房间中央的水泥和砖块一点点推到坑内。

“如果你识相点，这录像带就是你和我一辈子的秘密，我不会交给警察。”房莺指指仍然在工作的摄影机。

“如果你不识相，剩下那些水泥，就是埋你用的。”房莺踢了踢地下间中间剩下那堆砖石和水泥。唐红果儿呆滞地看着在房莺手中不停晃动的菜刀，没有任何反应。

第二天，意气风发的何其多在纳士公司宣布，赵魏祺与唐红果儿双双回到美国处理家事。他将亲自飞赴香港，向大股东述职，并面陈公司发展大计。

第三天，被房莺在地下储藏室内关了三天的唐红果儿回到家中。

半个月后，已被恐惧和自责击溃的唐红果儿从自家阳台跳楼身亡。据办案人员回忆，已经离开人间的唐红果儿，在送往停尸间时双眼仍然惊恐地大睁着，表情十分恐怖。不知为何，她身上的黑色长裙湿嗒嗒的，被推进解剖室后，随着室温升高，竟然开始滴水。

看到这里，甘婧双眼充满泪水，她放下调查报告，将脸埋在手掌中，久久没有抬头。

赵闽将甘婧轻轻拉到自己胸前，甘婧挣扎了一下，泣声说道，“知道么，很多次，果儿就像这里描述的一样，浑身湿嗒嗒的，一直在滴水。我一直想不通是为什么……”

“因为，这些水，都是她的眼泪。”赵闽拍拍甘婧背手，轻轻叹了口气。

在唐红果儿家中，办案人员找到一页唐红果儿的手书，上面用英文密密麻麻地写满了“sorry”。

唐红果儿死后两个月，警方对她的死因给出最后结论：高空坠亡，系自杀。动机不明。因为赵魏祺生前最后见到的人是唐红果儿，而唐红果儿又因自杀身亡，赵魏祺的去向暂时成谜。

何其多告诉赵闽，在过去一年中，赵魏祺与唐红果儿的关系一直很差，两人经常争吵。每次争吵后，赵魏祺都会消失一段时间，待心平气和后才出现。根据何其多的建议，家属赵闽请求警方将赵魏祺列为失踪人口，在全国范围内展开调查。

在提心吊胆中渡过了最初两个月，何其多和房莺发现警方似乎并未怀疑到自己身上，才各自长舒了一口气。纳士公司从无到有、从小到大，每一步成长都浸透着何其多的精力和心血，现在，赵魏祺已死，大股东赵闽除了每年例行公事听听汇报，从不过问公司的经营情况。纳士公司已经名副其实地成为何其多的自有王国。

在赵魏祺和唐红果儿消失三个月后，何其多将已失业多日的徐丽美、桂望国以高层人才引进的方式招聘进入纳士公司担任副总经理。

为了掩饰赵魏祺失踪的真相，何其多和房莺还找借口将纳士资深员工一一辞退，重新招聘了一批对公司发展情况没有丝毫了解的新员工。

按房莺的意思，所有见过赵魏祺和唐红果儿的员工都要走。但何其多认为，像蓝祖平、魏元这些刚刚招进来不久的员工处于公司生物链底层，对公司了解不深，加之属于专业人才，对公司发展有帮助，被他执意留了下来。

……

“我们出去走走吧。”看着甘婧越来越苍白的脸，赵闽起身呼唤管家。静候在客厅门外的管家快步走过来，为赵闽披上外套，在前头带路，将两人送入车内，目送汽车转弯，这才转身进楼。

“这报告写得像小说一样，情节这么细致，连心理活动都有，可信度高吗？”甘婧低声问。

“应该很高。”赵闽回答。“余律师他们应该是走访了大量相关人员后，以互相印证的方式给出了这份报告。不过，基本事实仍然是从何其多和房莺那里得来的。”

“何其多肯说得这么详细？”甘婧问。

赵闽冷哼一声，“不仅仅是地下钱庄的人可以为达目的无所不用其极。有时候，跨国律所也可以。”

甘婧略一思索，明白了赵闽的话外音，点头，“对哦，历史上，漕运是物流、镖局也是物流。他们都是真刀真枪闯江湖。”

“我们倒不至于。”赵闽笑了一下。

不知不觉，汽车已经开到纳士公司不远处的慧智湖。漫步在微风吹拂的湖岸，甘婧伸手拂开一丛挡在眼前的垂柳，小声说道，“你知道吗？不久前，徐丽美竟然打电话给我了，她约我一起坐坐。”

“哦？”赵闽看看甘婧。“她说了什么？”

“徐丽美求我帮何其多求得你的谅解。她认为，一切都是房莺做的，何其多只是傀儡而已。”赵闽依然“哦”一声，没有接话。

甘婧又替徐丽美说了几句好话，见赵闽并没有真正在听，便识相地闭上嘴，陪在赵闽身旁，默默向前慢走。

漫步十分钟后，甘婧突然说道，“我想到一个地方。跟我走吧，我带你去。”说着，她转身迎向在身后不远处缓缓跟随的奔驰车，小声对司机说，麻烦去上海科技馆。

“去上海科技馆？”赵闽疑惑地问，“去干什么？你在纳士动漫科技公司工作，培养出对科技的兴趣了？”

甘婧笑了起来，“是我没说清楚，我们不是去上海科技馆，而是去科技馆后面那片小池塘。那里有一种小野花儿，应该开放了。我想带你去看一下。”

十分钟后，两人站在小池塘旁。

一年不见，小池塘的草木更加繁茂。没被人为干预过的草地依然参差着高低错落的野花野草；芦苇丛包围的水面上，两名不知名的美丽小鸟正在潜游。

一切都与一年前一样，但是，甘婧的心境却有了极大的不同。

“我看过一份关于‘十三五’的规划报道，说这里将被填平，建成一个文化场馆。这块城市绿肺，很快就要变成钢筋水泥打造的死肺了。所以，这里是来一次，少一次了。”甘婧带着赵闽在池塘边稍稍站立了几分钟，便自顾自低下头，在草丛中认真找着什么。

赵闽跟在甘婧身后，小心地看顾着她。

终于，一朵米粒大的小黄花出现在甘婧的眼前。她蹲下身，轻轻抚摸了一下那朵虽小、却黄得热烈的微型花朵。

“它叫小米粒花，”甘婧抬起头，仰望着赵闽，“是果儿取的名字。那一年，果儿只有六岁，不认识魏祺，也不认识房莺。”甘婧叹了口气，“如果一切都能重来，该有多好。”

赵闽蹲下身去，默默依在甘婧身边，无声地注视那朵在春风中点头摇曳的小花朵，眼神中渐渐布满感伤。

# 第二十二章

一个月后。

一个暮春的夜晚。甘婧在梦中见到了许久都没出现过的唐红果儿。

这一次，唐红果儿没有面色苍白、没有长发遮面、没有双肩微耸，也没有身着黑袍，而是一脸的喜气。

梦中的场景也是暮春，甘婧和唐红果儿坐在一辆豪华大巴车上，沿着一条开满鲜花的大路向前奔驰。

唐红果儿穿着一条廓型简约的小洋装，头发简单盘在头顶，小麦色的皮肤上跳跃着金色的阳光。她像在武汉时一样，紧紧挨着甘婧坐着，一边和她说着话，一边指点着窗外掠过的花草景物，开心地大笑。

甘婧环顾了一下，爸爸甘毅然也坐在她们旁边座位上，慈爱地望着她们微笑。

“这是哪里？”甘婧小声问唐红果儿。

“这是一个结界。”唐红果儿回答。

“什么结界？”甘婧问。

“结在你我之间的世界。”唐红果儿笑着说，“也有人将它喻为独立于大宇宙之外的小宇宙，这小宇宙的入口，只有特定的人或物才能看到。”

甘婧摇摇头，“与其说是结界，不如说是一个结。”

“也可以这样理解。”唐红果儿点点头。

“我们这是去哪里？”甘婧望着窗外飞舞的绚烂流光，低声问道。

“我们去旅游。”唐红果儿回答。

“赵魏祺不去吗？”甘婧问。

“我们现在就是去接他呀。”唐红果儿回答。

在一处小小的山谷，大巴停下来，赵魏祺三步并作两步跳上车来，在唐红果儿和甘婧的前排坐好，扭过身体和两人打招呼。

甘婧仔细看了看这张她曾在脑海中无数次默想过的面孔，她发现，赵魏祺远比照片上要阳光和年轻。

“谢谢你。”赵魏祺的声音与赵闽一样低沉而优雅，他向甘婧伸出右手。

甘婧也笑着伸出手去，魏祺的手指细长而柔软，有种让人安定的感觉。

大巴车继续前行。车窗外的景致，有时候是水墨画般的黑白，有时是离乱的秋夏，有时是颠倒的晨昏。就在众人已经感觉困倦之时，大巴车在一处山青水绿的风景区停了下来。

司机招呼所有人下车游玩。

甘婧拉着唐红果儿的手，跟在人群中走下车。

两人看到一处无法用语言来描述的美好景致。

“那是我们家乡的西塞山吗？”唐红果儿指着远处一座小山问甘婧。

甘婧辨识了一下，有些诧异地点头，“那是西塞山呀，不过，是很久以前的山。”

“看，小米粒花儿。”唐红果儿指着草丛中的一束小黄花开心地叫道，“真的是小米粒花儿。我不是做梦吧？”

甘婧蹲下去细看，那米粒大小的黄花仿佛听懂了唐红果儿的话，不住地点头微笑。

“看，那边是我和魏祺在浦东的家。”唐红果儿开心地指向另一方向。一幢奶油色的房子恰到好处地出现在不远处的草地上，看起来十分精妙美好。

“看那边，my New Zealand home，my New York home，my mum and dad，oh，its BB，my baby，come on……”随着唐红果儿的欢呼，一条披头散发的雪纳瑞从草坪跃起，向两人奔跑而来，唐红果儿一把接住大狗搭在胸前的双爪，开心地大笑起来。

甘婧跟着唐红果不断地四处跑动，仿佛穿行在唐红果儿二十七年的人生之中。不知不觉，游玩时间结束，大巴司机招呼所有乘客上车。

唐红果儿站起身来，热心地帮助大巴司机一起招呼乘客。

甘婧拉着唐红果儿，“果儿，我们一起走吧。”

唐红果儿点点头，笑着牵起甘婧的手，缓步走到大巴车门口。

在车门口，唐红果儿用力抱住甘婧，在她耳边小声说道，“婧婧，谢谢你陪我走了这么远的路，谢谢你帮我找回了魏祺。原谅我不能陪你走下去了。我会永远记住你，还有我们的小米粒花儿。”

“你不走了吗?”甘婧吃惊地看着唐红果儿的脸庞。

“我和魏祺都喜欢旅游，一直梦想着能寻找到一个风景优美的地方在那里相伴到老。现在，我们找到了。”唐红果儿的微笑像花儿一样绽放。

“跟我回去吧。”甘婧拉着唐红果儿往车上走。

“跟我回去吧。”甘婧用力拉着唐红果儿，泪水凝满眼眶。

唐红果儿拖住甘婧，转到她的面前，用力抱了抱她，轻柔而坚决地将她推上了大巴车。

大巴车关门启动。

赵魏祺慢慢走过来，将唐红果儿搂在肩膀下。

甘婧趴在车窗上，用力向外看着，柔软的阳光下，赵魏祺和唐红果儿一起缓缓举起手，挥动向她道别。

再见了。甘婧隔着车窗用力挥手。

……

从梦中醒来，甘婧看了看唐红果儿经常站立的那个位置，放声哭了很久很久。

后来，甘婧才知道，她梦到唐红果儿和赵魏祺的日子，正是赵魏祺遗骨火化的日子。

唐红果儿和赵魏祺终于以自己的方式永远相守在一起。

# 结 尾

一个月光清雅的暮春夜。

浦东金桥软件园红枫路口的夜半涂鸦咖啡馆，留着齐耳短发的甘婧对着电脑发呆。

“对不起，我来晚了。今天过节，处处都在交通管制。”赵闽轻轻走到甘婧对面，微微弯了弯腰，对自己的迟到表示歉意，“你在看什么？”

甘婧没说话，将电脑转向赵闽。

电脑屏幕上，宛若西安大雁塔还魂的上海金茂大厦如一柄周身流转着虹霓的八角利器，以泰山压顶之势向众人头上急升而去。云海掀起的波涛在大厦的尖顶附近翻滚盘旋，竟然形成一个深且黑的漩涡，若隐若现的漩涡中心有一道精光划过，仿佛那里藏匿着一只巨大的海兽，在人类目力所不及的苍穹悄然睁开了眼。

“这是我初到浦东时拍下的照片，那一刻的天空，极似我当时的心情，诡谲、激动，又茫然不知所措。”甘婧摇头笑笑，收回涣散的思绪，小声问道，“手续都办好了吗？”

赵闽点点头，“办理好了。父亲选了个宜于迁徙遗骨的日子，朋友帮忙安排了专机，后天，我和二弟就带魏祺回美国。”

甘婧叹了口气，“终于知道他人在何处了，也是一种结局。”

赵闽没有说话。

“你回来这段时间，去见过何其多吗？”甘婧小心地问。

赵闽点点头。

“他和你说了什么？”甘婧问。

“他见到我，第一句话就让我再给他一次机会。他说，如果再给他半年时间，他肯定能将纳士运作上市。纳士上市后，紧绷的资金链就会松弛并顺利运转。将纳士做大做强，是他和魏祺共同的愿望。”

甘婧吃惊地说，“他到现在还在想着纳士公司的发展？”

赵闽叹了口气，“当我拒绝他后，他流着泪说，当所有人都对着他笑时，他以为攀上了人生的高峰。可是，当他收下那些笑脸并习以为常之时，却已经跌进万丈深渊。”

甘婧叹了口气，“人生如逆水行舟，顺境是偶然，逆流才是常态。所以一刻也不能松懈。可是，当人恰巧处于顺境之时，有几个人会想到这些。”

“我也见了房莺。”赵闽说。

“她——“甘婧问，”向你道歉了吗？”

赵闽有些疑惑地说，“她没有道歉，只说了一句话，她好想尝尝苹果的味道。什么意思？我不懂。”

甘婧愣了一下，“我不愿意再从她的角度思考任何问题了。忘记她吧。”甘婧用力挥了挥手，想挥走由这个女人所带来的所有回忆。

停了停，甘婧轻声说道，“记得有一次我们聊天，我想听你说说你的事，你说，可以说，但要 Say you Say me。而不是只听你一个人说。”

赵闽点点头，“对呀，我记得。”

“我们相识一年有余。您从来也没问过，我和果儿只是儿时伙伴，为什么会为她放弃工作和熟悉的生活环境来到这里帮她寻找自杀真相。”

赵闽笑了笑，回答，“哦，你想说，早晚会告诉我，不想告诉我，我也不愿意让你为难。”

甘婧轻轻叹了口气，“那你是怎么想的呢？”

“我想，是因为她托梦给你了。还有，因为你原来是名警察。”赵闽回答。

甘婧轻轻摇头。

“那是为什么？”赵闽哑声问。

甘婧端起面前的咖啡杯，用力喝了一口，微微平复了一下情绪，才沉声说道，“我十岁那年，经常在放学路上看到一只小黑狗，它大概只有三四个月大的样子，浑身上下脏兮兮，老是被一群男孩追打。我们离开黄石搬家去武汉那天，我又在家门口看到了它，它腿上流着血，正站在路边一处脏水洼边小心地喝着水，虚弱得仿佛活不了多长时间的样子。”

甘婧望着手中的咖啡杯，低声说，“当时，我真的很想救它。于是，我不惜用撒泼打滚的方式让爸妈做出让步，让它跟我们上了搬家的车。因为它从生下来就一直被人打，我给它取了个带一点祝福意味的名字，叫 Lucky。

我和 Lucky 一同生活了十三年，它一直表现出非常小心、非常感恩、非常知足的样子。

我以前脾气很坏，有一次爸爸出差前，因为恋爱问题，我和他吵了起来。在争吵时，我哭着说要和他断绝父女关系。第二天一早，我在床头看到爸爸留给我的字条，他说，听到我说不再认他这个爸爸，他非常难过，并为自己的态度向我道歉。其实，当时的我也认识到自己不对，还一心想着等爸爸回来，当面向他道个歉。爸爸很疼我，从小到大，只要我一撒娇，他什么都会答应我。

可是，上天没给我这个机会。那天晚上，我们接到他单位的电话，说，他牺牲了……”

甘婧哽咽着说不下去，“我就是想说一句对不起，也没机会让爸爸听到了。”

赵闽坐到她的身边，轻轻拍拍她的后背。

甘婧吸了一口气，哑声说道，“爸爸去世后，我感觉非常自责，常常一个人坐着流泪。Lucky 好像知道我的痛苦，常常会趴在我的身边陪着我，但它知道我妈不喜欢它，从不敢在她面前蹭我的脸，也不敢在我房间过夜，总是看我进了房间后，再自己回到阳台一个小角落睡觉。

但有一个礼拜，它一直呆在我的房间，我上床睡觉后，它也走过来紧挨着床沿躺下。有天夜里，我突然惊醒，看到Lucky竟然站我的床边默默地看着我。我吓了一跳，起身将它抱回到它睡觉的地方，可清晨醒来，它仍然睡在我的床脚下。我当时还开玩笑问它，Lucky，你是不是有事要和我说呀？

它温柔地望着我，摇尾巴。那天晚上，它就安静地死去了。

Lucky走后，我一直非常非常难过。因为它一直在和我说，甘婧，再见了。而我却一直没听懂，也没理过它。”

甘婧捂住双眼，说不下去。

过了半天，她才接着说，“六年前，果儿回国来找我甚至在上海定居，一开始我并没有放在心上。毕竟是十几年前的儿时伙伴，那时的友谊，早已被十几年的时光冲得很淡了。所以，她开始劝我一起去上海工作时，我敷衍她，后来又求我去上海看看她，我还是敷衍她。最后那次见面，她已经明显有了心事，在后面的短信息中暗示过她现在遇到了麻烦，可我仍然没放在心上。甚至连追问一下的举动都没有。

直到那天，我接到她妈妈的电话，说她突然从住处跳下去了……

其实，不管是Lucky，还是果儿，还是我爸，他们一直在用行动表达着爱我，可是，我却在能听到的时候，选择了回避。在梦中见到的果儿，可能是果儿的灵魂，也可能，是我的良心。”

甘婧叹了一口气，将目光投向了节日烟火渲染得橙绿淡红的夜空，缓声说道，“从小到大，我都是个非常普通的人。上天对我不好也不坏。虽然双亲不全，但有一份可以养活自己的工作。虽然资质普通，但有一份安定平淡的生活。让我二十五岁时就可以看到五十二岁、六十二岁、七十二岁时的生活状态和样子。”

“这样不好吗？”赵闽问。

“不是不好。”甘婧想了想，“只是不甘心。从小到大，我都是按照大家规划出的最佳人生轨迹前进，从没有偏离。有很多时候，我躺在客厅的沙发上，看着被风拂动的纱帘，突然会感觉恐惧。我感觉我被窒息在时间的沙漠里，在这个空间里，没有人烟，只有灰尘不断落下，被我擦洗干净后，再落下，我再擦，它再落下……”甘婧眼神转为执著，“其实，在内心深处，我一直想逃离那种空洞而又无力的感觉。但一直缺乏勇气。”

听到这里，赵闽转向甘婧，“最初认识你的时候，我也想过是什么让你如此执著，为了寻找一个儿时的小伙伴，会放弃一切来到一个相对陌生的城市从头开始。现在，听你说了原因后，我倒有了新的发现。”

“哦？”甘婧直视着赵闽，“是什么？”

“是你的年轻。你的年轻，给了你许多人无法理解的勇气和魄力。”赵闽身体向后，靠在了椅背上。“如果再过十年，别说是责任和良心，就算是有人重金聘请你，你都会仔细衡量，放弃与得到之间，到底哪一个更加值得。”

甘婧想了想，笑着点点头。

“我要谢谢你的责任感、你的勇气，还有你的年轻。”赵闽轻轻捉住甘婧的双手，沉声说道，“真的谢谢你，你找到了唐红果儿的死因，也帮我找到了魏祺。”

“希望您和您的家人不要恨果儿。”甘婧苦涩地说，“她已经用生命为自己的错误做了偿还。”

赵闽点点头，放开甘婧，抬头望向天空。

又一批烟花在空中绽放，远远的，有如梦幻。

赵闽低声说道：“烟火真美。”

甘婧点头：“是呀。这是只属于生者的狂欢。有人说，我们所虚度的每一个今天，都是无数昨天故去的人无比渴望而不及的明天。所以，我们要珍惜现在。”

赵闽深思了一下，将椅子轻轻拖到甘婧的对面，认真问道，“甘婧，你很喜欢浦东是吗？”

甘婧摇摇头，又点点头。

“你不喜欢它？”赵闽问。

“也不是。”甘婧想了想，回答，“果儿是有钱人，她看到的浦东，与我这个穷人差别很大，所以果儿一来就爱上这里，而我刚到这里时并不喜欢，感觉这里没什么文化，生活除了赚钱之外，再无其他意义可言。它并不像果儿说的那样好。”

“哦。”赵闽笑着点点头，“后来呢？”

“后来，我开始渐渐喜欢起来。因为这里每天都有无数怀揣梦想的人从世界各处飞奔而来，为自己的梦想奋斗。这过程也许艰辛，也许痛苦，但奋斗着的每一天，都充满希望和生机。”

“好！那你留在浦东好吗？我准备让纳士重新营业，那里需要你帮忙料理。我会选一名经验稍稍丰富一些的员工助理你。我也会尽力协助你。如果你不想留在这里，去美国留学也可以。”赵闽猝不及防地说道。

啊？甘婧愣了愣，旋及摇头，“从一开始踏上这片土地，我就告诉自己，只是名过客，现在，我很想回家。”

赵闽坐得更近一些，小声说道，“婧儿，你所说的回家，其实是回到你人生中的某一阶段，或者说是某一种状态，而并非真正意义的家。其实在你离开的这段时间，你的家也已经发生了许多改变，你无法再回到你曾经熟悉和喜爱的生活环境中去了。我说得对吗？”

甘婧感觉心中刺了一下。她没有回应赵闽，而是抬起头望向天空。

在激光灯束的配合下，如史诗般宏大的烟花阵仗接管了整片天空。浦江两岸，为节日而亮的灯光如一曲情绪饱满的交响乐，响彻上海近空。从比烟花更高的空中看下来，浦东就像一颗光彩夺目的巨大明珠，镶嵌在黄浦江东岸。

“好美。美的像一个传奇。”甘婧轻声说。

从行政区划而言，浦东隶属于上海，但在文化传承与历史发展过程中，又有别于上海。浦东，与游转在文人画匠笔下的 1920 年代的华丽传奇没有关系。和中国近些年发展起来的城市一样，二十五年来，这里总是处处弥漫着灰尘，到处是竞相开工的工地，看得到米兰品味、香谢里舍格调、伦敦建筑、曼哈顿情怀，却看不到中国历史，也没有让人留恋的回忆。但是，如果再给它一些时日，也许，它会形成自己的新的传奇。

在无数仰望天空的笑脸中，赵闽微微低下头来，小声说道，“婧儿，我们一起经历了那么多。很难说清那是一种什么样的感情。不管它是什么，”说到这里，赵闽满怀期待地望向甘婧的眼睛，真诚地说道，“就留在这里，让我照顾你，好吗？”

（全文完）

本故事纯属虚构，如有雷同纯属巧合

# 后　记

在电脑键盘上敲下“潜入浦东”（原书名，现书名为编者改）四个字时，尚是2010年。彼时，供职于浦东文化传媒，因工作需要，陪同来自中央电视台的拍摄团队为浦东开发开放二十周年拍摄专题片。半年时间，摄制组转遍浦东角角落落，我也积累了一些关于浦东当下与往事的碎片记忆，于是动笔。

2011年，第一稿完成，签约给一家文学网站，此后便信守合约，未再过问。2015年，听闻这家网站被更大的网站收购，一切物是人非。打开网站，文章果已无迹可寻。翻出当年合同，发现合约期已满。

窃喜文稿版权重新回到手中，于是动了出版的念头，开始细细修订。

6年过去，岁月似乎未在记忆上刻下特殊痕迹，但当真开始阅读时，却惊讶地发现，当时被记录在文章中的那个世界，已经大大变了样子。陆家嘴第一高楼的身份已经易主，上海科技馆后面的小湿地开始破土建楼，浦东临港来自天上的那滴水珠（滴水湖），被填出一座湖心岛，栖山路的大学校园也让址给开发商建造住宅楼。

在真实的世界里，智能手机成为许多人与这世界的重要接口，而微信几乎替代了其他所有社交工具，充斥着生活的每一个角落。

……

仅仅6年而已。人被裹挟在物质的洪流中，身不由己向前走着。日复一日。抬起头，头顶是一小片灰蒙蒙的天。低下头，脚上是灰扑扑的鞋。

一切都顺理成章。直到退休，自己的痕迹被灰一样擦去，才能松一口气。

我爱张爱玲。年年月月都在复读她的书。她在《连环套》中说，照片是生命的碎壳；纷纷的岁月过去，瓜子仁一粒粒咽了下去，滋味各人自己知道，留给大家看的，唯有满地狼藉的黑白的瓜子壳。

文字的作用，其实亦是如此。

尽管这本书被大社的编辑老师归为通俗作品，但定语是“很好看，拍成影视作品也很好看”。所以，我将这本书送给我的女儿。再过十年，长着爸爸的脸型、妈妈的眼睛的她，不仅已会阅读，还将会独立思考。也许，她会漫不经心地翻开它看看，然后丢到一边。

再过几十年，我将去往天国，重新回到父母身边。那时，如果女儿想我，可以自己去书中寻找，一块土地的记忆碎片，还有妈妈曾经的一小段人生。

**图书在版编目(CIP)数据**

逝者请闭眼/郑晗著. —上海:上海社会科学院出版社,2016

ISBN 978-7-5520-1529-4

Ⅰ. ①逝…　Ⅱ. ①郑…　Ⅲ. ①推理小说-中国-当代　Ⅳ. ①I247.5

中国版本图书馆 CIP 数据核字(2016)第 182349 号

**逝者请闭眼**

著　　者:郑晗
责任编辑:王晨曦
封面设计:小徐书装
出版发行:上海社会科学院出版社
　　　　　上海顺昌路 622 号　邮编 200025
　　　　　电话总机 021-63315900　销售热线 021-53063735
　　　　　http://www.sassp.org.cn　E-mail:sassp@sass.org.cn
照　　排:南京理工出版信息技术有限公司
印　　刷:上海颛辉印刷厂
开　　本:710×1010 毫米　1/16 开
印　　张:16
字　　数:225 千字
版　　次:2016 年10月第 1 版　2016 年10月第 1 次印刷

ISBN 978-7-5520-1529-4/I·205　　定价:39.80 元